情人

花房観音

幻冬舎文庫

情人

目次

序章

私は泣いていた。

悲しいわけでもないのに、この男に抱かれると、たまにこうして涙がこぼれてとまらない。大人になった私が泣くのは、この男とセックスしているときだけだった。普段は泣けない。家族の前でも友人の前でも、どんなに悲しくてもつらくてもいつからか泣くことができなくなっていた。

泣きたいときがあっても泣けない。ひとりでも、泣けない。自分の心を守っているうちは、泣けない。人に弱みを見せたくないから、泣けない。臆病《おくびょう》だから、誰にも本心なんか見られたくないから、泣けない。大人になればなるほど人に涙を見せられなくなる。弱みを曝《さら》け出すなんてことが容易にできなくなる。

だから今だけなのだ、泣くのは。セックスしているときだけ、泣ける。

泣いても、男は涙のわけを問わない。それに救われる。ただ、泣かしてほしいから、それでいい。私は男の言葉など求めていないのだから。

男は私の上になり、涙で濡《ぬ》れた私の頰に、唇を寄せる。涙をぬぐいとるように、瞼《まぶた》の上に口づける。そうして、泣くことを許してくれる。泣きながら、私は男に突かれている。男を受け入れる身体の芯《しん》は、震えて、音楽が空気を震わすように、そこから響く。身体じゅうに、伝わっていき、力が入らない。私は無力になり、ただ泣いている。

男と自分を隔てているものは何もない。粘膜と粘膜がこすれ、交わり、とける。男と私の境目が消失して交わる。自分の身体が自分のものでなくなる。口から出る叫びに似た声も、身体の芯を鐘が突かれたように振動が伝わり音を奏でるのも、尻を濡らすほどに溢《あふ》れた水も、自分の意思ではないから、どうしようもない。

私の身体なのに、思いどおりにできない。身体が私のものでなくなった今が、心地よい。思いどおりにならなくて、不自由であるはずなのに、どうしてこんなに安心しているのだろう。風に吹かれるように、海の波に流されるように、何も考えずそのままでいればいい。黙って身を委《ゆだ》ねているだけで、きっとどこかに連れていってくれるはずだ。

普段私が囚われているもの、世間とか、家族とか、社会とか、それらが、今、この一瞬だけでも存在しなくなっている。だから私はこの男と抱き合うときだけ、泣く。そうして私はただの私になる。男を受け入れる身体を持つ、女の私に。私は女だ。ただの女という生き物、欲望の器、それ以外の何物でもない。今、男に抱かれているこの瞬間だけは――私は何も考えずに生きていることを許される。

「俺のこと、好き？」

「――好き」

「愛してるって、言いなよ」

「愛してる」

「俺も愛してるよ」

いつも、男は私に「愛してる」と言わせる。愛してほしいと願う男は、まるで母親を乞う赤ん坊のようで、私はいとおしくてたまらない。あなたの母になりたいと、今だけは思う。欲しくてあげる、求めてあげる、愛してあげる、と。あなたが望むのなら、私の全てを与えてもいい、今だけは。

何をされてもいい――気持ちがいいことも、ひどいことも、痛いことも、全て。

それぐらい、男の言葉は切実だ。愛されたい男の言葉に、私は囚われる、心も身体も。

「俺の、欲しかった？」

「うん」

「会いたかった？」

「会いたかった——」

「もっと言って、口に出して、俺を求めて——愛してるって言ってみて。そのほうが、気持ちよくなれるから」

「愛してる——」

「愛してるって言えばね、全て許されるんだよ。どんなことをしても——」

男はそう言って、私の首筋に歯を当てる。まるでご褒美を与えるかのように。男の言うとおりだ。愛しているならば、きっと、私のしていることは全て許されるはずだ。本当は愛してなどいなくても、セックスの間だけしか愛はなくとも。

言葉を交わすと身体が悦《よろこ》ぶのを知ったのは、この男と寝てからだ。だから私も、男に負けないぐらい、言葉を発する。喘《あえ》ぎ声よりも、どれだけあなたの身体が私を悦ばしているか、私は口に出す。私はあなたを欲しがっているという想いを、強く伝える——言葉と身体で。言葉を使ったほうが、セックスは気持ちいい。

男は肌と肌を全て合わせ、隙間《すきま》を作らせない。唇と足の間の粘膜だけではなく、どこもかしこもひとつになろうとする。この男は貪欲《どんよく》なのだ。女を抱くとき、女の身体を全て自分のものにしようとする。男は飢えている、欲しがっている、私の全てを。私は男のものになり、男は私のものになる。男は私にすがり、私は男にすがる。逃がさない、離れたくないと、身体が呼応する。

「お願いだから、強く——俺を愛して——」

愛するというのは、この男にとってはセックスのことなのだ、セックスだけだ、抱き合っている瞬間だけだ——そんなことは百も承知だが、私は男の背に回した腕に力をこめた。既に肌と肌との間に隙間などないのに、もっともっと近づこうとする。完全にひとつになどなれないのは知っていても、そうせずにはいられない。身体を離して服を身に着ければ、愛は終わる。あなたにとって、愛とはセックスのことで、あなたはセックス以外は何も求めないのだから。

けれど、それでもいい。今だけでも、あなたが望むのなら、あなたを愛そう——そう思いながら、男を抱いた。男に抱かれ、私も男を抱く。

「他の男がしないことを、あなたがしてほしいことを、俺は何でもしてあげる。だから、俺を愛してくれ」

愛してくれなんて口に出す男を、私はこの男しか知らない。誰だって愛してほしいと思ってはいても、言わない。愛しているなら、言える。けれどそれは、ときには自分が愛してほしいがための言葉でもある。

けれどこの男はセックスのときだけ、その言葉を口にする。この男にとっては、セックスだけが愛されるための行為なのだ。それが、とても強い。

男の私を求める強さに、私は過去の他の男の記憶を上書きされた。

だってこの男は遠慮なんかしないもの。私の全てを奪って愛させようとする。

男が私の腰を浮かせ、大きく両足を開かせる。私がうっすら目を開けたその先に、私を見下ろす男の顔が見える。

「あ――――っ」

私の喉元《のどもと》から叫び声があがる。男は上から釘を打ち付けるように、押し込む。こうすると、奥まで届く。奥が突かれ、そこから悲鳴があがる。何度も、何度も、釘が打ち付けられる。

「赦して――――」

私はそう言って、涙目で懇願する。男に赦しを乞うために手を伸ばすと、男が私の手を握る。

「あ」

手が強く握られたまま、また打ち付けられる。こうされると、角度のせいか、男の全ての力が私の奥に伝わる。

突かれるごとに、私は言葉を失っていく。必死で、男を乞う言葉を口にしようとするのに、身体の芯が言葉を奪い取る。言葉を持たない、ただの粘膜を入口に持つ肉の塊《かたまり》になって、私は壊れかけている。欲の強い男は全身全霊で私の身体を愛する、身体だけを。求める力が強すぎて、抗《あらが》うことも、逃げることもできない。考える隙も与えずに愛されるから、私は男に呑《の》み込まれるしかない。男は私に容赦をしない。優しさなんて、感じさせない。私は困惑して、悲しくなって、戸惑って、けれど快楽という海に溺《おぼ》れていた。沈まないように、男にすがりながら。

この男は、私の何なのだろうか。恋人ではない。愛人という言葉も違うような気がする、友人などでは絶対にない。夫でも恋人でもないけれど、それはとても強くて私を離さない。世間でいう愛や恋などよりも、断ち切れない身体のつながりが、今確かにある。今だけは何よりも強く存在する。私はこの男と寝るまで、そんなものが世にあるとは知らなかった。愛や恋をともなう肉体の交わりがいいものだということぐらいは知っていて、恋人と交わることは私に快楽をともなう幸せをもたらしてくれたけれど、そんなものじゃなかった。

もっと強く、凶暴で、容赦ない、優しくないもの。

けれど何よりも心を揺さぶるもの。

瞬間だけだからこそ、激しいもの。

男は私の身体をいったん離して横たわらせる。そうして自分も腰を落とし、私を引き寄せる。

「こっちに来て」

私は上半身を起こし、男の足を挟むように自分の足を広げ、男に近づく。そのまま、男の肉の塊が何のためらいもなく、手を添えずとも、吸い込まれていく。

「もっと近くに」

私たちはつながったまま、抱き合った。ふたりともが背中に手を回し抱き寄せ、もっと近くに、隙間をなくすぐらいに身体を合わせる。この形で抱き合うのが、一番、安心する。

どこかの美術館で見た、歓喜天《かんぎてん》を思い出す。インドの神さま、頭が象で身体が人の、抱擁する神さま。そんな形のものは随分珍しいと、印象に残っていたのだ。あの形で、私たちは今、抱き合っている。一番近くにいられる、あの形。

私は少し顔を離し、薄目を開けて男の目を見る。

男はいつも突くときに目を閉じない。

それに蹴落とされてしまいそうで、心まで吸い込まれてしまいそうで、私はいつも怖くて、おそるおそる目を開ける。

揺れている――。

男の顔の後ろ、天井からぶら下がっている古い正方形の照明器具が、揺れている。

「揺れてる？」

声が出たのは、ほとんど無意識に近い。ただ目にしたことを口にしただけだ。

地震？

気のせいだろうか。でもあの照明器具の揺れは、目の錯覚ではない。

「揺れてる」

私はもう一度、叫び声の合間に口に出した。

「やめる？」

「やめないで――」

私は男にねだり目を閉じて、そう呟《つぶや》き、男の口を吸う。

男はつながったまま、私を横たわらせた。

上になった男の腰の動きが速まるのが腕に伝わってくる。激しく身体の奥を突かれ、私はもう言葉を完全に失ってわめきたてることしかできない。壊れてしまったのだ、壊れたかった。

堕ちていく――堕ちたい。

このまま死んでもいい――そのときは、本気でそう思っていた。

次の瞬間、すさまじい勢いで床がうねり、ベッドが宙に浮くように突き上げられる揺れに襲われても、私は男の背に回す手を離さなかった。男が私から逃れないようにと爪を立てて、必死に全ての隙間をなくそうとする。

世界の終わりが来たのか――死ぬかもしれない――そう思ったときに、目の前の男の温もりを手放すことができなかった。男の匂い、声、肌、私を貫く男の芯――それらをどうしても私のものにしておきたい。

死の恐怖を感じるのと同時に、私の快楽の芯が叫び声をあげる。

離れないで――そう言葉にする代わりに、私は男の背に爪を立ててすがりついた。

第一章　一九九五年　神戸

1

その日の出来事をだいぶあとになってから、「怪獣が来たのかと思った」と人に話すと苦笑されるのだが、本当にまずそう感じたのだ。

映画館でリバイバル上映を観たことがあるが、ゴジラと闘ったゴモラが大阪城を壊したり、ウルトラマンが倒す前の怪獣が歩く度に大地を振動させ、家や車を平気で踏みつぶすあのイメージだ。あの日のことを「怪獣が来た」と表現して、それを苦笑する人たちは、「子どもだったんだね」と言うが、確かに十八歳の笑子《えみこ》は、あの頃、何も知らない、まっさらな子どもだった。それまで寝ていたせいか、何かありえないことが起こったんだと感じた瞬間、笑子の頭の中に怪獣のイメージが浮かんだ。

とんでもないことが起こったのがわかったのは、少しあとだ。五時四十六分——あの出来事が起こった正確な時間を知ったのは、もっと時間が経《た》ってからだ。笑子の感覚では、夜だった。一月十七日、正月が明けてまだ慌ただしい、凍えそうな冬の夜。受験生だった笑子は神戸の山手の古い一軒家の一階の一室で寝ていた。一階には両親の寝室と和室の居間と、笑子の部屋があった。二階は兄の部屋と物置になっていた。

笑子は特に成績が優秀でもなく、かといって落ちこぼれでもない、成績は常に中の上と中の間をふらふらしている、地味で無気力な高校三年生だった。

高校に入ってすぐ入部した卓球部は、体育会系の無駄に元気な雰囲気と上下関係が嫌ですぐ退部した。高校生活は図書館に行くか散歩をするか、まっすぐ家に戻って部屋で本を読んでいる学生生活だった。高校は公立の共学の普通科だ。周りは私学に行く子が多かったし、親もいいと言ってくれたのだが公立を受験した。

神戸の山手に実家があると言うと、「お嬢様なんだ」と言われることもある。どうやら山手というと、芦屋やら北野のほうを想像するらしいが、笑子の家は全くそのあたりの地域とは違い、ただ神戸市の街中よりは北の高台にあるというだけだった。まだローンが残る中古の築三十年の家で、衣料品を取り扱う会社のサラリーマンである父親と、元町の輸入専門の婦人服店の雇われ店長である母親と兄と笑子の四人で暮らしていた。

神戸というと想像されるのが、ホテルやファッションビルが建ち並ぶおしゃれで綺麗な街か、北野の異人館、南京町か。あるいは鼓《つづみ》の形を模して作られたなだらかな曲線が美しいポートタワーや、魚のオブジェのフィッシュダンスや、波を模《かたど》った外観のオリエンタルホテルのある港のあたりだろうか。

六甲山の夜景は、一千万ドルの夜景と言われて、関西で一番、夜の美しい街だった。子どもの頃、家族でどこかに遊びに行くと、夜には父の車で六甲山に登ることが度々あった。

「神戸は日本で一番、綺麗な街なんだ」と言われたのも覚えている。

港町なので、いろんな国の文化が混在していて、それでいて無駄なく洗練されていた。大阪のように泥臭くなく、京都のようにお高くとまってもなく、山と海と街が美しいまま人と共存している街だった。

笑子の家は高台にあったから、六甲山ほどではないけれど、部屋の窓から満天の星空のような神戸の夜景を当たり前に眺めて育ってきた。神戸は華やかな都会だけど、花も緑も自然も溢れていて、開けている港町だ。笑子は大人になってから、神戸、いや、阪神間にはさまざまな裏の地域もあるのを知ったけれど、あの頃はただ当たり前に綺麗な街だと思っていた。だからこそ、一瞬にして奪われたあのとき、現実感がなかった。

ゴゴゴゴ……という地鳴りで目が覚めると、まるで自分が小さなプラスチックでできた安物の虫かごに入れられて、子どもにシャカシャカ振り回されている虫になった気分だった。縦に揺れ、布団に入ったまま宙に浮いてまた落ちた。足元に本棚が倒れて、なだれ落ちた本が布団越しに足を打つ。勉強机とセットになっている椅子の足がコロコロと動いてこちらに来たので慌てて布団を出て襖《ふすま》のほうに移動する。

永遠に続くかと思われた揺れが止まって初めて、これが地震だということを把握した。かなり、大きな地震だ。今まで体験したことがない揺れだった。

窓を開けると、真っ暗で何も見えない。電気をつけようとしてもつかない――停電だ。部屋のどこかに懐中電灯があるはずなのだが、普段使わないので見つからない。

「笑子――大丈夫か」

襖の向こうで父の声がしたので、襖を開けようとするが重くて動かない。

「お父さん――大丈夫やけど、開かへん」

「ちょっと待て」

ぎぃぎぃと音を立てて、襖が開いて光が入る。父親が手にしている懐中電灯の灯りだ。

「ここも、えらいことになってるな」

青いパジャマ姿の父親が笑子の部屋を懐中電灯で照らしたので、自分の部屋にあった本棚だけではなく衣紋《えもん》かけも倒れ、椅子も転がり倒れている様子を目の当たりにすることになった。押入れの広い部屋でよかった。衣類や、昔の教科書やCDなどは透明のケースに入れて押入れに入っている。もっとごちゃごちゃと表に出して棚などが隙間なく並んでいる部屋であったなら、押しつぶされて怪我《けが》をしていたかもしれない。

「とにかく無事でよかった。とりあえず、外に出ろ、余震があるかもしれへんから」

「お母さんは」

そう口にしてから、笑子は母が祖母の様子を見に京都の実家に里帰りしているのだということを思い出す。

「京都はどうなんやろうな……無事だとええけど」

笑子は父がこじあけた襖の隙間から、赤いチェックのパジャマのまま身体をねじって抜け出した。

「俺は新太《しんた》を見てくる、お前はとにかく外に出ろ。気をつけろよ。いつ余震が来るかわからんから、急げ」

父のその言葉で初めて笑子は兄の存在を思い出した。同時に兄の部屋が自分の部屋とは比べものにならないぐらい、わけのわからないゲームやアニメや本やCDや雑誌などで埋め尽くされていた光景が浮かぶ。兄は自分の部屋に家族が入ることを禁じてはいたけれど、兄が外出したときに、こっそり覗《のぞ》いたことがあるから知っている。あんな物だらけの部屋に寝ていたら……押しつぶされているかもしれない。

本や雑誌の山に埋もれて息絶えた兄の姿が一瞬脳裏に浮かびはしたけれど、笑子は全く心配はしなかった。高校を中退し、家に引きこもり太り続ける、みっともない兄。友人たちに「笑子のお兄さん、何してるの？」と聞かれる度に答えに困る。そんな兄が大嫌いだった。両親が兄のことで散々頭を悩ませているのも知っている。部屋中が、幼い少女が描かれたイラストやフィギュアやゲームや雑誌で埋まっているのも嫌悪感しか感じなかった。

笑子が高校は私学より公立を選んだのは、兄が原因だ。私学の進学校についていけず不登校になり、中退した兄と、兄を心配する両親を目の当たりにして、公立のほうが自由そうだと思ったのだ。

昔はそんなことなかったのに。いや、むしろ、おとなしい性格だけれども勉強ができて両親から期待されていた兄を、尊敬もしていた。名門N高の付属中学に入ったときは、同級生たちに「笑子ちゃんちのお兄さん、すごいね」と言われて、密《ひそ》かに自慢であったりもした。けれど高校を中退して引きこもりはじめて、兄は最も嫌悪すべき存在となった。

変態、ロリコン、デブで気持ちの悪い、無職の引きこもりの兄——大嫌いだった。家にいるだけで目障りでしょうがない。

「早く、外に」

父にせかされて、笑子は慌ててサンダルを履いたが、コートを部屋から持ってきていないのに気づく。そのとき、初めて寒さを感じて震えた。

父が階段を上がっていく中、笑子はもう一度自分の部屋におそるおそる戻り、高校に入学したときに買ってもらった厚手のダウンコートを着込み、財布と手帳と日記をトートバッグに詰めて、父が隙間をつくってくれていた玄関から外に出る。家と道路を隔てたガードレール越しに街を見下ろすことができるので、そろそろとガードレールに近づく。ところどころに灯りは見えるが、こんな暗い神戸の夜景は見たことがなかった。

それでも空が少し明るくはなってきている。街路灯や電信柱が倒れて重なっているのに気づいた。

空の明るさの中で、黒い煙が立ち昇っているのは、何だろう。

この世の終わりだ——そのとき初めて、この街がおそろしい状況に遭遇したのがわかった。

暗い空に立ち昇る黒煙は、まるで狼煙《のろし》のようだ。当たり前に今まで存在したものが失われたのだと知らせる、狼煙。

よく近未来を描いた映画やアニメで、廃墟となった街が登場するが、それを連想した。画面の向こうの作り事の世界が、今、自分の目の前にある。

笑子は道路を渡り、玄関前に戻る。門の煉瓦《れんが》はところどころ倒壊していた。

「笑子――」

父の声が家の奥から聞こえる。

「すまん、ちょっと手伝ってくれへんか――」

笑子は玄関の隙間に身体を滑り込ませて中に入る。階段の下に、熊のような生き物を後ろから抱き留めるようにして、荒い息を吐いている父の姿があった。

「新太がな、怪我してるようなんや」

熊――兄だった。醜悪で、無口で、そのくせたまに私が風呂上がりにショートパンツとノーブラのTシャツでいると、じろじろといやらしい目で見る兄。

兄は玄関の壁に身体をもたせかけていた。笑子は兄がこのとき死んでくれたらよかったのにと、あとあと、あの朝の記憶と共に何度も繰り返し思い出すこととなる。世の中には死んだほうがましな人間が、たくさんいるのだと、大人になるにつれ思う機会が増える。死ななくていい人が亡くなって、いなくていい兄のような存在が生き残ってしまう。

「すまん、笑子、とりあえず家は危険やから新太を外に出す。片方の腕を持ってくれないか」

黒い――あとになって紺色だったことに気づくのだが――スエットの上下を着た兄が泣い

ていることに、そのとき気づいた。抑えてはいるが、しゃくりあげている。

「痛いよぅ」

「我慢してよ」

兄にふれるのなんて虫唾《むしず》が走るほど嫌だったが、しょうがない。新太の片腕を父が、もう片方を笑子が肩にかけて、ふたりで兄を引きずり、何とか外に引っ張り出した。

三人で家の外に出ると、日が昇り、ぼんやりと神戸の街が見えてきた。

「なんやこれは――」

父が呆然《ぼうぜん》として声をあげる。

立ち昇る黒煙は増えており、ところどころ火の手があがっているのも見えた。自分たちが知っている神戸の光景ではなかった。

目を凝らすと、街の向こうに海が見える。そこにはいつもと変わらぬ静かな海があった。

「車は……危ないな。道路が途中で陥没している可能性もあるし、乗っているときに余震が来たら逃げられへん」

父がそう呟いた。

兄は痛い痛いとしゃくりあげながら右足に手をあてている。血が出ている様子はないし、ただの捻挫《ねんざ》かぶつけただけじゃないのと言ってやりたくなる気持ちを抑えた。こんな状況で怪我をしているなんて、お荷物以外の何物でもない。人間は生きるか死ぬかという状況になったときに本性が出るのだと痛感したことは、このときが初めてだった。つまり笑子は、兄に対して心の底から冷淡だったのだ。

ひとつ、父も笑子もこのとき、「運がよかった」と安心していたのは、母のことだ。たまたまこの日に京都に里帰りしていた母親――京都の様子はこの時点では全くわからなかったが、なんとなく、あの古い建物が並ぶ街は無事であるような気がしていた。

「お母さん、神戸におらへんでよかった」

笑子がそう言うと、父は、うんと頷いた。

家族三人は、完全に空が明るくなってから、家から何とか引っ張り出した衣類に着替え、車に乗り街中へ出た。ガスも水道も電気も止まって家の中はぐちゃぐちゃだったが、建物そのものは屋根の瓦《かわら》が落ちているぐらいだ。あれだけの揺れでこの被害で済んだのは、不幸中の幸いだった。

車が進み市街地に近づくにつれ、大変なことになっている状況がわかってきた。家や道路は崩壊、寸断していたし、通行止めにもなっていて、渋滞していた。電信柱も街路灯も軒並み倒れている。あちこちで土埃を上げて、建物が倒壊している。見慣れたはずのビルが折れている光景など、世紀末を描いた映画を観ているようで現実のものとは思えなかった。

笑子は友人たちや親戚が無事であってほしいと願いながらも、ぼんやりと、大学入試なんてできるんだろうか、試験無しで合格させてくれたらいいのになんて能天気なことも考えていた。

後部座席で兄がずっと痛い痛いと唸《うな》っていて、鬱陶《うっとう》しい。友人もおらず仕事もしていない兄は誰の心配もせずに済むから羨《うらや》ましい、と嫌みのひとつも言いたいぐらいだった。

兄をどこか病院に連れていくつもりだったが、この状況の神戸では難しいと判断し、父は大阪の十三《じゅうそう》の自分の兄のもとに向かっていた。父の両親は亡くなっているが、もともとは父が結婚するまで住んでいた実家で、古いが広い家だ。

「阪神高速……無理やろうな」

神戸と大阪をつなぐ阪神高速神戸線の入口は封鎖されていた。後日、映像で、高速道路が波打っている様子と、まるで棒状のお菓子をぽっきり割ったみたいにふたつに折れて、観光バスがひっかかっている様子を見たが、あのバスがおもちゃのように見えて、いつも自分たちが使っている道だとはとても思えなかった。

高速が使えないから一般道を行くしかないが、脱出しようとしている人たちの車で渋滞してなかなか進まない。昨夜《ゆうべ》から何も食べていなくてお腹もすいた。台所に食パンがあったことを思い出したが、取りに帰れるわけがない。途中のコンビニもガラスが割れていたりで、とても営業できる状況じゃなかった。

「生きててくれたらええけど――」

父が運転しながらポツリと言った。会社の人たち、友人たちのことを考えているのだろうか。もちろんだが、電話はつながらない。途中で見つけた公衆電話で試してみたが不通だった。京都の実家にいるはずの母とは連絡がつく手段がないままだ。

瓦礫《がれき》の街を車の中から眺めながら、笑子は、母は運が良い人だ、と考えていた。こんな大惨事の日に神戸にいないなんて。

母の店は中高年向けのファッション誌で紹介されてから忙しくなったが、人を増やす余裕はないので、従業員たちを定時で帰したあとも母が居残り仕事をしているらしく、帰りが遅くなる日が多くなっていた。

母方の祖母が、半年前に手術をして、その後の経過は順調であるらしいが、夫を亡くし、娘たちは全員家を出ているためひとり暮らしをしている。その祖母の様子を見に里帰りする機会も増えて、母は家を空けることが増えていた。

母の友里子は、十九歳で結婚し、二十歳で兄を産み二十五歳で笑子を産んで、今、ちょうど四十三歳だ。京都の生まれで、高校三年生のときに百貨店の洋服屋で倉庫の整理のアルバイトをしているときに、仕事でそこに出入りしている父と知り合い、母のほうから惚《ほ》れ込んでつきあったのだという。

「あの頃、お父さんは京都の営業所で働いていて、私が高校生やから世話やいてくれて、よくジュースを買ってくれたんよ。『いつも一生懸命、頑張ってるね』って。地味な仕事やから誰にも褒められたことなくて、嬉しくて、好きになったお母さんからデートに誘ったんや。我ながら大胆やったけど、若いからこそできたの。初恋やったのよ」

「お父さんも、お母さんのことが好きやったの?」

「お父さんはね、あの頃、初恋の女の人を忘れられへんかったらしいの。そやけど、お母さん、頑張ってアタックしたんよ」

「お父さん、お母さんの前に好きな人がおったんや」

子どもだったから、父親に、母以外に好きな女がいたことを聞いて衝撃を受けた覚えがある。

「そうやの。年上の、幼馴染やねんて。でも、お母さん、若かったし、お父さんしか見えへんかった。そしたらお父さんが応《こた》えてくれて結婚して、新太と笑子が生まれたんよ」

あれは小学生の頃だろうか。父方の祖父の法事で親戚たちが集まったときに、両親の出会いの話になり、珍しく酒に酔った母と、そんな会話をした。

自分の親から、「恋」とか「好き」なんて言葉が出ることにも、そんなものと縁があることにも驚いた。自分にとって母は母という存在以外の何物でもないと思っていたし、そうであってほしかった。

出会った翌年に結婚した両親は、父親の実家のある神戸でマンション住まいをしていたが、兄に続き、笑子が生まれたのを機に中古住宅を購入した。それが、今住んでいる家だ。

母は笑子が小学校を卒業してから働くのを再開した。高校生のときにバイトしていた百貨店の元上司に誘われて元町の婦人服の店で働きだし、その三年後には雇われ店長となった。

元町で働きはじめた頃から、母は明らかに美しくなった。体型はもともと痩せ形だったのだが、化粧をきちんとほどこし美容院にも行くようになり服装も変わった。長くまとめていた髪を短く切ってパーマをかけただけで若返った。それまでは普通の地味な主婦だったのに。洋服屋の店員だからと身の回りに気を遣うようになったのだろう。

けれど笑子はそれをあまり嬉しくは思わなかった。母が、母でなくなるような気がしていた。小学生の頃はいつも家に戻ると、母が手作りのクッキーやケーキを焼いてくれていた。母は料理がそんな上手《うま》くはなかったけれど、それでも何種類かの品数が食卓に並んでいたのが、仕事が忙しくなるにつれ出来合いのものが増え、そのうち部活をしていない笑子が夕食を作りだした。

母が店長を引き受けたのは、兄のことがあるのに違いないと推測していた。兄はもともとおとなしく友人の少ない子どもではあったが、成績だけは良くて、神戸で一番偏差値の高い進学校の付属中学に入学したときは、両親ともに大喜びをしていた。

けれど、笑子はその頃から、ただ勉強ができるというだけで、他人を見下し得意げな兄の傲慢《ごうまん》さに気づきはじめていた。なぜなら、兄がN高の付属中学から高校に上がる前ぐらいに、「笑子は女に生まれてよかったよな。女は勉強ができなくても、いい大学出た男と結婚して一生楽して暮らせるという道があるんだから。あ、でもそうなると、今のままじゃダメだな、もっと可愛くならないと。笑子、頑張れよ。勉強じゃなくて、女っぽくなって男に好かれる努力をしろよ」と言われたことがあった。

小学生だった当時は、最初、意味がわからず、こくりと頷《うなず》いて自分の部屋に入った。あとになって、兄に馬鹿にされていたのだとわかった。あの台詞《せりふ》を聞くまでは、勉強のできる兄が、少しは自慢ではあったのに。

それから笑子は、兄を憎むようになった。男に好かれる努力をしろ――未だにこの言葉は思い出すだけで不愉快だ。

この男は、偏差値の高い進学校に入学し、一流大学にでも行けば、もっともっと傲慢で世の中を馬鹿にした嫌なやつになるだろうと思っていたが、高校一年生の夏から学校に行かなくなり、結局中退した。それからはずっと家にいて、肥り続けている。成績がついていかなかった、周りは頭のいい人間ばかりだった――それが学校に行かなくなった理由だと聞いて呆れた。どこまで子どもなんだろうか。笑子からしたら、そんなの不登校の理由になんてならない。甘えているだけではないか。

けれど内心、「ざまあみろ」と思っていた。笑子が女であることを嗤《わら》った男が、エリートの道から外れたことを。自分を馬鹿にしたから、そうなったのだと言ってやりたかった。

母が仕事に力を入れるようになったのは、兄が引きこもりはじめてからだ。兄のことで両親が責任のなすり合いのような喧嘩をしていた様子も、見たことがある。でも、そのときだけだ。母は忙しそうではあったが、普段は父との間も良好そうだった。

兄のことをのぞけば、我が家は普通の幸せな家庭だったはずなのに。

大阪市の北、淀川区の十三に着いたのはもう夕方近くだった。飲食店や怪しげな歓楽街も多いこの街は、昔は法事などや正月、盆に足を運ぶことが多かったが、父の両親が亡くなってからは足が遠のいていたので数年ぶりだ。

父の兄の家に着く前に近くの外科に兄を連れていくが、混雑していた。大阪でも揺れがひどく怪我人も多かったようだった。伯父の家も電化製品などは壊れていたし中も片づけられてはいないけれど、笑子たちの姿を見ると「よかった！」と喜んでくれたが、父は、そんな伯父との挨拶もそこそこにすぐさま電話を借りた。

「――え？」

父が大きな声を出すので、笑子は傍《そば》に寄っていく。

「はい……わかりました。ええ、何かありましたら」

父は声を潜ませて、電話を切った。

「お父さん、お母さんどうやったの？」

父がかけたのは京都の母の実家だというのはわかっていた。

「笑子……伯父さんたちや、新太には内緒にしてほしい」

「なぁに？」

「お母さん、京都におらへんかった」

「どういうことなん？」

「里帰りしてなかったんだ。お祖母《ばあ》ちゃん、知らない、来てないって」

父が無表情なのは、自分のために感情を抑えているからだと笑子は気づく。

それでも父の顔は、色を失っていた。

「大事《おおごと》にならないように、内緒でな、頼む」

父にそう言われて、笑子は頷いた。

結局、一晩伯父の家に世話になり、翌日の昼間には足の治療を終えた兄と共に車で神戸に戻った。まだ電気やガスや水道が復旧していないのは承知していたが、様子を見に帰りたかったたし、必要なものを運び出したかった。何よりも母が心配だった。京都にいないのなら、神戸の家に戻ってくるかもしれないのだから、待っていないといけない。

兄は軽い打撲に過ぎなかった。大騒ぎして迷惑かけて醜態をさらしたのが恥ずかしく、鬱陶しい。こういう災害時には普段以上にお荷物になる。父は、兄だけは伯父の家に置いていくつもりだったのだが、兄が「俺も行く。お母さん心配だから」と言ってきかなかった。

伯父の家からお歳暮などや食料のストックや水をわけてもらい、神戸に向かう。昨日のあの黒煙はもうなかったが、街は瓦礫の山となり、焼失していた。

そう、消えたのだ、街が。

見慣れた光景が失われている、その受け入れがたい景色を窓から眺め、確かめていた。

そして母はどこへ行ってしまったのだろう——神戸の街が失われてしまったのも、母の行方がわからないのも、悲しいとは思わなかったのは、現実感が失われていたからだ。

一瞬で、こんなにも世界が変わってしまうなんて、ありえない。

自分が生まれ育った街が、消えてしまうなんて、嘘だ。

街路樹も電灯も倒れたままの坂道を車は上り、家の前に辿《たど》り着いて車を止めた。

「お母さん——」

最初にそう口にしたのは、後部座席にいる兄だった。

けれど、三人の目は同時に同じ光景を見ていた。

母がいた。

ひとりではなく、母は背負われていた。右足と右腕に包帯が巻かれている。髪の毛は乱れ、出かけるときに着ていたワンピースも薄汚れていた。

母は男に背負われ、眠っているかのように目を閉じていた。

車から父が真っ先におりて、男の前に行く。

「友里子——」

友里子は、母の名だ。普段は、私たちの前では「お母さん」と母のことを呼ぶ父が、名前を呼んだのを聞いたのは久しぶりだ。

父の問いかけに、母はゆっくりと目を開けるが、眠たげで瞼が重そうだ。

「無事だったのか、友里子」

父は母を背負う男の姿が見えていないかのように、母にそう語りかけるが、母は頷いたまま、男から離れようとしない。母の指は、男の深緑色のセーターをつかんでいた。その指には、肌色のマニキュアが塗られていた。マニキュアを施すようになったのも、最近のことだ。

笑子も歩いて近づき、父のななめ後ろに添うようにして、男の顔を見る。

男は、違う世界に迷いこんだ子どものように、居心地悪そうな表情を浮かべていた。早くここから立ち去りたいとその姿は訴えている。

幼い頃から、私はこの男を知っている。

今は伯父が住む十三の家で、何度か会った。

一重の切れ長の眼、酷薄そうな薄い唇に大きな眼鏡。確か右手の甲に火傷《やけど》の痕《あと》があるはずだ。黒く、けれど軽い髪の毛は柔らかそうだ。

冬なのにセーターの上には何も羽織らず裸足でビーチサンダルを履いている。

けれど、なぜ、彼が母を背負っているのだろうか。

「……足と腕、怪我してるけど医者には診てもらいました。ひとりじゃ立てないみたいなんで——」

久しぶりに聞く低い声で男がそう言ったのは、背中にいる母をおろし、父に支えさせるためだろう。父は答えない。目の前にいる男のほうを向こうとしない。まるでそこに男が存在しないかのように、母だけしか見ない。

そのくせ母は、男の背から離れようとしなかった。包帯をしていないほうの手の指を男のセーターに食い込ませ、男の肩に頰をつけ、さきほどから目を閉じたり開いたりを繰り返したりしている。

ああ、そうか――母はこの男と離れたくないのだ、身体をくっつけていたいのだ。この男の背に、ずっと張りついていたいのだ。

男は、自分の背に張りついている母と目の前の父の顔とを交互にちらちらと見ている。

「友里子、おいで」

父がそう言って、母は初めて父の存在に気づいたかのように閉じかけた目を開ける。

「おーい、友里子さん。家に戻ってきたから。旦那さんも娘さんたちも無事だよ」

男が顔を母のほうに向けそう言うと、そこで初めて母は我に返った様子で、ハッと何かに気づいた表情になる。けれど腕は男を離そうとせずつかんだままだ。

男は少しめんどくさそうな表情で顔をしかめ目を細めた。薄い唇の間から小さなため息を漏らす。早く母と離れてこの場から離れたいという苛立ちが伝わってくる。

「友里子、お帰り」

父がまた、母の名を呼ぶ。

「疲れてるみたいなんで――」

言い訳のように、男が父にそう告げるが、父は全く男の存在を無視して、ひたすら母を見ている。

「お母さん――ねぇ、お母さん！」

たまらず笑子が近寄って呼びかけると、母は小さな声で「笑子……」と呟いた。

「お母さん、家やで。帰ってきたんやで。ねぇ、こっちに来て！」

笑子は腕を伸ばし、母の手を男の身体から剝《は》がして、軽く引っ張った。

「ああ……」

力のない声を出しながら、ようやく母は男から手を離し、足を下ろす。

「友里子、おいで」

父が母に近寄り肩を貸すと、男はするりと逃れるように身体を離して、一歩後ろに下がる。

母は無気力な様子のまま、父に寄りかかるが、視線は男を未練がましく追っている。

何をやっているんだ、家族を心配させておいて――そのとき、地震以降、初めて怒りと悲しみの感情が芽生えた。

「お母さん！　どうしちゃったん？　正気に戻って！」

笑子は涙声になっていた。感情が昂《たか》ぶり、父に支えられた母の腕をつかみ揺さぶった。

「笑子、母さん、怪我してるから、動かしたらあかん」

父がそう言って、笑子は我に返り、手を離す。

「じゃあ、俺、帰ります」

男は身を翻す。逃げ足が速いというのは、こういうことを言うのだろうか。そのまま道路沿いに停めておいたらしき自分の赤い車に、一度もこちらを振り向かずに乗り込んだ。

「友里子、大丈夫か」

母を気遣う父の声を背中で聞きながら、笑子は男が車を発進させる様子を眺めていた。

父は、母を背負っていた男に、ありがとうとも何とも言わない。ずっと、そこにいないもののように視線をそらしていた。

母は父によりかかりながらも、視線は男をずっと追っている。その何もかも噛みあっていない光景を、笑子はこの後、何度も思い返すこととなる。

絵《え》島《じま》兵吾《へいご》——母を背負う男の姿も。

「友里子、ちょっと待っててくれ。片づけて休めるスペースをとりあえず作るから」

振り向くと、玄関先で父がそう言って母を座らせている。父は車の中から毛布を取り出して、母の膝の上に置いた。

「寒いけど、ちょっとこれで我慢してくれ。ごめんな」

必死で父が母を気遣っているのに、母はそれに応えず黙り込んでいる。母の目は、さきほどまで兵吾の車が停まっていた場所をじっと見ていた。すがるような、泣きそうな目で、男の気配を探している。

「友里子、大丈夫だぞ、家に帰ってきたんだよ。笑子も新太も無事だ」

母が何も答えないのは、家族よりも、あの男のことを気にしているせいなのは明白だ。

「お母さぁん、俺、足怪我しちゃった」

兄が甘えた声を出すが、母は「ああ……」と曖昧《あいまい》な言葉を返すだけだ。普段の母なら、絶対にそんな態度はとらない。兄に対しては過保護なぐらいに構っていたのに。兄も母の異様な雰囲気を察したようで、無言になり顔を伏せて、自分の足をさすりはじめた。

母はどうしてしまったのだろうか。この状況で、父も自分も母をどれだけ心配していたことか——母自身にだってそれがわからないわけがないだろうに、それどころじゃないといった体《てい》の母の様子をじっと見つめていた。

笑子は怒りの感情を抑え込んだまま、道路を渡り、ねじまがったガードレールの向こうの神戸の街を見下ろした。これ以上、嚙みあわない両親の様子を見ていたくはない。

ガードレールから見下ろすこの街は、廃墟という言葉が相応《ふさわ》しいのだろうか。いや、壊滅だ。何百年もかけてこの港町で人々が築き上げてきたものが、全て一瞬のうちに失われてしまったのだ。元どおりなんて、ありえない。六甲の夜景、青い空が映える中突堤《なかとってい》、ポートピアランド、異国情緒のある街並み、当たり前のように存在した景色が、戻るわけがない。

近未来を描いた映画で何度か観た、核戦争で世界が滅亡して焼野原になった光景が、一瞬にして花と緑が蘇《よみがえ》るような奇跡は起こるはずがないのだ。

これが現実だと思い知らされた。街も、人の命も一瞬にして消え去り、そこで人の力は無力であると、何も抵抗ができないのだと。

そうして、人の心も——。

笑子はさきほど母を連れてきた男の跡を探そうと、瓦礫に覆われた街を見下ろしたが、もちろんその気配はもうどこにもない。

絵島兵吾と会ったのは、五か月ぶりだった。

2

兵吾は、誰とも血がつながっていない親戚だ。

笑子の父は三人兄弟で、大阪の十三に住む家を継いだ兄と、尼崎に住む弟がいる。その弟の再婚相手の連れ子が兵吾だ。結婚の際に、「絵島」という姓の妻のほうの戸籍に入る形になったので、笑子とは名字が違う。血は全くつながってはいないけれど従兄《いとこ》になる。

兵吾の母が叔父と再婚したとき、兵吾は高校に入ったばかりだった。けれど兵吾の母は、再婚し一年も経たないうちに亡くなり、その翌年に叔父は新しい妻と再々婚したので、居心地が悪くなったのか、兵吾は家を出てアパートでひとり暮らしをはじめた。

兵吾の母の死が自殺だったと知ったのは、ずいぶん後になってからだ。父と十三の伯父が、「あいつは気の毒な子どもだから」と、兵吾について話したのを耳にしたことがある。兵吾の母のことは知らないけれど、身内に自死した者がいたというのは衝撃だったので、それもあり兵吾の印象を強くした。

可哀想な親戚の男――ずっとそう思っていた。

けれどそれでも兵吾と義父や義母との関係が悪いわけではなく、父の話によると、彼らは血のつながる者のいなくなった兵吾を気遣っている様子だったし、親戚の集まりには一緒に顔を出してはいたから、数年に一度は顔を見ていた。

もっとも兵吾は、法事などでも、いつも浮いていた。どこか腫物にさわるような扱いだったのだ。「親戚」の中に、誰とも血縁がない者がひとり交ざっているという違和感と、兵吾の母が自ら命を絶ったという「事件」が、兵吾を異質な存在にしていた。

兵吾は、背が高く、太っているというわけでもなく骨を守るように肉がついている。無口だけど不機嫌な様子ではなかった。いつも皆よりも一歩ひいたところにいるけれど、実は周りのことなんか気にしていない。けれどどこか、居心地が悪そうに目線を泳がせていた。まるでわざと、誰のことも見ないようにしているかのように。

兵吾は高校を卒業してホテルのレストランで働いていたのを一年で辞めて、あとは何度か仕事を変えていた。確か、今は神戸のどこかのレンタルビデオ店で働いているはずだ。周りからみたら不安定でいい加減な生き方にしか見えず、うちに親戚が来たときに兵吾の話題になると、誰もよくは言わなかった。

「あんなふらふらしてたら結婚もすすめられない」

父がそう言っていたのを聞いたことがある。けれどそれも、兵吾は「気の毒な境遇だから」と、周りも強く言えずにいた気配があった。誰とも血のつながりのない兵吾は、無責任に自由に生きることを許されていた。

けれどここ数年は、親戚が顔を合わせるような慶事もなかったし、父の弟も新しい妻との間に、年を取ってからではあるが子どもが生まれてそれどころじゃない様子だった。

法事で集まると、親戚たちは兄のもとに群がった。関西でも名の知れた有名中学に合格した兄を神童と持ち上げる人までいたし、兄が褒められると両親はとても嬉しそうにしていた。

そんなとき、笑子はいつも所在なかった。すると、「こっちおいで」と手招きして呼んでくれたのは、同じく所在なげにしていた兵吾だ。血のつながるものが、誰もおらず、居場所のない兵吾。違う世界に迷いこんだ子どものように居心地悪そうな兵吾。

「ちょっと外、出ようか」

そうやって兵吾に連れられて何度か十三の街を歩いたことを覚えている。当時は派手な看板の多い街だなぐらいにしか思っていなかったのだが、古い飲み屋や風俗の多い歓楽街で、駅周辺は、しょっぱい臭いや油の臭いがたちこめていた。昼間から何をしているかわからないおじさん達がうろついていて、身綺麗な人は見かけない。

そんな街を、兵吾に手を引かれて歩いていた。兵吾には、こういう雑多な街が似合っていた。うさんくさい、正体のわからない街が。家族や親戚の団欒なんかよりずっと似合っている。

つながれた手で、兵吾の爪が小さいのに気づく。手は普通の大人の大きさなのに、爪だけ小さい。それを指摘すると、「母親譲りなんだよ」と言われた。手の甲に大きな火傷の痕があるのは、「飯を作ろうとして失敗した」らしい。

今思うと、兵吾は自分が親戚の集まる場が苦手だから、私を利用して外に出ていたのだろう。

十三の空気は兵吾の纏《まと》う空気と似ていた。あとになって思うと、あれは男の匂い、性を纏わりつかせる大人の空気だというのはこじつけだろうか。

「ここがしょんべん横丁」と言われたところには、不似合いな茶色い子どもの像があった。

「しょんべん？」

「ひどい名だろ。もともとこのあたりは戦後の闇市だったらしい。でも、しっくりくるんだよ。綺麗な街より、俺はこういうところのほうが好きだな。でも笑子はあんまり近寄らないほうがいいよ」

兵吾はそう言って、笑子の頭を撫でた。

近寄らないほうがいいよと言いながら、連れてきたのは自分じゃないかとその矛盾を不思議に思った。

笑子の幼少期を語るときに、両親は「おとなしい子だった」という言葉を繰り返し使う。喋りはじめたのも遅く、内気で、幼稚園に行く度に泣いて母親の手を離さず難儀したのだと。勉強もそうできるほうでなく、運動神経もなく、何よりも他の子のように外で遊ぶのを嫌がる子だったらしい。もともとの性質もあるだろうが、兄が小学校のときに成績が抜群だったので、どこか引け目に感じていたのかもしれない。

「小さい頃はおとなしいし、心配したけど、いい子に育ってくれてよかった」

母がそう言って笑子の過去を親戚や友人に語る度に、自分は親を心配させてしまう子だったのだという申し訳なさで、胸が詰まった。兄が優秀だった分、手をかけてしまったのだという罪悪感が芽生えた。

笑子は同年代の子どもたちのように、「集団で遊ぶ」ということがとんでもなく苦手だった。学校の体育のドッジボールやソフトボールなども、運動神経がないというより、そもそも何がおもしろいのかさっぱりわからず、常に「無理やりやらされている」感があり、周りの子たちが楽しそうにしているのを冷めた目で眺めていた。人形を使った「ごっこ遊び」や、ゲーム、とにかく人と一緒に何かするのが楽しくない。それでも嫌とは言えず、仲間はずれにされたくないから参加するのが、苦痛でしかなかった。他の子どもたちも、察していたのだろう。次第に誘われなくなり、家で本を読んでいることが多くなったが、そちらのほうが気楽だった。

「どうして外で友だちと遊ばないの」

一度、母親に泣かれたことがある。家庭訪問で先生が来たときに、「笑子ちゃんはどうも人と交わるのが苦手らしい」と言われて、母は自分の育て方に問題があるのだと気にしていたのだ。母はそうやって、ときどき、細かいことを深刻に思いつめる癖があった。

「お願いだから、普通の子になって」

そんなことを言われたりもしたが、普通なんてものは小学生の笑子には理解できず、ただ、罪悪感だけが残った。人と違うことをすれば、母が悲しむのだと。

いじめられたことはなかったけれど、小学校二年生のときに、クラスで一番活発で綺麗で家もお金持ちの女の子に、「笑子ちゃんて、おかしいよね」と言われたこともよく覚えている。「何で」と聞き返すのが精いっぱいだった。自分は普通の子どもなのに。ただ集団で遊ぶのが苦手なだけなのに。

「みんなが好きな遊びを、笑子ちゃんだけいつも楽しそうじゃないんだもん。変だよね、変わってる。ひとりで本読んだりしてるでしょ？　ひとりぼっちって嫌じゃないの、普通は？　笑子ちゃんて、変な人。可哀想」

その子には全く悪気はなく、人と同じことをしたがらない「変な子」に対して、最大限の憐れみを表情に湛《たた》えていたのが意外だった。自分では全くそう思っていなかったのに、「可哀想」だと思われていることに驚愕した。「他人と同調しなければ可哀想だと思われるんだ」と学んだ。

それからは、周りに後ろ指をさされず、母を悲しませないために、「普通の子」を演じる様を身につけた。本心ではひとりのほうがいいと思いながら、中学では部活やクラスで自分に近い人間を探し、一応のグループに帰属した。そのほうが、面倒なく生きられる。

「可哀想」と言われる度に、傷ついていたのだと、ずいぶん後になって気づく。だからこんな臆病な人間になってしまったのだ。

けれどもそういう自分の傷や寂しさを両親に訴えることもできなかった。両親は明らかに笑子よりも兄の新太を溺愛《できあい》し、関心を持っていたのだと、あの頃は信じていたからだ。

成績のいい兄は両親の誇りだったし、親戚にも「新太くんて本当に勉強がよくできるんだね、笑子ちゃんも頑張らなきゃ」などと言われて、せめて自分は頭が悪いぶん親に迷惑をかけない子になろうとした。

「新太はすごいの。お父さんもお母さんも、そんなに頭がいいわけじゃないのに、どうしてこんな賢い子ができたのかしらね」

何かの拍子に、そう言われたこともずっと忘れられない。

母は、思ったことを言っただけだ。普段、周りにできない自慢を、笑子の前でつい口にしたに過ぎないけれど、笑子は、やはり自分は両親にとって兄ほどには大切でないのだと思い知らされた。

兄ほどに愛されないのであれば、せめて「いい子」になりたかった。自分が、可愛い子でないのも自覚していた。子どもの頃の「可愛い子」は、みんな目がぱっちりの色白でお人形さんのようなタイプばかりだった。可愛くなくて、勉強もできないのなら、親を悲しませない子になるしかない。

笑子は親に甘えない、甘えられない子どもだったから、あの頃、自分を子ども扱いして頭を撫でてくれたのは兵吾だけだった。兵吾からしたら犬猫を可愛がるのと同じ感覚であったのだろうけれど。

他の親戚たちから身体にふれられるのには嫌悪感しかなかったのに、兵吾の手は笑子に馴染んだ。

兵吾と久しぶりに再会したのは、震災の前、一九九四年の夏の終わりだった。

高校三年生の笑子は新学期がはじまりかける直前に、夏期講習で知り合った一つ上の浪人生の男に好意を抱かれ、一度映画を観にいって「つきあう」ことになった。その夜にキスをされ、次のデートでポートアイランド周辺をうろうろしたあと居酒屋に行き、帰ろうとするとホテルに誘われた。

まだふたりで出かけたのは二度目だし早いんじゃないかと思ったし、男のことを好きかどうかわからなかったので戸惑った。けれど断る理由もない。

どうせセックスがしてみたかった。それがどんなものか知らなかったし、怖くもあったけれど、どうせいつかはするものならば、してみたかった。クラスの中で初体験を済ませていた子も何人かいたし、口にしないだけで、体験済みの子はもっといただろう。人がするから自分もしたいというわけではなく、単純に興味があった。

小学生の頃から小説のそういう場面にドキドキした。学校に置いてあるような文学作品だ。今思うと、はっきりとは書かずに匂わせているだけで、だからこそ興味が湧《わ》いた。小学生、中学生の頃から周りは色気づいていて、同じクラスの男子や先生を好きだとかつきあうだとかそんな話もあったけれど、笑子は近くにいる男には全く興味がなかった。修学旅行の夜、女同士でクラスの誰が好きだなんて告白大会をしたときも、「笑子は誰が好き？」と問われて、「誰も好きじゃない」と答えて場を白けさせたものだ。

でも、男と女の「そういうこと」には多分、人一倍興味はあった。ただ自分の身に起こるのは、まだまだ先だと思っていた。そのくせ、同級生たちが、彼氏を作ったり、キスを経験したりなどして「大人」になった話を聞く度に、胸がちくちく痛んでいた。

今ならわかる。あれは嫉妬だったと。

よくわからないけれども、なんだか楽しそうな「セックス」の門を容易《たやす》くくぐる同級生たちが、羨ましかった。人一倍、興味があり好奇心もあったからこそ、怖くもあったし、そういう自分を人に知られまいと必死だった。

好きな男がいるわけでもなく、セックスに対するうっすらとした好奇心だけがあった高校三年生の夏休みに、かなり強引な形でホテルに入って初体験をした。居酒屋で男にすすめられてお酒を飲んで少し酔っていたせいか、服を脱がされるのも恥ずかしいとはあまり思わなかった。

「笑ちゃぁん、キスしていい？」

ホテルで甘えた声を出されて、正直引いた。男でもこんなふうに媚《こ》びた口調になるのだと思うと気持ち悪かった。キスぐらい、黙ってやればいいのに。

キスも舌をべろべろ動かして、自分の口の中に他人の唾液が入ってくるのだと考えると気持ちが悪くなる。

「俺のこと好き？」

「うん、好き」

男が笑子の上になって、そう問うてくる。こんな状況で好きかと問われて、好きじゃないなんて答えられるはずがない。

「おっぱいさわるよ」

いちいちうるさい、黙ってさわれよ――なんて、思っていても口にはしない。男の指が這《は》いずり回るが、いきなり乳首をつままれたときは、思わず「痛い！」と声が出た。

「ごめんね。でも感じやすいんだね」

多分、この男は雑誌か何かのセックスマニュアルを参考にしているんだろう。だから「感じやすいんだね」なんて言葉が出るのだ。笑子自身も友だちから借りた雑誌の「初めてのセックス」という記事を読んで予習していたから、よくわかる。

いざ挿入されて、痛みは予想していたほどではなかったので、歯を食いしばったら一瞬で済んだ。

「あー気持ちいい」

男はそう言って腰を動かすが、笑子はちっとも気持ちいいと思わなかった。ただ、男から流れ落ちる汗が自分の顔や身体にかかるのが不快だった。それでも一応、どこかで見たような、感じている声をあげていた。そうしないと申し訳ないような気がした。

男は五分ほど腰を動かしたあと、「いくよ！」と声をあげた瞬間、コンドームの中に射精した。あまりにもあっさりしていたので、「今のでいいの？」と問いかけたくなってしまう。

「よかったよ、笑ちゃん」

男はゼイゼイと胸を上下させながらそう言った。笑子は内心、「二度と嫌だ」と考えていたが、男は笑子に腕枕しながら「俺のものになってくれたんだね」とひたすら嬉しそうだった。全然気持ち良くなかったと本音を言って逆上されて、こんな密室に裸の状態で何かされたら嫌だなと、笑子は適当に相槌だけを打っていた。

ダラダラするのは嫌で、「遅くなると親が心配するから」と言って、男を促して部屋を出た。早くこの男と別れてひとりになりたい。都合のよいときだけ親を利用したが、それは誰でもしていることだろう。

エレベーターで一階に降りて、男が会計をしているときに、入口の自動ドアが開いて、入ってきたカップルの男のほうと目が合った。

皺《しわ》の残る白い薄手のシャツを羽織って下はワンサイズは大きめの綿のパンツ。笑子の連れの男より頭ひとつ高い身長、鞄は持たず片手をパンツのポケットに入れ、髪の毛は短く刈り上げた茶色。足元は裸足《はだし》でサンダル履き、まるで近所に煙草でも買いに行くような格好だ。

額は狭く、どこを見ているかわからない一重の目で、薄い唇の周りにはそり残した髭がある。黒縁の眼鏡が男のだらしなさをごまかしているように思えた。

ポケットに入れてないほうの手は、隣の女の肩を抱いている。

「あれ？」

兵吾は立ち止まり、声をかけてくる。

「何してんだよ、笑子、お前、まだ……中学？」

その言葉に、支払いを終えた先ほどまで自分の上になっていた男が、ぎょっとした顔をする。

兵吾は女の肩を抱いたまま、笑子と男の前に立ちふさがる。

「もう高校生やし……ええやん、何してようが」

「別にいいけど、ちょっとびっくりした。何年ぶりかなぁ」

隣にいる男と、兵吾が肩を抱く女が、互いに何事かとちらちら探るような眼差しを向けあっている。

「あんなに小さかったのに、大人になったんだなぁ」

ラブホテルのフロントでなされるような会話ではないはずなのに、兵吾はしみじみとそう口にしながら、女の肩から外した手を笑子の頭に置いて撫でた。子どもの頃から、何度かされた仕草だ。久しぶりなのに、あの頃と同じように兵吾はふれる。

「でも、よくわかったね」

「身体つきや髪型は変わったけど、顔は昔のまんまだし。でも、雰囲気は大人っぽくなったよな。そりゃそうか、最後に会ったのはお前が中学入ったときぐらいか」

口には出さないけれど、兵吾は変わらないね、と思った。

兵吾から、煙草と柑橘《かんきつ》系の香水の匂いが漂ってきた。子どもの頃から、知ってる匂いだ。身なりにはそんなに気を遣わないのに、兵吾はいつも香りを身に纏っていた。男があまりつけない甘い匂いで、だから子どもの頃の私は兵吾に近寄っていった。兵吾の香りが、あんまりにも美味しそうだったから。

「笑子、お前、幾つになったんだっけ」

「十八。兵吾より十二歳下」

「そっか、じゃあ、もうこういうところに来てもおかしくないな」

兵吾は笑子の頭に手を置いたまま、不似合いな会話を続けようとする。

「ちょっとぉ……」

兵吾の隣にいる女が、馬鹿にしたような視線をこちらに投げかけて、拗《す》ねて口を尖《とが》らせた。

安っぽい女だと笑子は思った。その頃流行っていたものを凝縮したような女。ぐるんぐるんの巻き髪のロングヘア、身体に張りついたワンピースにハイヒール、ハンドバッグ。流行をとりあげた雑誌に出ているものをそのまま再現したような、つまらない女。それに、たいして美人でもなく、化粧だけが濃い。兵吾がこんな女とつきあっているのだと思うと、あまりいい気分ではない。

「こんなところで何してんのよ。早く部屋に入ろうよ」

「わかったよ」

笑子が何かをいう隙も与えず、女は兵吾の腕を引っ張ってラブホテルの部屋を選ぶパネルの前に行く。まるで笑子に見せつけるかのように、女が兵吾のシャツの襟を引き寄せ、唇を近づける。兵吾も、応えるように女の唇を吸った。舌をからませているのは、わずかながらの唇と頬の動きでわかる。女の身体の力が抜けたのか、兵吾のシャツから手を離す。下ろした手が震えていた。

「早く、したい」

「俺も」

「もう我慢できないんだからぁ……欲しいの」

女の甘えた声が不快で、眉をひそめた。

高校生の笑子ですら察するぐらい、女は欲情していた。ラブホテルのフロントの前とはいえ、人が見ているのに、どういう神経をしているのだろう。見かけどおりの下品な女だ。

「行こう」

男が手を引っ張るので、兵吾たちに背を向けて自動ドアの外に出た。

感じの悪い女と兵吾のキスを見てしまったが、そこにはさきほどまで自分が隣にいる男としていたのとは違う、だらしないけれど慣れた空気が淫《みだ》らに感じられた。唇と唇が磁石のように近づき交わされるキス。しようとしてするキスじゃなく、せずにはいられないキス。欲情の滾《たぎ》る前戯のようなキス。少女漫画や映画で目にしてきたのとは、全く違うキスだ。

世の中には、あんなキスもあるのだと、今、初めて知った。

これから、あの二人は裸になり、唇だけではなく身体の全てを合わせるのだろうか。

あの二人が今からはじめる行為は、さきほどまで自分たちがしていたものとは、きっと違う種類のものだ。

「誰、あの男」

「親戚……従兄」

自分でも呆《あき》れるほど、男の問いに対して冷たい口調で答えた。

外に出ると、さきほどまで冷房の中でひいていた汗が溢れてきて、蒸し暑い。まだ、夏なのだ。夏休みは終わっていたけれど、夏は終わっていない。

「従兄と会うなんて、そんな偶然もあるんだ。年の離れた従兄なんだね」

「そうやね――びっくりした」

従兄といっても、血のつながりはないけどね――そう思ったけれど、わざわざ告げる必要はないと笑子は言葉を押し込んだ。

「次、いつ会う？」

男が笑子の手をぎゅっと握って、耳元に顔を近づけてくる。熱い息がかかり、思わず不快感で顔を離してしまう。

「ごめん、もう、会えへん」

「え」

「あのおじさん、きっと両親に言うと思う。高校生なのにあんなところにいたって。怒られる。ごめん、うちの親、すごく真面目で堅いの」

「そんな告げ口みたいな」

「あの人、そういうことする人やから」

とっさに兵吾を悪者にしてしまった。でも、いいだろう。

あんな女と今頃ホテルの部屋でいやらしいことをしているんだもの。私のために悪者になるぐらい、構わないはずだ。

「だからもう会えない、ごめんなさい——急いで帰るね」

「え、ちょっ、ちょっと待って——」

「親が心配してるから、バイバイ」

「ま、待ってよ、おい」

笑子は身を翻し、ラブホ街を走った。男を撒《ま》くために、路地に入り込む。

人気《ひとけ》のないホテルとホテルの狭間に隠れて、溜め息をつく。追われている気配はない、そのまま帰ってくれたのならホッとする。もう一秒たりとも一緒にいたくなかった。指をからませられても嫌悪感しかないのだもの、さっきまで裸で抱き合っていたはずなのに。

「好きじゃなかったんやな」

自分に言い聞かせるように、笑子は呟いた。セックスに興味があった。嫌いじゃないから、つきあった。セックスしてみたら、全然よくなくて、しかも終わったあと、この人とは二度と嫌だと思ってしまった。つまりは、好きじゃなかったんだ——と、自分の気持ちを整理した。

好きだったら、気持ちがよくなるはずだもの。もっとしたい、また会いたいって思うはずだもの。セックスって、そういうもののはずだ。

それにしても兵吾の顔を見たときは驚いた。まさか兵吾が親に何か告げ口するはずもないが、結果的に利用してしまったから、都合がよかったのだ。

自分が初体験をしたホテルで、今頃、兵吾があの女とセックスをしているのかと考えると、何か身体がむず痒くなる。お願いだから、同じ部屋でありませんようにと心の中で唱えた。

——早く、したい——

——俺も——

——もう我慢できないんだからぁ……欲しいの——

兵吾とあの女のやり取りを思い出す。初めてセックスするのではなく、何度かしているから、ああいうふうに「したい」とか「欲しい」とか言葉にできるのだろうか。

笑子が経験したぎこちないキスではなくて、お互いが求めて自然に近づくようなキス――さきほど目の当たりにした光景が離れない。

いやらしい大人たちだ。

笑子だけじゃない、同級生たちがしているようなキスとも、多分違う。唇を合わせるだけではなく、舌をからませ、唾液を混じり合わせるキス。

自分だって初体験を済ませたはずなのに、さきほど目の当たりにした兵吾のキスの光景を思い出すと、胸の鼓動が速まって身体が熱くなった。笑子が、好きでもない男としたセックスよりも、兵吾とあの女のキスは、いやらしい。

そう、兵吾は、いやらしい。

今頃、兵吾はセックスをしているのだろうか。あの男は、どんなセックスをするのだろう、どんなふうに女を抱くのだろう、どんな声をあげるのだろう――。笑子は兵吾があの安物の女を抱く姿を想像しながら、夜のラブホ街を通り抜け、足の付け根に残る痛みを感じながら家路を急いだ。処女喪失のはずだが、血は出なかった。けれど、そんなこと、どうでもいい。する前は、あんなに興味があったセックスが、こんなにもたいしたことないものだと思い知っただけだ。

セックスなんてどうでもいい——それがわかっただけでも、よかった。

今、ここでどれぐらいの男女がセックスをしているのだろう。

たくさんいるはずだ。誰でもしていることだもの。

だからこのくだらない初体験なんて、なんてことない些細な出来事のはずだ。

兵吾の顔を見たのは、五か月ほど前の、あの夏の夜、以来だった。初体験の夜。

まだ、神戸の夜が明るかった、あの夏の夜。

まさかこんな大きな災害に襲われるなんて誰も予想していなかったあの夏、笑子は処女を捨てた。

3

震災の後、笑子は何とか京都の大学に合格することができた。受験を配慮して、家の片づけは母と父、親戚の手により行われ、これで失敗したら申し訳ない、何としてでも合格せねばと最後の最後に頑張った。

家を離れたかった。神戸の街からも離れたかった。この街に住み、毎日瓦礫の山と化した姿を眺めて生きていくのが嫌だった。知り合いが何人か亡くなった。小学校のときに大好きだった女の先生が家族全員、火災で亡くなったと聞いたときは泣いた。高校の同級生の訃報も耳にした。かろうじて卒業式は開かれたけれど、欠席した。行けるわけがなかった。空席が目立つ教室を見ているだけでもつらいのに。卒業して、おめでとうと喜べたらいいけれど、同じように学校に通った生徒が何人か亡くなっているのに笑えるわけがない。

学校に行っても雰囲気は暗い。笑ってはいけないような気がした、楽しむことに罪悪感があった。家族や友人を亡くした子が周りにたくさんいて、同じ学校に通っていた子が行方不明になっていた。

高校一年生のときに同じクラスで、一緒にお弁当を食べるグループにいた子が瓦礫の下敷きになり亡くなった。可愛くて性格もよくて、いい子だった。彼女のように、何を構えることなく人に優しくできたり、人と仲良くできて好かれる人が、内心、羨《うらや》ましかった。きっと彼女はこれから先もそうやって人に好かれて生きていくのだろうと思っていたのに、まさか亡くなるなんて。

卒業式なんか行けるわけがない。先生や同級生の前で涙を見せたくない。泣いたって、どうしようもないことなんだから。人が死んで、自分が生きていることを嘆いて悲しんで泣いても、どうしようもない。兄に対して、「どうしてこんなやつが生き残ってしまったんだろう」と思ったけれど、笑子自身だってそうだ。

人の生き死には神さまが選択しているのだろうか——いや、そう思いたくない。笑子はあの震災で、神さまを信じなくなったし、全ての宗教をうさんくさく思うようになった。

同級生で、そこそこ仲の良かった友だちが、神戸の女子大に推薦入学が決まっていたのに、それを蹴って東京に行ったのにも驚いた。

「私、女優になるから」

彼女が教室で皆にそう告げたときは、そこにいた誰もが目が点になった。背が高くてバスケットボール部のキャプテンだった彼女は、正直、美人でもなかったし、さっぱりした性格で異性よりも同性に人気のある子だった。

「誰にも言ったことないけど、私、女優になりたいねん。ほら、美人でもないし、演技の経験があるわけでもないから、口にすると笑われるやろうし、自分でもなれへんと諦めてたけど……地震で、たくさんの人が亡くなって、家も壊れて……人間ていつ死ぬかわからへんから、後悔しないように、やりたいことやらなきゃって思った。親にも反対されてるし、推薦蹴ったから先生にも怒られたし、東京に行っても何か当てがあるわけやないけど、それでも後悔したくないいし、やってみてダメやったら諦めて帰ってくるわ」

人間ていつ死ぬかわからないから、後悔しないように——その言葉はぐさりと刺さったけれど、それは、自分には彼女のように「やりたいこと」などないと突きつけられたからだ。

やりたいこともないし、なりたいものもない――そんな自分が生き残ってしまい、これからどうすればいいのだろうか。

世の中の役に立たない自分のような人間が生きてていいのだろうか――。

世界から「いらない」と言われているのは、亡くなった人たちではなくて、自分なのに。

それでも死ななかったのなら、生きていかねばならないのだろうか。

目標も夢も才能もなく、ただ生きてるだけしかできない、自分のような人間が。

4

阪神・淡路大震災により、ひとつだけ笑子にとっていいことがあったのは、京都でのひとり暮らしを許されたことだ。第一志望の大阪と、第二志望の京都、第三志望の神戸と三つの大学を受験して、京都の私立の共学の大学だけ合格した。

もともと両親から出された受験の条件が「家から通える範囲」だったのだが、震災後のごたごたで、自宅では勉強に集中もできないだろうと、それまでの、「女の子のひとり暮らしは危ない」という意見を父が翻した。それに京都なら伏見に母の実家があって、全く知らない土地ではない。

京都という街は、景観を守るために高い建物が建てられず、どこからでも山が見えて空が広い。なだらかな山並みを眺めていると落ち着くのは、笑子が六甲山に囲まれて育った神戸の人間だからだろうか。守られているような気がする。

京都はかつての神戸のように洗練された街ではないが、学生が多く、古い建物がたくさんあり、時の流れがゆるやかなのもいい。

それに、京都にいたら、つい数年前の出来事を、他人事《ひとごと》のようにも思うことができた。

あの年を忘れることのできない人は、たくさんいるだろう。

一九九五年——阪神・淡路大震災だけではなくて、三月にまたとんでもないことが起こった。地下鉄サリン事件——それまでもテレビなどで話題にはなっていたが、あくまで「おかしな人たち」に過ぎなかった宗教団体が、罪もない人たちの命を奪うテロ事件が起きた。その後、次々とその宗教団体の驚愕の正体が暴かれ、その報道も「熱狂」と言っていいものだった。

その熱狂の渦に巻き込まれた人間が、身近にいた。兄の新太だ。

笑子が実家に帰っているときだったので、大学に入学してすぐのゴールデンウィークのはずだ。テレビで連日流される宗教団体の報道を見て、夕食を食べているときに兄が「あっ!!」と大声をあげた。
「あいつだ！」
宗教団体の幹部たちが連日マスコミの前に顔を出し、自分たちの正当性を饒舌《じょうぜつ》に語ってい
た。
その日も幹部のひとりが教団本部の前で、大勢のマスコミを前にして自分たちの教団の無
実を訴えていた。幹部の周りを、警護のためなのか、白い無機質な衣服を纏った信者たちが
取り囲んでいる。
「木林だ！　木林誠！　同級生のっ！」
母は「木林くん？　N校の？」と反応した。
「そうだよ、木林。成績トップの――あいつ京大行ったって聞いてたけど――」
木林誠は兄が中退した進学校N校の同級生で、一年、二年生と同じクラスだった。成績も
よく学級委員もつとめ、学校に行かなくなった兄のために最初はいろいろ気にかけてくれて、
うちにも一度先生と一緒に来てくれたことがあるらしい。
短く刈り上げた髪の、細身の真面目そうないかにも優等生らしい容姿――しかし、眼に光
のない男が、饒舌に語る幹部の隣に立っていた。兄の同級生の木林誠だ。
「すげぇな、あいつテレビ出てる！　幹部のあんなそばにいるって、あいつも偉いのかな」

「新太、こいつら犯罪者だぞ」

兄のはしゃぐ様子に、さすがに父が不愉快そうな声を出す。

「すげぇ、すげぇ、木林！　テレビ出てインタビューなんかされてる!!」

兄は父の制止が聞こえていないかのような興奮状態だった。

「母さん、木林、会ったことあるよね」

「え？」

母はそのとき初めて、兄の様子に気づいたのか、我に返ったような表情をつくる。

「ほら、木林誠、一回うちに来たじゃん」

「え……ああ、あの子ね」

母はそれ以上何も言わず、鶏の手羽元を箸《はし》でつかもうとするが、するっと落とす。

その日の夕食は笑子が作った。京都から帰省するので母も早めに帰宅してくれると父から聞いていたが、母も疲れているだろうと笑子自身が作ることを申し出たのだ。鶏の手羽元と玉子を酢と醤油《しょうゆ》で煮たものは、母の好物だったはずだ。ほうれん草と豆腐の味噌汁、きのこの炊き込みご飯、もやしとニラのナムル、どれもそう手はかからないものだけど、父も母も喜んでくれるはずだった。

父は「笑子の料理は美味しい」と、箸をつけたときから褒めてくれた。兄が何も言わないのは以前からだが、食べてくれるというのはまずくはないのだろう。好き勝手に我儘《わがまま》に生きている兄は、自分が嫌いなもの、苦手なものは、一切口にしない。

けれど母は心ここにあらずという感じだった。

その日だけではない、あの震災の日から、ずっとそうだ。

震災で母の勤めていた元町の洋品店は半壊したが、そのまま営業を停止して、母は職を失った。仕事を探してはいるらしいが、基本的に家にいることが増えた。

それまで仕事熱心で、店長になってから張り切って売上げも伸ばしていた矢先の出来事だったので、気が抜けてしまったのだろうか。

もっともそれだけではないと、笑子は薄々気づいてはいた。いや、笑子だけではない。父も兄も、口にはしないけれど、母の変化を察していたはずだ。

いずれにせよ、震災の直後の家は不穏な空気が漂ってはいたけれど、それが現実味を帯びたのは、その年の夏だった。

母が家を出た。

第二章　一九九六年――二〇〇一年　京都

1

大学一年生の夏、母が家を出たと父から聞いたとき、ああ、やっぱりとしか思えなかった。笑子は、神戸の家にはいなかったから、実際にどういう状況だったか、わからない。その頃は、何とか大学にも慣れ、アルバイトもはじめたところだった。

父は笑子に淡々と、母が家を出たことを電話で伝えてくれた。母親が、「笑子に迷惑かけるかもしれないけれど」とは言っていたけれど、冷静だったのはきっと父もわかっていたのだと思う。あの震災の日の翌日以来、心ここにあらずという状態で、母の様子がおかしかったからだ。もっともあのときは神戸の街も家族も、誰もが大変で、日々に追われてそのことを深く考えたり気にかけたりする余裕がなかった。

母が家を出たと聞いて、笑子の頭に浮かんだのは、あの震災の翌日に兵吾の背中からなかなか離れようとしなかった母の姿だ。今まで見たことがない、母ではない、母の姿。

母が出ていった翌日に、母から直接電話があり、「迷惑かけて、ごめん」と言われた。

「どうするつもりなん？　家のこと」

と冷たい声で笑子が言い放つと、「どうしようもないのよ、本当にどうしようもないの。笑子には謝るしかできひん、ごめんね」

電話の向こうで母の声がか細くなり、逆に責められているような気分になった。子どもの頃からいつも母には罪悪感を植え付けられてしまう。

「戻らへんの？」と聞くと、「わからへん」と返され、それ以上話す気になれず、笑子はあてつけがましく大きな溜め息をついて、電話を切った。

ちょうどその頃、『マディソン郡の橋』というアメリカ映画が大ヒットしていた。いい年の子どもも夫もいる人妻が、カメラマンの男と恋に落ちるという不倫映画だ。ポスターを見て、あらすじを聞いただけで、陳腐だし、おじさんとおばさんの恋愛映画を二時間も観る気はしなかった。どうしても母を連想するのが嫌なのだ。

震災のあと、それまで働いていたレンタルビデオ店がつぶれて、絵島兵吾が京都に引っ越したのは知っていた。なんでも店の客であった寺の坊主の紹介で、寺の警備の仕事をすることになったという。

その話が出たのは、笑子が京都に移る直前の三月、兵吾の義父である叔父が、仕事のついでにと我が家に立ち寄ったときだった。この叔父は、父とよく似ていて、違いは髪の毛が禿げ上がっているところぐらいだ。あれから、うちでは、兵吾の名前は誰も出さなかったから、叔父さんが、「そういえば――」と切り出したときには、家族の中に緊張感が走ったが、母が祖母の家に行っていて不在なのがせめてもの救いだった。

「あいつは三十になったのに、どうしようもないやつや。ただ、まあ、俺もちゃんと面倒見てやれなかったからな。他に身寄りがないし、俺も血がつながってないから、何を考えてるかわからなくて、まともに話もしづらくて」

「仕方ないやろ、お前のせいやない。子どもの頃ならともかく、あいつとお前が親子になったのはあいつが高校生のときや。いきなり家族になれと言われても難しいやろう」

父が叔父にビールを注《つ》ぐ。

その「仕方ない」という言葉の中には、母のことも含まれていたのだろうか。

「兵吾が十五のときに、うちに来て……その頃から、落ち着いているというか、諦めているというか、子どもらしくなくて……育ちがちょっと普通やないから仕方ないんやろうけど、正直言って、俺は最初からどうも苦手やった。それでも、親子となった縁があるんやから、頑張ったつもりなんやけどな」

「いや、お前は、よくやってたと思うよ。兵吾は、しゃあないよ。母親があいう女やったから——」

父の「母親があいう女やった」という言葉が、気になった。「ああいう女」と大人たちが言うのは、どんな女で、その女が、兵吾にどういう影響を与えたのだろう。大人たちの言い方だと、兵吾は母親のせいで、ふらふらした人間になったということか。

それでも、昔から叔父は兵吾に気を遣っていた。笑子は再婚してすぐ亡くなった兵吾の母親を知らないけれど、叔父が親戚の集まりに連れてきたり、自分の子どものように接しようと努力をしていたことは、子どもの目から見てもわかっていた。

けれど叔父が新しい妻を迎えると、どうしても兵吾の居場所はなくなってしまった。

父がいて、母がいて、兄も親戚もいる自分には、周りに血のつながった者がいないという兵吾の心境は、想像もつかなかった。

京都の夏は湿り気があって肌に纏わりつくようだ。汗も流れ落ちて止まらない。笑子は麻のワンピースとサンダルで、うんざりするような太陽に照らされながら兵吾のもとに急ぐ。

母が家を出たと父に知らされ、その翌日に母からかかってきた謝罪の電話を切ったあと、笑子はその足で、叔父から聞いた兵吾の働く寺に向かった。母とは話にならないから、兵吾の口から状況を聞きたかった。

薄い緑色の市バスを降りて、坂道を上る。古い家や土産物屋が建ち並ぶが、観光シーズンではないから人はそう多くない。目の前に石の階段が現れた。寺めぐりをしに来たわけじゃないのに、この階段を上るのかと少しうんざりする。階段を上りきると、受付で拝観料を払い寺の境内《けいだい》に入った。神社仏閣に疎い笑子でも知っている、有名な寺だ。兵吾はこの寺の坊主と知り合いで、その伝手《つて》で働きはじめたと叔父は言っていたが、兵吾の勤めていたレンタルビデオ店周辺のいかがわしい街に出入りしていた坊主だとも後で知った。

受付から垣根に囲まれた細い道を進むと、間もなく景色が広がり、蓮《はす》が浮かぶ池があった。既に蓮は枯れているが、咲いていたらさぞかし見事な光景だろう。その池をぐるっとまわると、お堂があった。扉はなく、外からでも真ん中に厨子《ずし》があるのが見える。薄暗いお堂の中に足を踏み入れると、パイプ椅子に腰掛けて目を瞑《つむ》っている兵吾の姿を見つけた。紺色の麻の作務衣《さむえ》姿だ。

こんなときなのに、笑子はその作務衣が兵吾によく似合っていると思った。法事のときのスーツ姿なんかより、よっぽど似合う。兵吾に堅苦しい姿はふさわしくない。少しだらしないほうが、兵吾らしい。

作務衣の襟の合わせ目から汗で光った肌が見えて、ドキリとした。直《じか》に作務衣を身に着けているのだろうか。結び目を解くと、簡単に脱げてしまうのに、無防備だ。

古いお寺のお堂は暗くてひんやりして、クーラーよりも心地よい。寺の境内に緑が多いせいか、空気も美味しく感じられる。

「兵吾」

笑子がすっと近寄り声をかけると、眠そうな眼を隠す瞼がゆっくり開いた。

「あれ、どうしたんだ、笑子。あ、そうか、お前、今、京都か。夏の寺めぐりか」

「どうしたんだやないでしょ。寺めぐりなんて優雅なことしに来たわけじゃないし」

兵吾のもとに向かった動機は、怒りだったのだろうか。母の心を虜《とりこ》にしている男に対して、笑子が抱いていた感情は、「娘」としての怒りや寂しさなどという単純なものではなかった。

嫉妬——それも違うような気がする。どちらかというと興味なのかもしれない。

「夏にわざわざ寺になんか来ない」

「そう言うなよ。本当にお参りしたい人は、春や秋の観光シーズンを避けて夏か冬に来るんだよ。混雑してないからな。普段、寺とか行かないのか」

「行かへんよ、興味ないし」

「せっかく京都に住んでるんだから、もったいない」

「兵吾だって、興味あるの？」

「あんまりないよ。ただバイトしてるから、ここにいるだけ」

「だったら私のこと言えへんやんか」

「俺はいいの。笑子は若くて将来がある身なんだから、いろいろ体験しとけ。俺とは違う」

「何が違うのよ」

「未来があるってことだよ。俺にはない」

何で兵吾はこんなに平然と、そして飄々《ひょうひょう》としているのだ。冷静に考えると、大変なことをしでかしているくせに。

けれど兵吾が怒ったり、泣いたり、落ち込んだりしている姿は想像できない。何があっても動じないと言えば聞こえはいいが、感情が壊れているのではないだろうか。人間に当たり前に備わっている何か大事なものが欠けているようにしか思えない。

人妻を奪うほどの情熱は、どこにも見えない。

「お母さんが、家を出た」

「知ってる」

「あんたのところにいるの？」

「――いるけど、一緒には住めない」

兵吾はのっそりと面倒くさそうに立ちあがる。このお堂を訪ねてくる観光客に説明するのも仕事のうちらしい。他の者に見られて遊んでいると思われたら困るから説明するふりしながら話そうと、笑子をお堂の真ん中の厨子の前まで手招きした。

「うちのお父さん、困ってるんだけど」

「うん、俺も困ってる。さすがにそのうち身内にもバレるかもな。遂に勘当か。まあ、仕方ないな、きっとそのほうがいいんだよ、お互いのために。俺、邪魔者だし、いないほうがいい」

「……兵吾は、私のお母さんのこと、好きなん？　お母さん、お父さんと離婚して、兵吾と結婚するの？」

笑子がそう問いかけると、兵吾は目の前の厨子をじっと見ていた。色あせた厨子の奥には、目を凝らすとすらっとした仏像がある。仏像の種類はわからないけれど、綺麗な顔をしている。

「結婚しないよ」

「お母さんのこと、好きやないの？」

「好きだよ。じゃなきゃ、会わない。でも――困ってる。とりあえずはうちにいるけど、早く出ていってほしい。伏見の実家にでも行けばいいのに」

「なんであんた、そんなに冷たいん？」

兵吾の言いぐさに、急に怒りが込み上げてきた。母はこの男のために家族を捨てようとしているのに、それぐらい好きなはずなのに、兵吾は他人事のようだ。自分を慕って家族を捨ててきた女に対して「早く出ていってほしい」なんてよく言えたものだ。お母さんが可哀想
――そう口にしかけた。

「冷たいというか、正直なんだよ。俺は友里子さんとは一緒に暮らせない。ひどいことになる。というか、さすがにそんなことできない、ましてや結婚なんて」

「でも、お母さんは、あんたを」

「俺も、友里子さん、好きだよ。京都に来てくれて、いつでも会えるのは嬉しい。でも彼女の望むものに俺は応えられない。いつもそうなんだけど、俺の『好き』と、女の『好き』とは違う。友里子さんを俺は背負えない」

兵吾の言っていることのほとんどが理解できなかった。好きなら、一緒にいたい、結婚したいのではないかとしか、思えない。好きだから、会いたい、一緒にいたい、結婚したい
――単純な話のはずなのに。

「悪いと思ってる。笑子に対しても、友里子さんの旦那さんに対しても……何よりも、俺の育ての父には二度と顔向けできないな。俺の親になったのを後悔するかもな。でも、疎遠に

なるいい口実ができた。このまま籍を抜いてもいいかな。親子の縁を完全に切ったほうが全て丸く収まる」

その口調には深刻さはなくて、悪いと思っていると言いながら、実はそうではないのが察せられた。

「あんた、籍を抜くって、そこまでして……それでもお母さんとは暮らせないの？」

「暮らせない。暮らしたら、つらい。縛られるのも監視されるのも嫌だ」

「何でそんな冷静なん？　好きなんやないの、お母さんのこと」

「好きだよ。でもだからこそだよ」

縛るとか監視するとか——自分の母に似つかわしくない言葉だ。

「そもそも、なんでお母さんと……。最初から、あかんことやって、わかってたんちゃうの？」

「事故みたいなもんだ。一年……も、経ってないか。元町に用事があって行ったときに友里子さんの店の前を通ったから、ちょっと入ってみた。そのとき、友里子さんに飲まないかと誘われた。何も考えてなかったんだよ、俺。腹が減ってただけかもしれない。あ、おごってくれるの？　景気がいいんだね、なんて、ほいほいと軽く考えてた。多分、友里子さんもそのときは、そうだったと思う。久々に会った親戚の子に親切にするだけのつもりで——でも一度そういうことがあると、もっと一緒にいたくなった。それだけ」

「お母さんのほうから誘ったの？」

口にしたものの、想像もつかなかった。自分の母親が、ひとまわりも若い親戚の男を、性的な対象として見るなんて。笑子にとっては、母親は、母親以外の何物でもない。父親とだって、セックスをしているのは想像したくない。確かに外で働きはじめてから、母親は身なりを整え綺麗になって若返った。けれど、まさか若い親戚の男を自分から誘うはずがない。

「嘘やろ」

「嘘じゃないって。さすがに俺から、親戚の人妻にちょっかいを出す勇気はないよ。誘われたら応えはするけど」

つまりはやはり母のほうから兵吾を誘ったのだ。笑子は以前に母から聞いた、高校生のときにバイト先で父と知り合い、自分のほうからデートに誘ったという話を思い出した。あのとき、母は父が初恋の相手だと言っていたではないか。父は父で初恋の女の人を忘れられずにいたけれど、それでも父に向かっていったのだと。それぐらい、父のことが好きだったのではなかったのか。

「でも、普通、断らへん？　親戚なのに」

「俺はいい加減でだらしないけど、誰でもいいわけじゃない。嫌なら断る。でも嫌じゃなかったから、流された。そういう状況だったんだよ、上手く説明できないけど。そのあとも一緒にいると楽しかったから続いた。セックスがしたかったし、よかった。そういうもんだよ、大人の男と女はな」

「何がそういうもんなのよ、わからへん」

兵吾の言葉に腹が立ったのは、露骨に子ども扱いされたからだ。

お前にはわからない——そう言われたのが不愉快だった。笑子だって一度だけに過ぎなくても、セックスは経験しているし、子どもじゃないのに。

「寝ないとわからないことってたくさんある。一度寝て、合わなかったらそれまでで、よかったら続く。セックスは気持ちがいいもんだし、人間が気持ちのいいことを求めるのは当たり前だ。美味しいものが食べたいってのと、一緒。笑子も、美味しいもの食べたら、また同じもの食べたくなるだろ」

よくもまあ、自分の女の娘に、そこまであからさまに言うものだと呆れた。正直で、飾ることなく——と言えば聞こえはいいが、容赦がない。だから自分を追ってきた母に対して「困る」なんて口にする。

セックスがしたかったし、よかった——兵吾の口から出た言葉は、それが自分の母との行為だと思えない。思いたくなかった。それに、「セックスがしたかった」から、夫も子どももいる親戚の女と関係を続けるなんて、どうしようもなくだらしない。兵吾がそういう男なのはともかく、母までもが、そんな女だったのだろうか。

若くして父と結婚し、兄と笑子を育ててくれた母。子どもの頃、家族で神戸のポートアイランドや宝塚ファミリーランドなどの遊園地に行った記憶がふいに蘇る。帰りには六甲山に車で上り、夜景を眺めて、ここは日本で一番、夜景が美しい街なのだと父に教えられた。あの頃、自分たちは、誰が見ても仲の良い家族だったのに。

母は働きはじめてから、身なりに気を遣うようにはなったけれど、正直、特別若く見えるわけでも美人なわけでもない。そんな母が、若い男を自分から誘うような女だとは信じられない、信じたくない。

ましてやセックスに溺れて、家族を残して家を出るなんて。

そんなだらしない女だなんて、恥ずかしい。

自分は一度しかセックスを体験していないけれど、セックスって、それほどの行為なのだろうか――この男と母との間で行われるセックスは、家族以上に価値のあるものなのか。

「私と――偶然会ったときに、一緒にいた女の人は？」

兵吾は顔をあげ、首を傾《かし》げて考える仕草を見せた。笑子の初体験の日の出来事を忘れていたのだろうか。

「ああ……ラブホテルか。あの人は、以前からの知り合いだよ。友だち、みたいなもんかな。震災の後は、連絡ないから今は何してるのか知らないけど」

　あんなにねっとりとしたいやらしいキスをしていたくせに——と、言いたくなる。私の前で、唇だけではなくて舌をからませていたくせに、「何してるのか知らない」なんて、そんないい加減な関係だったなんて。

「友だちと、するん？　そんなんおかしくない？」

「向こうが求めてきて、こちらが嫌じゃなければ応える。俺はセックスが好きで楽しいから、断る理由がなければ、するよ」

　兵吾の口から出る「セックス」という言葉は、ひどく生々しく、笑子はつい唾を呑み込んだ。自分だってセックスは経験したし、男は当たり前にセックスをやりたがっていると思っていたが、改めて「セックスが好きで楽しい」だなんて言葉を口にする男を目の前にして、混乱していた。

「だってセックスほど楽しいことはないじゃん」

「わからへん」

「笑子はわかんないままでいいよ」

　わかるのが嫌だと、少しだけ思った。

「――お母さんは、兵吾の何なん？」

笑子は心の中に疼《うず》き続けていた問いを口にした。世の中には彼氏や恋人以外にも「セックスフレンド」という関係が存在するのは、知っている。大学の同級生にも、「彼氏はいるけどぉ、割り切ってセックスする男も必要なんだよね」と公言している子がいる。まだ、ひとりしか男を知らない、セックスなんてほとんど知らないも同然の自分には、全く理解できないけれど。

けれど「割り切ってセックスする関係」なら、家族を捨てなどしないだろう。母と兵吾は「セックスフレンド」ではないはずだ。

じゃあ恋人同士かというと、それも違う。恋人同士なら、兵吾は母が自分を追ってきたことをもっと嬉しがるのではないか。兵吾は、明らかに距離をとりたがっている様子だ。でも、この男は、母を「好き」だと口にする。

「何なんだろうね、俺もわかんない」

兵吾は、心の底からどうでもよさそうに答えた。

母と兵吾が一年前から関係していたことも衝撃だった。一年前――当時はまだ我が家は何事もなく平和だった頃だ。笑子も兄も、全く何も気づかなかった。ただ、母は仕事が忙しそうで、でも綺麗になったなと思っていたぐらいで、まさか他に男を作っていたなんて。

母はこの男のどこに惹《ひ》かれたのだろうか。

「震災の日も、お母さんと一緒にいたん？」

「いた」

兵吾は平然として答える。

笑子は大きな溜め息をついた。母がこの男と、セックスをしていたのだと改めて思い知らされる。あの足元が揺れて大きく波打った瞬間に、抱き合っていたのだと。

街が壊滅するほどの大災害の最中に、そんなことをしていたなんて、ひどく罪深い。

「お母さん、京都の実家に帰るって……嘘ついてたんや」

「それは仕方ないよ。嘘つかないと会えないから」

「仕方ないって……」

「俺が言うのもなんだな。悪いことしてるんだから、堂々としちゃダメだな。ごめん——あ」

入口から、年配の男女が入ってきた。

「こんにちは」

兵吾は何事もなかったかのように挨拶をして、その男女に近づいていく。

笑子は黙ってその場を去った。もうすぐ五時になろうとしているのに、セミの声はかしましく、爛々《らんらん》たる陽光が身体を責めるように熱くしていた。お堂を出て、長い石の階段を下りると汗が噴き出し、ハンカチでぬぐう。

「京都、暑い。夏が嫌いになりそう」

誰に言うでもなく、そう呟いて、バス停に向かう。頭の中では、兵吾の「セックスが好きで楽しい」という言葉がぐるぐるとまわっていた。

まだ初体験の一度しかセックスを経験していなかったし、したいって言われたからさせただけだし、よくなかったし、「好きで楽しい」なんて感覚は皆無だ。兵吾の言うことは、何もかも理解できない。母が兵吾に執着しているのも、わからない。

結局、母は兵吾と一緒に住むことなく、伏見の実家で祖母とふたりで暮らすことになったと、父から聞いた。兵吾が母を受け入れなかったし、母とてひとり暮らしをするには経済的に不安があったのだろう。祖母は近年足腰を悪くしていて、もともと母も休みの度に訪ねていっていたので、ある意味、自然ではあったから、親戚にも母の不在を説明できる。家を出て男の家にいるよりは、実家に帰って親の面倒みています、とごまかせる。

兵吾のアパートは、京阪電車の出町柳駅から叡山《えいざん》電鉄に乗り換えて三駅の、一乗寺《いちじょうじ》の住宅街だ。笑子の住む百万遍《ひゃくまんべん》からは、歩くと少しは遠いけれど、バスならすぐだ。同じ街に、母と母の好きな男が住んでいるのは複雑な心境だった。家族より近い場所に、あの男がいることが。神戸の街はまだ復興にはほど遠く、父も仕事で大変な時期なのに、母は何をしているのか。

父には「とにかく笑子は勉強を頑張りなさい、家のことは気にせずに」と言われていた。あの、働かない身勝手な兄と父のふたり暮らしで家がこれからどれだけ荒れていくかと思うと気が重かったが、いろんなことに見て見ぬふりをしたかったのだ。

父はいつか母が戻ってくると信じているようだったが、そんな現金な話はあるかと内心思っていた。とっとと母と離婚してくれたほうが、よかった。男に走って家族を捨てた身勝手な女を待ち続ける父を見ているのはつらい。いや、馬鹿みたいだと思ったのだ。自分自身が父親を馬鹿と侮蔑しはじめたのが嫌だった。

働かない醜い肉の塊である兄と、男に走って家族を捨てた母、そんな母を許す父——うちの家族は、いつからこんな馬鹿ばかりになってしまっていたのだろう。

2

大学時代は人間関係がめんどくさいのでサークルには入らず、通販会社で商品仕分けのアルバイトをはじめて、卒業間際まで続けた。

周りが次々と彼氏をつくり恋愛のようなものをしていたから、自分もしてみようと思った。高校時代のいい思い出じゃない初体験で終わらせるのは嫌だったから、彼氏が欲しかった。

大学二年生のときに、彼氏ができた。誘われて参加した合コンで知り合った男だった。なぜか向こうが笑子を気に入ったらしく、周りにすすめられて、「つきあってもいい」と答えてはじまった関係は一年ぐらい続いた。二浪していて学年がひとつ上だから三歳上の男で、合コンで話したときの印象は、「いい人」それ以上のものではなかった。

友和という名の彼氏は、最初の男のように甘えた声も出さないし、ふれかたは優しくて心地よかった。水泳部で身体がたくましくてアウトドアスポーツが好きな男で休日の度にスポーツに行くから、会うのは一週間に一度、ほとんど夜だけだった。

「まるでセフレみたい」

そう、友人に言われたこともある。確かに夜に会って、セックスして寝るだけのつきあいだったから、笑子自身もそう思っていた。会うと必ずセックスしたのは、彼が求めてくるからだ。

「俺は笑ちゃんが三人目の彼女だよ。初体験は大学入ってからだし、そんなに軽く女の子に声をかけられるほうじゃないんだ」

「私のどこが気に入ったの」

「普通なところ。俺、普通の子がいいの」

そう言われて、なんとなく達成感があった。自分は確かに普通であろうとしているし、普通の女だと思う。でも普通って何だろうとも思うし、なんだか馬鹿にされているような気もした。

男は毎回セックスを求めてくるが、とても早かったのだと後になってわかった。挿入すると、数えられるぐらいの往復運動で、「我慢できない！　ごめん！」と言って射精する。

そのくせフェラチオを好む男で、必ずさせられた。笑子のその部分は、おざなりに舌をちょろちょろと動かすぐらいだから、挿入するために濡らす程度だった。

部屋に来ると、「笑ちゃん、くわえて」と言って、まずパンツを脱いでフェラチオをさせる。いつも、そうだった。

「男はこれ好きなんだよね」

そう言われて、そんなものかと自分を納得させた。フェラチオをして、潤すためにあそこを舐《な》められ挿入されて、数度ピストンして射精する——だとしたら、セックスってなんて味気ない、つまらないものなんだろう。ただ求められるから、応えるだけで、自分から求めるほどではなかったので、やっぱり自分はそんなにセックスは好きじゃないんだと思った。

別れたのは、彼が四年生になり就職活動で忙しくなって会う機会が減ったのがきっかけだったけれど、実のところ他に好きな女ができたのだ。別れを言い出したのは彼のほうだったのに、「だって笑ちゃん、俺と会えなくても寂しがってくれないんだもん。もっと甘えてほしかった。それに、つきあってんのに心を開いてくれなくて、セックスのときもそうだから、する度にバカにされてる気がして、嫌だった。そういうところ直したほうがいいよ」と恨めしげに言われて、驚いた。何言ってんの？　と内心呆れたが、揉めるのも面倒だったので、「ごめん」となんとなく謝って、関係はあっさり終わった。

そのあと、四年生のときに、バイトで最初の頃に世話になった二つ上の先輩と偶然再会して、飲みに行って、酔ったはずみでホテルに行き関係を持った。後にも先にも、酒の勢いでセックスしたのはあのときだけだ。意識朦朧としながらのセックスは、今まで経験したことのない感覚で、身体に力が入らなくて気持ちがよかった。理性がとんでいたし、相手の男が丁寧に身体をほぐしてくれたからかもしれない。

「姫野さんは、男あんまり知らないでしょ」

そう言われて、頷いた。

「なんでそう思うの？」

「堅いから。どうせ気持ちよくないんだセックスなんて、って思ってたんじゃない？　でも、俺のは悪くなかったでしょ」

そんな話をしたのは、二度目のセックスが終わったあとだ。見抜かれていると思うと気が楽になった。その先輩とは、何度かセックスしたが、ふたりの関係は、誰にも言えなかった。彼には長いつきあいの恋人がいたからだ。

先輩の言うとおり、今までの男たちとは違って、気持ちいいと初めて思えた。キスを何度もしながら、身体じゅうに指を這わせてくる。している最中に言葉は少ないけど、じっくりと全身にふれられ、それが心地よかった。男は道具を数種類ホテルにいつも持参して、挿入するまでそれを使ってじっくりと身体を慣らしてくれた。慣れていると思ったし、実際にそうだったのだろう。彼女がいても、笑子のような他の女に手を出すぐらいなのだから、セックスに貪欲なのだ。

「どうして彼女いるのに、私とこういうことするの？」

「他にも、セックスしてる女はいるよ。風俗だって行くし。だって俺、セックス好きだもん。彼女のことはセックス抜きでも好きな存在だから特別だけど、それとはまた別だから」

そう言われて、そんなものかと思った。

先輩はそれまでの男のように、気持ちよくなる前に射精してしまうこともなかった。挿入されながらクリトリスを撫でられると、我慢できずに大きな声をあげてしまい、自分で驚いた。

「何もつけないほうが気持ちいいから」

と、コンドームを拒まれた。最初は怖かったし、単なる気分の問題かもしれないけれど、なんとなくそのほうが密着感がある気がした。

たまにしか会うことはできなかったけれど、セックスを初めて気持ちいいと思えたのは、その人との経験だ。先輩との関係でわかったのは、恋人じゃなくても、特別好きな男じゃなくてもセックスはできるんだということだ。

笑子が卒業して京都市内のカタログや情報誌を作る小さな編集プロダクションに契約社員として働きはじめると、関係はすぐに終わった。

「彼女と結婚して、彼女の実家の商売を継ぐんだ。彼女の実家、九州なんだよ。だからもう会えない」

そう告げられたけれど、悲しくはなかった。セックスを初めて気持ちいいと思わせてくれた相手だけれども、恋してはいなかった。だから未練もなく、もういらないと思った。

周りの友人たちは、彼氏と仲良く楽しくやっているようにも見えるし、早々に結婚を決めた子もいる。大学時代、比較的真面目そうなグループの中にいたせいか、最初につきあった男とキスしてセックスして、長く付き合い続けている子が多い。ひとりの男と、恋愛とセックスを両立させて、それに何の迷いもなく従っている子がほとんどに見える。

どうして自分はそういうふうにできないのかと笑子は考えていた。恋愛イコールセックスとならないのは、男を見る目がないのか、自分に問題があるのか、セックスに意味を持たせ過ぎなのだろうか。でも、そんなたくさんを望んでいるつもりはないのに、男にも、セックスにも。

だってほら、こんなに簡単に手放せるんだもの。

3

夏が来る度に、この街に住むことを選んだのは失敗だったんじゃないかと考える。

湿度が高い、べたつく京都の暑さは、ただでさえ何事もめんどくさがる怠惰な身体を重くする。そのせいか少し肉付きもよくなった。けれど、それを削《そ》ごうとも思わない。

夏に汗にまみれてするセックスは、笑子を冷静にさせる。していないときは寂しいし、ないと不安になるのに、こうしてセックスをしているとまとわりつく汗も鬱陶しくて、何より疲れるから早く終われと願ってしまう。

「笑ちゃん、好きだよ、愛してるよ、可愛いよ――」

男が笑子の上で、必死に腰を動かす。女が上になるのは好きじゃないからと、正常位か、後背位の二つしかバリエーションがないセックスだ。でもいろいろしたいわけじゃないから、これで十分だ。

「笑ちゃん、俺のこと好き？」

「好きだよ」

「嬉しいよ、笑ちゃん、可愛いよ、本当に可愛い」

好きとか愛してるとか可愛いとか、そんな言葉を恥ずかしげもなく連発できるのは、彼自身が、人から愛情を降り注がれて生きてきたからだろうか。

セックスのときだけじゃなくて、普段からも、「好きだ」「愛してる」という言葉を口にされると話すと、女友だちは皆、口を揃えて「羨ましい」「愛されたいよね」と言うのだが、どうしても笑子はその言葉の海に身を浸すことができずにいた。男が、その言葉を口にして、自分で自分に酔っているような気がするからだ。

ともかく、いらないことを考えすぎだ。セックスの最中に、そんなに冷静になってはいけないと自分に言い聞かせていた。

自分はセックスが好きじゃないのだろうか。でもそこそこ気持ちはいいし、他に楽しいこともないし、人と肌を合わせるのは心地よいのに、どうしてときおり、こんなに冷めているのだろう。感じていないわけではない証拠に、ちゃんと濡れている。

それに、目の前の男を好きなのは、間違いない。抱かれて、肌を合わせるのは嬉しい。なのになぜか、「好き」とか「愛してる」とか「可愛い」と言われても嬉しくない。

言葉と身体がちぐはぐのような気がしていた。いっそ、無言でセックスするほうがいい。愛の言葉は連発されると嘘っぽくなるし、感動もなくなる。

最初の頃は、嬉しかったし、セックスだってもっと新鮮で楽しかったはずなのに。

「イ、イくよっ!!」

終わりの合図が男の口から発せられるとホッとした。祥太郎《しょうたろう》は咆哮《ほうこう》をあげ、粘膜を隔てる薄い膜の中に熱い汁を注ぎ込むと、大きく息を吸い込み笑子の上に倒れ込んできた。滝のように流れる汗が、乳房と腹を伝わりシーツに落ちる。昨日、洗濯したばかりなのにまた今日もしなければいけないのが面倒だ。

「よかった？」

「うん」

セックスのあとでよかったと聞かれて、否定する女がいるのだろうか。たとえ全くよくなかったとしても、だ。

「でも、笑ちゃん、イかないよね」

うんざりしながら薄く笑ってごまかす。

「イかない人なんて、たくさんいるよ」

「そうかなぁ」

「祥ちゃん、AVの観すぎなんじゃない。あれは演技だよ」

「演技じゃない人もいるよ、だって自分でするときはイくんでしょ」

自分でするときは、どうすれば自分が気持ちよくなるか知ってるからだし、緩急も自在だからよ――なんて、本音は言えない。

「俺が下手なのかなぁ、経験不足なのは仕方ないけど」

「そんなことないよ。だってちゃんと気持ちいいのに」

話がさらにめんどくさい方向に行きかけたので、笑子はわざと欠伸《あくび》をする。

「……明日も仕事だから、寝ないと」

「朝までいちゃ、いけない？　もっといちゃいちゃしたいんだけど」

「ごめんなさい、ひとりじゃないと熟睡できなくて……朝がつらいの」

「わかった。シャワー借りる」

祥太郎が立ち上がり、浴室に向かう。スポーツが好きで学生時代は野球をやっていた祥太郎の身体には筋肉がついていて、どこもかしこも硬いのに、太ももの間に揺れる陰嚢だけが柔らかくてぶらぶら揺れているのがおかしい。

布団の上でひとりになると急激に身体が乾いていくのを感じる。時計を見ると、十一時半だ。終電には間に合う。笑子の住む学生街の百万遍から、京都の西、右京区西院《さいいん》に両親と住む祥太郎の家まではタクシーだと数千円かかるので、必ず終電で帰ってくれるのがありがたい。泊まられるのは嫌だ。最初の頃は何度も泊まりたいと言われたし、一度だけそれを許してしまったこともあるが、やはり夜はひとりで眠りたかった。腕枕をしたがるのだが、寝にくいのだ。拒否すると、悲しそうな顔をされて申し訳なく思った。

祥太郎とは二度ほど温泉旅行に行ったことがあって、きっちりセックスしたけれど、何となく隣に人がいるのが落ち着かず、眠りが浅くて翌朝ひどく疲れた。それと、笑子は朝食をいつもトーストだけで済ますのに、家で母親にサラダやらオムレツやらを毎朝作ってもらっているせいか、「笑ちゃんの朝ごはん食べたいな」と一度泊まった朝に言われたときに、面倒だった。

うとうとしていると祥太郎がバスタオルで身体を拭きながら浴室から出てきて、服を身に着けている。よく食べるのに全く太らないのが羨ましい。短く刈り上げた髪の毛、二十六歳という年齢よりは幼く見える。その「少年ぽさ」が可愛いのなんて、取引先の中年女性が言っていたのを思い出す。

「ショータローくん、可愛いよねぇ。お坊ちゃんぽくて母性本能くすぐられちゃう」

なんて、甘い声を出されて戸惑った。そう、祥太郎は人に好かれる男だった。いかにも育ちがよさそうで屈託がなく、少し幼くて、無邪気で、誰に対しても公平で明るく、よく笑って——そうやって皆が彼を「愛すべき存在」とする性格を、ときおり無神経に感じるのは、近くにいすぎるからなのに違いない。

「じゃあ、またね」

玄関で軽くキスをして祥太郎を見送り、鍵をかけると、シーツを剝いで洗濯機に入れる。もう遅いから、回すのは明日の朝にしよう。夏だから、すぐに乾くのがありがたい。新しいシーツを布団の上に敷いて、浴室に入ってシャワーを浴びる。洗い流してしまいたかった、全てを。男の唾液も汗も肉の棒の名残も、全て。

それにしても、やはりひどく疲れたのは、夏のせいか。京都という街で夏を過ごすのは六年目で、二十四歳になったけれど、まだこの暑さには慣れない。

大学を卒業して入社した、社員と契約社員を含め十人ほどの会社の先輩が、川本祥太郎だった。笑子より二歳上の二十六歳。親しくなったのは残業のときで、「前から気になってた」と告白され、恋人同士になった。私のどこがよかったの？　と後で聞くと、「クールかと思ってたけど、わかりやすいところもあるし、なんだかそういう、つかみどころのないところがおもしろい」と言われた。

　明るくて屈託のない、誰とでも仲良くなる川本は、同僚にも上司にも取引先の人たちにも可愛がられていた。そんな男が、自分みたいな、人づきあいに積極的ではない地味な女に好意を抱いていたのには驚いたが、断る理由はないから、つきあい始めた。

　それから二年弱、一応は続いて恋人同士ということにはなっている。会社の人間たちは薄々気づいている様子で、先日も社長から、「川本くんと結婚しないの？」と飲み会で隣に座ったときにこそっと聞かれた。

「はい。しません」

「なんで」

「まだ早いかな、と」

「年を取るのは早いよ」

と五十になる、離婚歴が二度あり今は独身の社長はそう言った。

「でも、まだ二十四歳ですよ、私」

「確かにそうだね。でも、彼のほうはどうかな」

社長は意味深な言い方をして、笑子はどうやって話をそらそうか、それればかり考えていた。

4

「笑子」

最近気づいた。

笑子と呼び捨てにするのは家族以外は兵吾しかいない。他の男は「笑ちゃん」「笑子ちゃん」と呼ぶ。

「目の下にクマができてるぞ。寝不足か、働きすぎか、男とやりすぎか、どれだ?」

「最後だけ不正解」

笑子は兵吾の事務所の黒革のソファーに深く腰を沈め、パンプスを脱いだ。そう裕福ではないので、使いまわしのきく二千円の黒のパンプスだ。

一応、仕事中なのでスーツを着ていたが、完全にくつろいでしまっている。この部屋は、自分の部屋よりも落ち着く。

「ここに一緒に来た男とはまだ続いてんのか、あの同じ会社の——名前忘れたけど、子どもっぽい男」

「川本さん、川本祥太郎。一応、つきあってる。子どもっぽいかな」

一度だけ、祥太郎を連れてここに来たことがある。会社の先輩として、仕事の依頼で訪れたのだ。祥太郎には「遠縁のおじさん」という紹介をした。

兵吾にはすぐに「あの男と、何かあるだろ。デレデレしてたぞ、あいつのほうが」と、気づかれてしまった。

「子どもっぽいよ。お坊ちゃんで、人生に何の曇りの一点もありませんて感じで。ああいうのを好青年ていうんだろうな。笑子も子どもっぽいけど、初々しさとか、若いゆえの無邪気さみたいなものがないから、ちょうどいいのかもな」

「何やの、それ」

「褒めてんだよ。俺、若い女、苦手だけど、笑子のことは苦手じゃないから」

笑子は目を閉じて、この部屋に充満している兵吾の煙草の匂いを吸い込む。

兵吾は京都に移って三年間、寺で働いたあとに自分の事務所を借りた。場所は銀閣寺の近くの疎水沿いだ。古いアパートの一室を借りて、そこを起点に写真を撮ったり文章を書いたりしている。写真に関しては何でも撮るらしいが、文章というのがいまいちよくわからない。風俗記事とか、頼まれたらエロ小説も書くよと答えた。

よくそんなので暮らせるなと思ったのだが、事務所の家賃は三万円で、住んでるアパートのほうも四万円だから、月二十万稼げばやっていけるらしい。確かに兵吾は飲み歩く様子もなく、服だって同じものをずっと着ているし、お金を使っている様子はない。車はないけど、移動はバイクを乗り回していた。バイクだって中古で、高そうなものではない。

俺は金のかかんない男だよ。食べ物にもこだわりはないし——そう言っていたが、本当にそのとおりだ。

腕時計もしない。不便じゃないのと聞くと、「指輪もそうだけど、鬱陶しい」と答えが返ってきた。男の中には、どれだけ高級な腕時計を身に着けるかで自分の価値を誇示しようとする者も少なくないのに。服だって、本人に言わせると「洗いやすい服で、アイロンかける必要のないもの」という基準で選ぶらしい。眼鏡が、この男のだらしなさを少しばかりごまかしているように思っていた。煙草だって安物だし、酒は飲むけれど、家で焼酎をちびちびする程度だと言っていた。

「高校生のときから、ひとり暮らししてきたんだからさ、義理の親に迷惑かけまいと。だからお金をかけずに暮らしていく方法なんて身についている」

そのときに浮かんだのは、兄の顔だった。高校を中退して親の世話になり続けている、兄。兄と比べると、兵吾はだいぶマシな人間だと思える。

写真は何でも撮るというので、何度か笑子は仕事を頼んでいた。特別上手くはないが、問題はなく、何より安く引き受けてくれ、言いたいことを言えるので、やりやすい相手だった。

どうして転職したのか問うと、「ひとりで何かしたかったから」とのことだ。

「俺はどうもやっぱり組織にいるのがダメだ。人と同じことを強制されると、心の底から嫌になる。不安定でもひとりで何かやるほうがいい」

誰だってそうだ。でも生活するために我慢して働いている。それが大人ってもんじゃないのと笑子は内心、鼻白んだ。自分よりもずいぶん年上なのに、この男はときどきこうして、子どもっぽいことを言う。社会性に欠けた人間の言い訳にしか聞こえない。

ただ、事務所を持った理由は、それだけではなくて、部屋に通ってくる母と距離を置きたいのではないかと笑子は推測していた。まだ二人の関係が続いているのは知っている。兵吾が、何のうしろめたさもなく「昨日、友里子さん来たよ」と、会話の中で口にするからだ。

笑子自身は、母とは相変わらずまともに話してはいないままだ。母が家を出てから、あっという間に六年が過ぎて、母は相変わらず祖母の家にいる。神戸の家には帰らないまでも、たまに父とは連絡をとりあって、一緒に食事に行ったりもしているのは、父の口から聞いて知っていた。

両親が離婚もせずにつながり続けているのも不可解だった。母と兵吾の関係も、父と母の関係も、どちらも曖昧だ。きちんと切ることも離れることもなく、だからといってくっつくこともなく、六年もの時間が流れている。誰もけじめをつけようとしない。曖昧だから、結論を出さなくてもいいから、かえって居心地がいいのだろうか。もっとも、父は母が戻ってくると信じている様子だったが。

そんな中で、一番曖昧で他人から見ておかしなことは、自分が母の男である兵吾に会い続けていることかもしれない。兵吾が寺で働いているとき、何度か足を運んでいた。寺をやめて事務所を借りたと聞いて、さすがにひとりでいきなり行くのには躊躇《ためら》いがあって疎遠になった時期もあったが、就職してからは、「仕事」という名目で、ときおりそこを訪ねるようになった。とはいっても、しょっちゅうはさすがに行かない。

笑子が兵吾と一緒に仕事をしているのは母には内緒だし、もちろん父にも話してはいない。母親の愛人である男に娘が仕事を依頼するなんて、おかしな話だし父を傷つけてしまう。兵吾に会う理由を誰かに問われても笑子自身も答えに困るし、理解されないこともわかっていた。笑子自身がわかっていないのだから、人に説明なんてできるわけがない。

「しかし、お前、そのソファー好きだよな」

「落ち着くの。うちは狭いからソファーなんか置けへんし」

「だからといって、いい年した女が靴脱いで男の部屋のソファーで横になるなんて、ちょっと」

「だらしないって言いたいんやろ」

事務所に来る理由を、兵吾には、「古い建物が落ち着くし、ソファーが好きだから」と言っていた。

それにここには母の気配がなくて安心できる。母には部屋はいいけど、事務所には来ない約束をしたと兵吾から聞いた。

「なんでお母さんは、あかんの？」

「だって仕事場だもん。笑子は一応、仕事相手だからいいけど」

「お母さん、納得した？」

「友里子さんがいたら、仕事せずセックスしちゃうかもしれないからダメだって言ったら、納得してくれた。それにここ、シャワーがないし」

「……よくもまあ、娘の私にそんな話するね。普通やないよ」

「最初から俺、普通じゃないだろ。回りくどいこと言われるよりも話が早い。あれこれ建前の理由を言われても、笑子も嫌だろ？　今さら笑子相手に、建前話してもしょうがないし」

「そりゃあ……嘘つかれるよりは、いいけど」

「笑子だって、もう大人なんだから」

そう言いながらも、兵吾は昔のように、笑子の頭に手を置き撫でる。言葉とは裏腹に、子ども扱いされているのが手にとるようにわかり、悔しくもあったが、その感触が心地よいので黙っている。

複雑な心境だったが、ここは母が足を踏み入れない空間なのだと思うと、安心した。兵吾と一緒にいる母の姿だけは見たくない。あの震災の朝の、母が兵吾の背中に張りついて離れなかった光景だけで十分だ。

それでもやっぱり兵吾と母はセックスしてるのだ――しかも、初めて関係を持ってから何年も経ってるし、母は、もういい年したおばさんなのに。下手したら、孫がいたっておかしくないのに。母と兵吾が、二人きりになると我慢できない、せずにいられないんだと考えると、得体の知れないドロドロとした異物感が笑子の胸のあたりにせり上がる感触がある。

このふたりが飼っている、いやらしいケモノは、自分の中にもいるのだろうか。自分だってセックスはしているけれど、きっと、その欲望の形は、このふたりとは違う種類のものだ。

「笑子、その男とセックスしてんだろ。俺も一度会ったきりだけど、あんまりおもしろくなさそうな男に見えたな」

その「おもしろくなさそう」は祥太郎自身なのか、それともセックスなのか――聞きたかったけど、やめた。

「たまにしてる。だって一応、彼氏だもん」

「なんで一応なんだよ。で、週に何度ぐらい？」

「一度か二度かな」

どうして母の男とこんなに生々しい話をしているのだろう。他の男、いや、女友だちともこんな話はしないのに。

「笑子、お前、他にも男いるだろ」

机に座り何か資料のようなものをいじっていた兵吾の言葉に、笑子は驚いて身体を起こし膝をそろえる。

「なんで、あんた」

「知ってんの？　って？　だってお前、退屈そうにその男のこと話すから、カマかけてみただけ」

笑子は兵吾から目をそらす。

「俺はな、そういうことだけは鼻が利くんだよ。お前は自分が思っているよりずっとわかりやすい。顔見ただけで、どんな男とやってんだかわかるよ」

「嘘」

「昨日もセックスしただろ」

笑子は思わず手で顔を隠す。目の下のクマは、昨夜、男と会っていたから寝不足でできたものだ。会社の先輩である川本祥太郎とは、違う男。傲慢で貧乏で妻子のいる十六歳上のフリーのイラストレーターで、本人いわく「僕の仕事はほとんど娯楽みたいなもの」で、妻に食わしてもらっている男。

セックスだけのつきあい——の、つもりだ。

「今だから言うけど、お前と神戸のラブホテルでばったり出くわしたことあるだろ？　あのとき、お前、初めてだっただろ」

「——なんでわかんのよ」

「ものすごくうんざりした顔してた。期待してたけど、がっかりしたって顔に書いてあった」

驚いた。そんなに顔に表れていたなんて、思いもしなかった。

「お前は、ろくでもない男が好きなんだよ。きっと相手もそうなんだろ」

「なんで、そう思うの」

「あの母にして、この娘ありだよ」

「あんた、自分でそういうこと言う？」

「だって本当のことじゃん。まともな人生送りたい女は、俺なんかに近づかない。笑子、お前だってそうだろ。母親の男にこうして会いに来るのは、まともじゃない。ろくでなし男が好きな女じゃなきゃ、俺なんかにずっとくっついてないよ。って、思わない？　自分の母親の行動を見て」

「……思う」

自分でもわかっている。祥太郎のことは好きだ。一緒にいると楽しい。けれど仕事で知り合った三塚明人に誘われて簡単に寝てしまった。これがいわゆる「セックスフレンド」というものなのだろうか。恋愛感情などないのだから。

「まだ若いんだから、痛い目にあっとけばいい」

「何それ、やめろとか言ってくれへんの」

「俺に人のこと言える権利があるわけないだろ。それに、女も男も若いうちに痛い目にあって、自分の心も身体もどうにもならないことがあるんだってわかっておいたほうがいいんだよ。でないと――」

「お母さんのように、なるから？」

兵吾は笑子の言葉に苦笑する。

子どもも夫もいて、仕事も持っていて、仲の良い家庭を築いていた「いい妻」「いい母」だったはずの母は、この男と寝て、壊れた。

十九歳で結婚した母はおそらく父以外に男を知らなかったし、恋愛も経験がなかったはずだ。そんな母が兵吾に夢中になり何もかも捨てた。そこにはどんな秘密があるのだろうか

――それをまだ、笑子は知らない。

「痛い目にあっとけっていうのは、いっぱいセックスしとけってこと？」

「そういう意味じゃない。いろんな男と数を重ねるのに意味はない。セックスして、傷ついておけってこと」

「何よ、それ」

「傷つかないと耐性ができないんだよ」

「兵吾は傷ついたことあるの？」

「いっぱい、あるよ。こんなんだから、怒られたり恨まれたり憎まれたりしたこともある。友里子さんだって、俺のことどこかで恨んでるよ、きっと」

それだけ母はあんたのことを好きで必要としているんでしょ――そう、言いたくなった。恨まれるようなことをしているという自覚はあるのに、どうして別れないのか。

母だって、そうだ。

笑子はソファーに寝転がったまま目を瞑《つむ》る。

「兵吾」

「ん？」

「お母さん、元気？」

「多分、元気。近くに住んでるんだから会いに行けば」

「嫌だ」

男の匂いを纏わりつかせた「母」には会いたくなかった。母と寝ている男と会うのはいいけど、男と寝ている母に会うのは平気じゃいられない。

「お母さん、まだ兵吾の部屋に来るの？」

「たまにね」

母はやはりまだこの男と寝ている——そう考えると呼吸がしにくくなり胸が苦しい。

「なんで、お母さんは兵吾に会うんだろう」

「ずっと『お母さん』をやってて、疲れてたんじゃないか？」

「それって、私たち家族がしんどかったってこと？」

「そうじゃないよ。でも、そういうときもあったかもしれない。どっちにしろ、俺は逃げ場に過ぎないんだよ、友里子さんの。だから結婚なんてできるわけがない。友里子さんだってわかってると思うよ」

「こんなに長い間、逃げてるの？」

「戻るきっかけをなくしてるのかもしれないし——友里子さん、もうすぐ五十歳だろ。女は、その辺になると、心も身体もいろいろあるんだよ」

もうすぐ五十歳——改めて母の年齢を考えると、少し背筋が寒くなる。

二十四歳の自分には、五十歳の女が男に執着しセックスしているのが、ひどく醜いことに思えた。しかもその女は、自分の母だ。

母が出ていった年、『マディソン郡の橋』という不倫映画に続いて、その翌々年は『失楽園』というお互い家庭のある男女の小説が大ヒットして、同年には映画も作られた。「失楽園ブーム」と言われて、当時、周りの大学生たちも映画館に足を運んでいた子は少なくなかった。

ちょうどその頃から、ＰＨＳが普及しはじめた。小さな携帯電話のようなもので、そのおかげで「不倫」がしやすくなったと言われていた。まるで自分の母がそういう世の中の風潮に乗ったようでうんざりしながら、それらのブームを眺めていた。

でも、恋人がいるのに、他の男とセックスしている自分だって——母を大声で非難はできない。ましてや母の恋人に自分から会い続けているなんて、誰かに話したら、「おかしい」と言われるから、誰にも言えない。

5

たかがセックスだ。誰でもやっていることだ。

処女のときは、人生が変わる大事かもなんて思っていたけれど、実際経験してみれば、どうってことなかった。たいそうなことじゃない。なのに、人は、セックスをしたがる。性欲があるからという言葉で片づけられるとは、思わない。

自分の性欲が、未だによくわからない。したいと思うくせに、どうしてこんなに冷めているのか――そのくせ身体は燃える。

「腰をあげろ……」

ホテルの部屋に入るなり三塚明人にベッドにうつ伏せにされて下着を剝ぎ取られた。

高速道路のインターチェンジ近くに並ぶ派手な建物に車で入り、安っぽい装飾の部屋でシャワーを浴びる間も与えてくれない。いや……と口にするけれど、本当は嫌がってなんかいない。

「やらしいな……」

笑子は顔をシーツに埋めて服を着たまま、尻だけを剝《む》き出しにしている。三塚がそこを覗き込む。

「彼氏にここ、可愛がってもらってるのか？」

首をふる。祥太郎は舐めない。どうも苦手なのだと言っていた。笑子はそこを舌で刺激されるのは、こそばゆくもあるし、自分ひとりでふれることもあるから敏感すぎるのをわかっている。だからこそ、怖くもある。好きかと問われると、そうでもない。けれど、「苦手」だと言われてしまうのには、傷ついた。私の性器はそんなにも醜いのか、と。

「そうじゃないよ。笑ちゃんがどうのこうのじゃなくて、女の人のそれ、そのものがどうも苦手なんだ」

祥太郎はそう言うし、言いたいこともわかる。自分だって、女の性器はグロテスクだと思うもの。自分が舐めろと言われたら、絶対に無理だ。けれど、どうしても笑子は、そこを口にされないと、本気で求められている気がしない。身体の全ての部分を受け入れてほしいから、されないと悲しい。醜いところだからこそ口づけてほしいと望む。自分はきっと欲が深いのだ。性欲が強いというよりも、欲そのものが深い。

だからいつも物足りない。

祥太郎という恋人がいても、他の男とこうして寝てしまうなんて、欲が深いからとしか理由のつけようがない。

舐めてくれないことだけじゃない。祥太郎が、セックスのときに、「可愛い、好き、愛してる」を連発するのも、嬉しいよりもむず痒さがあった。大事に、宝物のように優しく扱ってくれるのはわかる。

けれど、それに慣れてくると、違う種類の快楽が欲しくなった。大事にされすぎると、乱暴に扱われたくなる。だからこうして、三塚とセックスしていた。

「あ……」

三塚がその部分に口をつけた。唾液をなすりつけている。

「うぅ……」

久々の舌の感触に笑子はシーツをつかんで声を殺す。自分の指でも気持ちよくなるけれど、男にされるのとは全然違う。

「あっ！」

声が漏れてしまったのは、三塚がいきなり挿入してきたからだ。

「すぐ入っちゃった。服も脱いでないのに。しかも、もう濡れてるよ」

「やだ……」

「やだじゃないよ、てめえ、好き者が」

違う――とは言えない。好き者、なのだろうか。恋人がいながらこうして他の男と寝ているなんて。

「ぁあ……」

祥太郎も三塚も必ずコンドームを忘れない。それだけが、ふたりの共通点だ。

「妊娠しちゃったら困るだろ」

確かにそうなのだが、どこか寂しい。男との間にどんなに薄かろうが隔てがあるのが寂しい。

「あぁ……」

三塚の腰の動きが速まり、笑子は顎《あご》をそらした。

「気持ちいいか？」

「うん……いい……ぁあっ‼」

三塚が腰を動かしながら、つながっている部分の上にある剝き出しの快感の粒にふれて、笑子は大声を出してしまう。

「声、出していいよ。出せよ、ホテルなんだから」

声を出すと気持ちがいい。カラオケで大声を出すのと同じで、ストレス解消になっているのかもしれない。祥太郎とは笑子の家でセックスするから、声が出せない。薄い壁で、隣に筒抜けだ。いや、抑えなくても、祥太郎とのセックスが気持ちよくないわけじゃないのに、三塚とするときのほうが声が出てしまう。

淫らになれる、乱れてしまう。

それはこの男が、私を乱暴に扱うから、物のように扱うから、私も物になれる——。

祥太郎のように、大事な宝物みたいに扱われると、そこから出られない。

窮屈で、たまらない。

「ぁあ……俺、もうダメ、イきそう……」

三塚の息が荒くなる。

「いいよ……イって……」

「ああ……イくよっ！　イくっ！　ああっ！　いいっ！」

三塚は声が、笑子の知る誰よりも大きい。そのことに気がそがれてしまう自分は冷たいと思うけれど、そのうしろめたさもあるからこそ、三塚を悦ばす演技をする。

「私も、イく——」

三塚は鳥が鳴くような高い声をあげ射精した。

「ふぅ……よかったよ……笑ちゃん、最高」

なぜか祥太郎も三塚も、「笑ちゃん」と同じ呼び方をする。今までつきあった男も全員そうだ。祥太郎が「姫野さん」から、恋人同士になって「笑ちゃん」と呼び方が変わったときに、距離が近くなって嬉しかったのを覚えている。今はもう、それが当たり前になってしまって何とも思わないけれど。

三塚は身体を離し、コンドームを自分の性器から抜きとり眺める。男によって、この精液の匂いが違うというのは、ふたりの男と並行してセックスをしたからわかったことだ。

「量が少ないな、年だからかな」

「奥さんとしてるからじゃないの？」

「カミさんとは、子どもが生まれてからしてないよ」

三塚はティッシュでくるんだコンドームをゴミ箱に捨てて、笑子の肩を抱き寄せた。まだ精液の匂いが漂っているような気がして不快だった。三塚のは、祥太郎に比べて匂いが強くて鼻がつんとする。精液にも加齢臭ってあるんだろうか。

「でも、他の人とはしてるでしょ？」

「笑ちゃん、それ、もしかして焼きもち？」

三塚の嬉しそうな声を聞いて、自分の質問を後悔した。

「違うんだけど」

「そっけないよな。セックスしてお互い気持ちよくなったあとなんだから、嘘でも頷いてくれたらいいのに。でも笑ちゃんのそういうところ、嫌いじゃない」

笑子は会話を続けるよりも、どのタイミングでシャワーを浴びてホテルを出るかしか考えていなかった。

三塚はフリーのイラストレーターだ。年齢は確か四十歳になったばかりだが、シミと皺が多いせいで老けて見える。長い髪の毛を後ろにくくり、ピンクや赤のシャツを着て口髭をたくわえている、見かけで「自分は普通のサラリーマンではない」と主張しているような男だ。

笑子の会社が仕事を発注していて、初めて会ったときから「笑ちゃん」と呼ばれて、好意を剝き出しにされた。笑ちゃんて、俺の初恋の人に似てるんだよね――なんて見え透いた嘘もつかれた。

未だに、なんであのとき、三塚と寝たのか、よくわからない。飲みに誘われて、いつもより深酒になったのは、三塚の連れていってくれた先斗町《ぽんとちょう》の創作和食の店の料理も酒も美味しかったからなのか――いいや、違う。

三塚に誘われる少し前に、祥太郎が、「俺の家に来ない？　両親が挨拶したいって」と言い出した。それまでも、何度か、「母親の料理、結構美味しいんだよ。笑ちゃんひとり暮らしだから、野菜補給しに一度来ない？」「アパートだとペット飼えないだろ？　うち、犬が二匹いるから癒《いや》されるんだ。もし疲れたときに動物とふれあいたかったら、いつでも言ってよ」などと、ちょっとずつ小出しに匂わされていた。

そもそも、結婚するわけでもないのに、恋人関係であることを親に報告されたのに驚いた。自分ならば、考えられない。だって、親に「セックスしてます」って伝えるのと同じことではないか。どうしてそんな恥ずかしいことができるのだ。いや、もちろん、高校生の頃から、彼氏ができたのを母親に報告する子は周りにいた。でも、社会人になってから伝えるのは、意味が違う。

両親が挨拶したいって——そう言われたときに、笑子は言葉に詰まった。まだ早いと思ったし、それ以上に、祥太郎が自分を結婚の対象として見ていることに戸惑った。

好きな人と結婚して、家族を作ったら幸せになれる——どうして昔は、無邪気にそう信じていたのだろう。兵吾のように「好きだけど、結婚したくないし一緒に暮らしたくもない」などと言う男もいれば、好きあって結婚して家族を作ったのに、他の男を追って家族を捨てた母や、裏切られたのに文句も言わずに母を待つ父——それらを目の当たりにして、多分、何も信じられなくなっていた。

だからといって、結婚したくないというわけではないし、結婚しないと決めているわけではない。いつかは結婚して子どもを持つのが、当たり前の人生だと思っている。ただ、目の前の祥太郎が、きっと昔の自分と同じく「好きだから結婚して、家族を作ったら幸せになれる」と信じているのだと思ったときに、「違う」と、心の中で声がした。

何が違うのか、具体的には言葉にできない。だから他人に説明もできない。

祥太郎と自分は違う——そう思ったときから、祥太郎を好きだという気持ちに小さなひび割れができて、そこからたまに漏れ出す水が、自分の心を冷やし、そのくせ身体を熱くする。そしてその水を受け止めてくれる相手が欲しくなった。

そんなときに三塚に誘われて、たやすく乗ってしまった。

「僕は他にも遊んでる子が何人かいるし、そこは軽く考えてくれていいよ。気軽に遊べるおじさんだと思ってくれたら」

責任持たなくていいし、好きにならなくていい——そんな意味を含んだ言葉をかけられて、気が緩んだ。結婚とか、家庭とか、相手の家族とか——祥太郎との関係が、お互いの恋愛感情だけではなくなったときに、その重みから逃れるように、三塚と寝た。いたわってくれて、愛情を感じる祥太郎とのセックスに比べ、「女は全てマゾヒストだ」と信じきっている三塚は、少しばかり言葉遣いが乱暴で、強く責めたがる。たいしたことはできないくせに、自分はサディストだと思い込みたいのだ。

「女は必ずイく」と思い込んでいるから、いちいち演技で絶頂に達したふりをしないといけないのが面倒だが、愛情のない、物のように扱われる抱き方に、今までにない新鮮な悦びを覚えた。

他人から見たら、恋人に大事にされて愛されているのに、何の不満があって浮気をするのかと思われるだろう。友人に話しても責められるのはわかっていたから、誰にも言えない。

このところ、笑子は友人たちと意識的に離れていた。もともと人と深いつきあいをするのが苦手で、集団にとけ込むなんてできない性格だ。でも変わり者扱いされたり悪口を言われたりするのが嫌で、広く浅く、誰に対しても愛想よく無難に接してきたつもりだけれど、それすらも面倒になっていた。

「秘密」を持ったからだ。自分に対して愛情を持ってくれる人ほど、自分の「秘密」を嫌悪し、責め、ときには同情するだろう。大人になればなるほど、秘密が増える。秘密が増えると、守るものが多くなり、傷つけられないために、他人との間の壁を高くするしか手段がない。

誰かに、あなたのしていることはいけないことだ——そう言われても、わかってますとしか答えようがないんだもの。

それでも三塚とのつきあいが、祥太郎と上手くやっていくためには必要だった。

そうやってバランスよくやっているつもりだったのに。

「姫野さん——ちょっと」

出勤してすぐ社長に呼び出されたのは、休日明けの月曜日だった。社長の困惑した表情に何も心当たりがなかったので、首を傾げる。

祥太郎は金曜日から長めの東京出張に行っていたので、土曜の夜は三塚と会っていた。

「話があるんだ。応接室に来てくれる？」

笑子は鞄を机の上に置いて、社長に従った。応接室といっても、小さな会社なので、奥のスペースに仕切りをしてソファーとテーブルを置き、来客が来たときに使っているだけだ。

社長の向かい側に腰掛ける。この会社に面接に来たときのことを思い出した。あのとき、神戸出身だというと、やたらと「大変だったね」と同情心を剝き出しにされたのを思い出した。家も家族も無事なのだから、そんなに可哀想な子扱いされても困ると思っていたのだが、結果的に採用されたのだからラッキーなんて考えていた。

「実はね……もともと川本君の父親は、僕の学生時代の先輩なんだよ。だから家族ぐるみのつきあいがあってね」

それは聞いていた。「コネ入社なんだよ」と祥太郎は軽く話してくれたし、周囲にも隠している様子はなかった。それでも誰かに嫉妬されたり陰で何かを言われたりしないのは、祥太郎の人徳なのだろう。

「昨日、彼のお母さんから電話をもらって相談を受けてね……いや、本当に、どう話していいのか僕も困ってるんだが」

「何でしょうか」

「冷静に聞いてほしいんだ」

「はい」

笑子よりよっぽど社長のほうが冷静さを欠いているように見えた。

「川本君はね、君との結婚を真剣に考えていたんだよ。ご両親にも話していたし、ご両親のほうから私に、君はどんな子なのか聞かれたこともあった。いや、『よく働く真面目な子だ』と答えていたけどね」

「はい」

何度か社長に「川本君と結婚しないの？」と問われたことを思い出して、放っておいてくれよとそのときは思ったのだが、あれは川本の母親から探りを入れられていたのだと今、わかった。

「おつきあいするだけならいいが、結婚となると親御さんもいろんなことを気にされる。それはわかるよね」

「はい」

そう答えながら、結婚などまだ早いと思っていたのに、知らぬところで話がすすんでいたのだと気がついた。親に話して、働いている会社の社長にまで伝わっているのなんて、逃げ場を断たれているようなものではないか。いいや、それはわかっていた。だからこそ、息が詰まって、他の男に逃げ込んでいたんだもの。

「彼のご両親を悪く思わないでほしい。全ては息子可愛さのためにされたのだから」

「はぁ」

相槌を打つのも億劫だった。回りくどい言い回しをしないで、早く核心をついてほしい。

「興信所を使って、君のことを調べたんだよ」

今どきでも、そういうことをする人がいるのは知っていたけれど、まさか自分の恋人の親が、そこまでするとは思わなかった。父親が上場企業の役員で、そこそこ裕福なのは知っていたけれど、別に名家というわけでもなかったはずだ。なのに、結婚相手の身上調査までするなんて。

「川本君のお母さんはね、お嬢さん育ちというか……大切にされてきたからかもしれないけれど、心配性なところがあってね、息子さんに対して。まあ、結婚となると一大事だからね」

俺の母親は、お嬢さん育ちだよ――それは祥太郎からも聞いたことがあった。中高一貫教育の女子校を出て、女子大在学中にお見合いをして結婚して、一度も働いたことがないのだということも。

祥太郎は家事を全くしたことがないというのも、つきあって察せられた。祥太郎が笑子の家に来たので、手料理を振る舞ったことは何度もあるが、全く片づけを手伝おうとする様子がないので、この人はこうして何もかも母親に世話をされて育ってきたんだなというのはよくわかった。

「興信所で調べて……何がわかったんですか」

「君のお母さんのことと、君自身のことだよ。わかるだろ？」

社長は困惑しながらも、呆れているのはその表情で察せられる。同情するふうな口調だったが、顔には笑子に対しての侮蔑の感情が表れていた。母ではなくて、笑子に呆れているのだ。祥太郎に、母の話はしていなかった。ただ、祖母の具合がよくないので、京都の実家にほとんどいるとだけ伝えていた。何度か祥太郎に「京都にいらっしゃるんなら、会いたい」と言われたことがあったけど、なんだかんだと理由をつけて逃げていた。母が男のことで家を出たと話さなかったのは、単に、面倒だったからだ。

もしも両親が離婚したのなら別ではあるけど、父は母を待ち続けているから、ややこしい。別居はしているけど、離婚はしていないし、片方はよりを戻したいのだと、説明するのも面倒だ。しかも相手の男が、父の弟の義理の息子であるなんて話をするのは理解もされないだろうからよけいこんがらがる。

「お母さんのことはともかくだね……君の相手は仕事関係者で、しかも妻子ある人だ。どうして川本君のような何の申し分もない男がいるのに……」

やはり三塚との関係まで、知られていたのか。

「しかもね、三塚さんは僕も古いつきあいだからよく知ってるけど、あまりいい噂のない人だよ、女性関係に関してはね」

知っています、と言いたい気持ちを抑えた。女にだらしない、軽い男だと知っています。奥さんと子どもと、他にも寝ている女がいるのも本人から聞いています。でも、だから都合がよかったんです。好きじゃないから、恋人じゃないから、つきあっているわけじゃないから。

恋人は祥太郎だけです。三塚とはセックスだけです。そこに愛も恋もありません——そう言っても、通用しないどころかさらに呆れられるはずだ。

「川本君のお母さんがね、君が息子と同じ会社にいるのは嫌だと泣かれてた……私も困ってる。君の相手も、うちの会社の取引先だから……相手の奥さんに知られたら会社までもが非難を受ける」

社長は多くを話さないけれど、きっといろんな言葉を投げつけられたのだろう。要するに、息子と別れろ、息子の前から消えろということだと推測した。祥太郎とは、ただ普通の恋愛をしていたつもりだった。でも、どうも周りはそれだけでは許してくれないらしい。三塚との関係だって、いけないことをしていたのは自覚があったが、こうして会社を巻き込むなんて、考えてもみなかった自分は、思っていたよりも、よっぽど頭が悪い。

「辞めます」

そう、口にした。

「——そうか」

明らかに社長はホッとした表情を浮かべた。

それに少し傷ついたけれど、全て自分が悪いのだし、無理をしてまでこの会社にしがみつくほどの愛着もない。

「川本君は火曜日に帰ってくる。しばらくは会社で顔を合わせ続けないといけないけど……どうか穏便に」

当の川本からは、まだ何も連絡はない。

きっと既に、全てを母親から聞いているくせに。どうしてまず、私を問い詰めたり責めたりしないのか——それが不満だった。

でも、きっと、傷ついているのだ。

怒る以上に、悲しんでいるのかもしれない。

そうは思っても、なぜか笑子は、祥太郎に申し訳ないとは思えなかった。

6

「じゃあ、元気でね」

社長は笑子を気の毒そうな目で見ている。

「はい、今までお世話になりました、ありがとうございました」

机に戻り、私物を入れてパンパンになった大きな鞄を肩にかけた。十人ほどの小さな会社の視線が自分に集まっている。けれど皆、正面から笑子を見ず、ちらちらと眺めるだけだ。祥太郎の机を見る。きちんと整理整頓された机の主は、今日は朝から営業で外に出ている。わざとだというのは誰もが知っている。

この一か月半の会社での居心地の悪さから解放されるのだと思うと、かなりすっきりした気分だった。次の仕事も決まっていないし、お金だってないのに。

結局、祥太郎とは話をしていないままだ。ただ完全に無視されて、まるで笑子がそこに存在しないかのように振る舞われた。自分を無視する男と同じ会社にいるのも、その理由を周りが皆知っているのも、しんどい状況だった。よく最後まで会社に来たものだと自分を褒めてやりたいぐらいだ。

不自然だし、恋人なのだから、一度はちゃんと当人同士で話すべきだと思っていたけれど、メールを送っても無視で、電話しても出ない。毎日こうして顔を合わせるのに、不自然極まりない。一度、帰りにふたりきりになった隙を狙って、「ちゃんと話さない?」と声をかけたけれど、ひとこと、思いっきり軽蔑した目を向けられて「嫌だ」と言われた。あまりにもとりつく島がないその様子に、激しく自分が憎まれていることだけはわかった。

「お疲れさまでした」

笑子は扉の前で頭を下げると、皆の顔も見ずに外に出た。

築四十年のビルの階段を三センチヒールの音を響かせて下りる。高いヒールは昔から苦手だった。頑張って七センチヒールに挑戦したこともあったけど、ふらふらして不安になる。自分の身の丈にならないことはしないほうがいいと、最近になってようやく悟った。流行りだからといって似合わない服を着ることや、ひとりで飲み屋に入り遊び慣れた大人の女のふうを気取ることなどだ。

そして、恋人以外の男と「わりきった関係」を続けることも、身の丈に合わなかったのだ。

外に出ると空が赤かった。時間は午後六時、いつもなら会社で残業をしているから、こんな空には遭遇しない。東の方角を見ると、山の稜線が夕焼けの赤に縁どられているようで、綺麗だった。最悪な状況のはずなのに、その景色に見惚《みと》れた。

二股、不倫が会社の人間全てにバレてしまった後、皆が笑子を見る目が変わった。「そんな人だと思わなかった」と同僚の女にははっきりと言われた。「真面目そうに見えたのに」とも。

会社の男と取引先の男を二股かけるなんて、どれだけ節操のない淫乱なんだと驚かれ蔑まれた。祥太郎が会社の内外で評判がいい可愛がられる存在だったからこそ、笑子が悪者になってしまった。笑子のいない、会社の飲み会で、ひたすらその話をされていたのは、同期の女から聞いた。「お節介かもしれないけど、自分がどう見られているか知ってたほうが、姫野さんのためだと思うの」そんな前ふりをされてトイレで打ち明けられたけれど、もちろん、それが「姫野さんのため」なわけじゃないことぐらい、気づいている。笑子の「悪事」は、吹聴され、「他にも男がいるらしい。学生時代から股が緩くて有名だった」なんて、尾ひれもついて、皆に憎まれた。

「祥太郎くん、可哀想。女見る目ないわ」

すれ違いざま、先輩にそう言い放たれたときは、チラッと会社の男たちが含み笑いをしているのも目にしてしまった。

みんなやってることじゃないの――本当は、そう言ってやりたかった。彼氏がいるけれど、少し他の男と遊んでみただけ――それだけのことなのに、どうしてというぐらい悪者にされているのは、会社の人たちの視線と空気と、「お節介」で耳にする噂話でわかった。

結局自分は娯楽にされているのだ。人は他人の行いには厳しく、悪人を仕立て上げ非難することで、自分だけは立派な人間になった気になり優越感を得られる。笑子を悪く言う人たちの行いが、清廉潔白であるはずはないのに、人の悪口を言うときだけ自分を棚に上げることが許されるらしい。

こんなことがあるまでは会社を辞める気などなかった。バブルがはじけた就職難の中で、そう給料がいいわけではないが、嫌な人もいないし働きやすい職場だと思っていたのに。送別会も開かれなかった。「忙しい」という理由だが、誰もが本当の理由はわかっていた。それでよかった。会社にいるだけでも針の筵《むしろ》なのに。上っ面だけの贈る言葉なんていらない。

恋人との関係も、会社も最低の終わり方だ。

なのに、外に出て山の稜線を眺めたときに、気分は爽快だった。結婚をちらつかされた祥太郎との恋愛は自分が思っていたよりも、重荷だった。あれだけ愛している、好きだよという言葉を浴びていたのに、どんどんどこかに逃げたくなっていたんだもの。

恋愛は終わっていたのだろうか。いや、そもそも彼を好きだったのか——考えてもわからない。好きだった気持ちは嘘ではない。けれど、いつか兵吾が言っていたように、笑子の「好き」と、彼の「好き」は、違ったのだ。だからズレて、いつのまにかそこから逃げようとして、他の男に走った。好きという言葉に責任がついてまわることが何よりも嫌だった。社長に呼び出され話をされ、そのあと、祥太郎に徹底的に無視されても、よりを戻そうとは思わなかったのは、戻らないだろうし、戻っても上手くいかないのは間違いないのがわかっていたからだ。祥太郎に執着しない自分は冷たい人間かもしれないとも考えたけれど、もう、どうでもいい。

笑子は会社を出たその足で緑色の市バスに乗る。均一料金の二百二十円を払い、市内を走り、バスを降りててくてくと歩く。観光シーズンがはじまったせいか、哲学の道周辺は人が増えた。哲学の道は、銀閣寺から疎水沿いに延びる道で、桜の樹が道沿いに植えてあることもあって観光名所となっていた。ここを京都大学の哲学の教授であった西田幾多郎が思索にふけりながら歩いたから哲学の道と呼ばれるようになったという。

哲学の道沿いには、谷崎潤一郎や稲垣足穂の墓のある法然院、安楽寺、若王子《にゃくおうじ》神社など寺や神社もあるが、古いアパートや住宅も並んでいる。兵吾の仕事場は、そんな古いアパートの一室だった。神戸と京都は景色が違う。けれど神戸に住んでいる人と京都の人間との共通点は、どちらもそれぞれの街の景色を誇りに思っているところだ。

笑子も神戸が好きだった。けれど好きだったと過去形になってしまうのは、あの震災のせいだ。震災で景色が失われて初めて、こんなに美しい街はなかったのだと気づかされた。

あれから六年、すごい勢いで復興してはいるが、それでもやはり違う街になったのだ。故郷の景色が失われたのがこんなに居場所をなくするものか、経験したことのない人たちにはわからないに違いない。しかも一瞬のうちに。

自分があの震災のあと神戸から離れたのは、逃げたのかもしれないと、穏やかで変わらない京都の光景を見る度に思う。そして逃げたことへのうしろめたさも常にある。神戸と、崩壊した「家」から逃げたことによる罪悪感。

住んでいた家は無事ではあったけれど逆に全て壊れてしまい、新しい家になってしまったほうがよかった。仲の良い家族の記憶が残ったままの家なんて、壊れてしまったほうが。

あの震災で壊れたのは、街だけじゃない。家族もだ。

震災の瞬間、母親は別の男と寝ていて、それがきっかけで家を出て家族は壊れた。

きっとそんな家は、他にもあるだろう。誰かを亡くしたり、知らなくていいことを知ってしまったり、それまで当たり前に存在したものが崩れた家族は、きっとたくさんあるはずだ。

私はそこから逃げてしまった。母が去った父親と、引きこもりのどうしようもない兄のいる家から――。そんなうしろめたさを感じているくせに、笑子はあの男のもとに向かっている。母の男のもとに。

小さな橋を渡り、哲学の道から疎水の対岸に渡る。疎水に面するように、かつては真っ白であったのだろう二階建てのアパートがある。ギシギシと音を立てる階段を上り、インターフォンを押す。「空いてるよ」と声が聞こえたので、そのまま扉をあけて入っていく。

スタジオ兼事務所の八畳の部屋。古いアパートなので家賃は風呂なしで三万円。

笑子がいつも寛ぐソファーで兵吾が横になっていた。この部屋に不似合いな黒い革の豪華なソファーは、知り合いからもらったのだと聞いていた。居心地のいい、ソファー。笑子が居場所にしていたソファーに、兵吾が横たわっている。

笑子はソファーの隣のパイプ椅子に腰をおろして足を組む。

「会社辞めてきた。明日から無職」

笑子がそう言うと、兵吾の細い目がうっすらと開いた。

「なんで、もったいない」

「いられなくなったんだから、しょうがない」

理由を話すべきかとも思ったけれど、兵吾が聞かないなら余計なことを言わなくてもいいだろう。何より、兵吾の口から母に伝わってしまうのが嫌だった。兵吾は無防備だから、ついうっかり母に話す可能性がある。娘の笑子にだって、母が昨日家に来たとか言うぐらいだもの。

まだ、どこかで、自分は母の「娘」でいようとしているのかもしれない。「いい子」であろうと、取り繕おうとしている。この期《ご》に及んで。

だから男のことで揉めて会社にいられなくなったなんて、言いたくなかった。父にも母にも心配なんかかけたくない。親に迷惑をかけて手をわずらわせるのは、兄ひとりで十分だ。

「俺も――」

兵吾が身体を起こす。大きな身体、母が背に張りついていた、身体。男の身体。

「え」

「俺もここたたむ」

笑子は思わず椅子から立ち上がり、兵吾を見下ろす形になる。

電気をつけていないので、部屋はもううっすらと暗い。

「東京へ行く」

「なんで」

「仕事のある場所に行くっていう単純な話。俺はもともと根無し草だし、神戸だって京都だって、執着はない。東京で知り合いが映像の会社やるからって誘われた。そろそろ職替えもいいなって思ってた。ここだって何年もいる気はなかった」

照明をつけて部屋を明るくしたほうがいいのか笑子は迷っていた。

「お母さんは――」

「帰るって、神戸に」

母が父の元に帰ってくる——笑子はどうしてもそれを素直に喜べない。

「よく納得したね」

「しょうがないと思ったんじゃないか。東京はさすがに遠いから」

母は泣いたりすがったりしなかったのだろうか、この男に。

「素直に受け入れた？」

「いや……でも説得したから。終わりってのはどうしてもある。友里子さんだってわかってるはずだよ」

「飽きたの？」

「笑子は、たまにすごいことをはっきり口にするよな。自分の母親に対して」

兵吾は何故か楽しげな表情を作る。

「だって、そうじゃないの？」

「飽きるのと終わるのとは、違う。終わるのは、どうしようもない。終わりは終わり。友里子さんとは終わった」

笑子は祥太郎のことを思い浮かべた。祥太郎と別れることになり、泣いてすがって許してくれと頭を下げることもできたはずだ。けれど自分は、それをしなかった。それはもう「終わっていた」からだ。あれだけ何度も愛してるとか、好きだとか、言葉を交わしていたのに。

「よく結婚したら、恋愛関係じゃなくて家族になるっていうだろ？」

「うん」

「そうやって関係を変えることで続けるというのもひとつの手段だと思う。でも、俺は関係が終わるというのは、その人とのつきあいも終わるということだから、できない。でも、まあ、簡単に言うと──俺は冷たい人間なんだろうな。どっかおかしいんだ。普通の人に当たり前にある感情が、俺には生まれつき備わってない──母親が死んだときだって悲しくなかったぐらいだ。会社員もできないし、同じ仕事をずっとやるとか、同じ人間関係の中に身を置き続けることもできない。そんな理屈をつけることはできるけど、要するにダメ人間でろくでなしだよ。そもそも、ちゃんと生きようという気がない。誰かのために生きるということも、できない」

笑子は否定も肯定もできなかった。確かに兵吾は世間から見たら、どうしようもないろくでなしのダメ人間だ。いい年のくせに仕事も続かず、親戚の人妻と関係した男。

「でも、あんた狡《ずる》いよ。逃げてるだけやないの」

「逃げてるよ。でもそれのどこが悪い？　無理にできないことをして倒れたり病んだりするよりは、逃げて、ひとりで生きていくほうがいい」

　笑子は黙り込む。

　逃げてる——兄も、母も——私も、逃げている。だから兵吾ひとりを、責められない。

「だから——とにかく世間に、人に迷惑をかけないようにとは心がけている。俺は人に借金もしたことないし、犯罪に手を染めたこともない。金持ちにはなれないけど、とりあえず自分で自分を養ってる——ただ、それでも他人を傷つけたり悲しませたりは、あるよな。友里子さんの家族には迷惑かけた。だから俺はもう義父とも会わないし、縁も切る。お互いのためにそれがいい。身軽になる。俺にとって家族は重いだけなんだ。耐えられない」

　友里子さんの家族——その中には、私も含まれているのだろうか。自分とも縁を切るという意味なのか。

　兵吾の言葉は、まるで他人事みたいに聞こえる。

「友里子さんには、帰ったほうがいいって言った。帰るところがある人なんだから」

「だって、今さら」

「俺は友里子さんの面倒なんて見られない。責任とれない。今さらも何も、最初からそれは言ってたよ。それでもいいって彼女が言うから、一緒にいた。でも」

「でも、何？」

「——いや、いいよ」

まだ何か言いたげではあったが、兵吾は大きな欠伸をして、もう一度身体を横たえる。

「眠いの?」

「うん……」

母が兵吾につっかかる様子を想像してみた。家族の前では見せない、母の姿を。

責任とれない、面倒なんて見られない——母の心を奪い、ずっと一緒にいたくせに、そんなことを言うなんて兵吾は狡いと思う。

けれどもうこれ以上、兵吾を責めることなどできない。

だって、兵吾の無責任さは、自分がしてきたことと、同じだ。祥太郎と恋人同士になり、結婚を匂わされ、束縛の気配を感じ、私は他の男に逃げたんだもの。

「笑子は——」

「ん?」

「京都に残る? 神戸に戻る?」

京都に残るほど執着はなかった。かといって神戸に戻るのも、躊躇《ためら》いがある。母が家に戻るなら、尚さらだ。何もなかったかのように「親子」に戻れる自信が今はない。

「神戸に戻ればいいよ。母親も帰ってくるんだから」

兵吾はそう言って目を瞑る。

腹立たしかった。神戸に戻ればいいと簡単に言うけれど、今、こんな気持ちのまま、母と今までどおりになんてできるわけないのに。結局兵吾は私のことなんてどうでもいいのだ、無関心だから、そんなふうに投げやりに口に出されるのだと思うと、胸が痛む。戻れるはずがない。たとえ両親と兄が元のままの家族になっても、無理だ。母はもう母じゃない。でも、自分だって母を非難なんか、できない。会社を辞めざるを得ない、恨まれるようなことをしでかしたんだもの。

自分も母も兵吾も、だらしないダメな人間だ。

部屋が闇に支配される。兵吾の顔も夜にとける。

母しか知らない、夜の顔に。

笑子はこうしてまじまじと眺めて初めて気がついた。ずっと兵吾の目は一重だと思っていたけれど、右目は奥二重だ。乾燥気味の唇の間から歯と舌が見える。赤い舌が。

寝返りを打つようにふと身体を傾けたため、シャツがめくれて腹が少し見えた。臍《へそ》のまわりに少し毛が生えている。手を伸ばしてつかんでやろうかと思った、割れていない腹の肉を。

「意外に、お腹《なか》出てるんだね」

笑子がそう言うと、兵吾は「もう、中年なんだから仕方ないよ」と、目を瞑ったまま呟いた。その言葉で、起きているのがわかった。

「お腹出してたら、風邪ひくよ」

笑子は手をのばし兵吾のシャツをつかみ、下ろした。肌にふれないように、気をつけながら。

「ありがとう」

兵吾がそう言うと、笑子は「もう帰るね」と立ち上がった。

ふと見下ろすと、兵吾が眠るソファーの下に、だらしなく落ちている肌色の物体を見つけて、凝視した。ストッキングだった。チラッと見えたタグで、母が使っているものだとわかる。まだ温もりが残っているような気がして、触る気にはならない。

どうしてこんなものが落ちているのだろうか——いや、わざとだ。意図があって、この部屋に、自分が身に着けていたものを残したのだ。

もしかして、これが兵吾がさっき言った「説得」なのだろうか。

「兵吾」

「ん？」

兵吾は目を開けず、口から音を発するだけだ。

「ストッキングが落ちてる」

「ああ……」

「お母さんの？」

「かもな。忘れていったんだろう」

忘れるわけないじゃないかという言葉を抑え込む。

「お母さん、もしかして、今日、来てたの」

「ああ、ここで話してた。笑子が来るとは思わなかったし」

兵吾はまだ、目を閉じたままで、億劫そうだ。

「この部屋には、来ないって約束したんじゃなかったん？」

「そんなこと言ってたっけ。忘れた」

やっぱりこの男はいい加減だと呆れる。それぐらいのけじめはつけているものだと思い込んで安心してここに来ていたのに。

いつも自分がくつろいでいたソファーで、母とセックスしていたと考えると、悲しくなってきた。触らずとも、ストッキングは人肌の熱を残しているような気がする。

会社の人間に非難され、祥太郎から口をきいてもらえなくなっても平気だったのに、なぜか今、胸が苦しい。

「でも、もう、本当に終わりだから。友里子さん、家に帰るから。笑子にも、申し訳なかったって思っているよ」

寝そべって目を閉じたまま言われても、本当に悪いなんて思っていないのはよくわかる。最後に抱いてほしい——そうせがむ、母の姿が浮かんだ。くずれた身体で兵吾の上にまたがり、別れたくないと泣いて縋る姿も。ことが終わり、せめてこの男の空間に自分の匂いを残そうと、わざとストッキングを忘れて素足で帰る姿も。

その瞬間、部屋に立ちこめる空気に湿り気を感じ、母の匂いまで漂ってきそうで、吐き気を覚える。

息を止めて、笑子は何も言わずに、その部屋から速足で逃げ出した。

7

京都の編プロを辞めてから、特定の恋人はいなかった。祥太郎のことで懲りて、仕事関係者は面倒だと避けていたが、仕事ばかりしていたからそれ以外の出会いもない。仕事が忙しくて、プライベートな時間はないも同然だった。たまの休日は部屋の掃除と睡眠時間の確保で終わってしまう。

笑子は三か月ほどの求職活動の後に、アルバイトで大阪の出版社に潜り込んだ。編集プロダクションで働いていた経験をあてにされたのだ。前の会社と違い、扱っているものが多様で、そしてひどく忙しかった。バイトと社員を含め五人しかいない。何でもやるしかなかったし、終電を逃して会社に泊まり込むことも多々あった。寝不足だし休日も少ないし、それに前のようにお店などをめぐるのではなくて専門職の人を相手にするので知識も必要だった。忙しいなりに何も考えずに済む日々が続いていた。

会社はでっぷり太った社長と、その愛人らしき先輩社員の高野さんと、同い年の愛嬌のある小柄な上坂という男、笑子より五歳上の松島さんという地味な独身女性だけだった。

あれから男と寝たのは、前の会社を辞める原因になった三塚に誘われて二度セックスしただけだ。

会社を辞めてからしばらくは、三塚との連絡も断っていたのだが、「笑ちゃん、会社辞めちゃったんだってね。僕にも連絡くれないし心配したよ。どう久しぶりに会わない？」と言われて半年ぶりに再会した。けれど久々のセックスがひどくつまらなかったのは、祥太郎という存在を失っていたからか。久々に会った三塚に対して、こんなに傲慢で勘違いした男だったのかとうんざりした。身体を舐められても、唾液がまとわりつく嫌悪感しかなかったし、舌をしつこくからめてくるキスも、以前は求められている感じがよかったはずなのに、今は三塚の醸し出す匂いが不愉快に思えた。

「あー、やっぱり笑ちゃん可愛いよー」

三塚にそう言われて身体を撫でまわされて、自分の身体の芯が完全に冷えているのに気づいてしまう。同じ男とセックスをしているのに、こうも感じ方が違うのかと、笑子は自分の変化に戸惑った。

しつこくせがまれたのと、自分の冷たさや無反応さが一度きりのものなのかどうなのか確かめたくて、結局二度会ったけれど、二度目でもう無理だとわかった。

「彼氏ができたから、三塚さんとはもう会えません」と嘘のメールを送ったら、「残念だけど幸せにね！　僕は笑ちゃんの幸せを永遠に願っているから！」と返事がきて、あっさり関係は終わった。

幸せを永遠に願っているなんて嘘だということぐらいわかっている。三塚が自分に対してこうまであっさりと別れてくれたのは、彼も実のところ、身体の反応の変化と、笑子の気持ちが冷めていることに気づいていたのかもしれない。

好きな人だから、恋人だから必ずしも気持ちがいいわけではないし、その逆もある。けれど結局のところ自分はまだ、セックスを知らないのだろう。

笑子がセックスについて考えるときに浮かぶのはいつも母のことだった。あの震災の後に、兵吾の背中から離れず、その後、家族を捨てた母。男に別れ話をされてセックスして、男の部屋にわざと温もりの残ったままのストッキングを置いていく母。まるでセックスの匂いをしみつかせるかのように。

あれは恋なのだろうか、それとも身体のつながりなのだろうか——。いや、そもそも心と身体はどこまでつながっていて、どこまでばらばらなのだろう。

ただ確かなのは、母は兵吾と関係を持ち、狂ったことだけだ。

でも兵吾も東京に行ってしまった。

三塚と縁を断ってから、仕事に追われるのをよしとして、男のいない日々を過ごしていた。忙しいけど仕事は楽しかった。ときおり、寂しさに迷う夜もあったし、仕事で知り合った人に好意を寄せられたりもしたが、発展しなかった。

風の噂で、別れた祥太郎は、学生時代の彼女とよりを戻して結婚して子どもも生まれたことを聞いたときも、何とも思わなかった。嫉妬も羨望《せんぼう》も感じないかわりに、おめでとう、幸せになってね、なんて言葉も浮かばなかった。

嫌な思いをさせてしまったし、傷つけたはずなのだから、本来自分は反省しないといけないし、したつもりでいたのに、実は全くそんなことはなかった。

祥太郎との間には確かに恋愛感情があり、楽しい時間を一緒に過ごしていたはずなのに、何も残らなかった。

自分は人を愛せない人間なのだろうか——そんなふうに笑子は考えていた。

第三章　二〇〇二年――二〇〇六年　神戸・京都

1

神戸に空港ができると聞いたとき、行政は何を考えてるんだと呆れた。計画そのものは昔からあったらしいが、震災のあとに具体的にすすむにつれ疑問を感じた。空港なんて大阪と兵庫県の境にあるし、必要を感じない。それよりも、復興のために他にやるべきことがあるはずだろう。けれど反対運動に参加するほどではない。社会の中で、自分ひとりの意見や抵抗など無力なものだから。結局のところ自分は社会のことに無関心なだけで、そういう個人的な姿勢なんて変えようがない。

「署名頼むよ、笑子」

会社を辞めて再就職した年のお正月に帰省したとき、兄の新太にバインダーに挟まれた用紙を突きつけられて露骨に顔が歪《ゆが》んだ。

「あんた何やってんの」

「何って、反対運動だよ」

笑子が実家を離れてから、引きこもりだった兄は思いがけぬ方向におかしくなっていた。外に出るようになり、たまに工場の流れ作業の日雇いアルバイトはしているようだが長続きもせず、次々と市民運動などに参加し、デモなどに行っていた。

それが悪いことだとは言わないが、一貫性がない。そのおりおりに「流行っている」ものに参加して政治批判をしているが、そこで仲間ができるのが楽しくて遊んでいるようにしか、笑子の目には見えない。いい年をして「自分探し」をしているだけだと。本気で世の中をよくしようなんて、この男は思っちゃいないだろう。ただ自分が人とは違う、偉い存在になった気でいたいがために社会運動に参加しているだけだ。知識なんて持たずに、ただ「反対」や「批判」をするだけで、相手に勝った気になっている様子が醜悪だった。何かひとつの運動を突き詰めるわけでもなく、飽きたり、誰かと揉めたりすると違う運動に鞍替えする。そこにはイデオロギーなんて存在しない。まさに自分探しだ。

一人前に稼ぐこともできず、親におんぶにだっこで、社会を批判することにより粋《いき》がっている最低の男だ。けれど両親はそれを止めようとはしない。一度、父に「あいつ何してんのよ、就職もしないで社会運動渡り歩いて。もう三十歳でしょ」と愚痴ったことはあるが、「外に出て、人と交わってくれるようになっただけ親としてはありがたいよ」と返されて、それ以上は何も言えなかった。兄は相変わらずぶくぶくと太ってだらしない姿で、彼女がいる様子もない。きっと未だに童貞なのだろう。

震災から七年が経ち、笑子が離れている間に、神戸の街はみるまに復興を遂げていた。あの冬には、この街はもう死んだのだと思っていたのに。

真っぷたつに折れた阪神高速神戸線は翌年には開通していたし、震災の三年後には神戸の垂水と淡路島を結ぶ明石海峡大橋が開通した。一度、笑子も知人の車で走ったが、瀬戸内海が開けて見事な光景だった。JR三ノ宮駅前の被災したふたつの百貨店、そごうや大丸も翌年、翌々年にはオープンしてにぎわった。震災の年には神戸のプロ野球チームであるオリックスがリーグ優勝し、翌年には日本シリーズでも優勝した。そのことも神戸を活気づけたのは間違いない。一度死んだ神戸の街は、徐々に蘇っていったし、確かに人々からも活気は感じられた。笑子が神戸を離れている間に街は再生していた。

けれど正月などにたまに帰ると、確かに綺麗にはなったけど、記憶にある神戸の街とは違うと、違和感がぬぐえない。一度失われたものは、二度とは戻らないのだ。

家族も、そうだ。

兵吾が京都を離れて東京に行き、母は神戸の家に戻った。その顚末を詳しくは知らない。知らないふりをした。ただ、父から「お母さん、帰ってきたから。笑子もいつでもおいで」と電話がかかってきた。

「お父さんは、それでええの？」

と、思わず口をついて出た。何年も家庭を放置し他の男のもとに行っていた妻を、黙って受け入れて「帰ってきたから」で済ませる気なのだろうか。

「もちろん。帰ってきてくれてよかった。新太も嬉しそうやし、まるで家に灯りが点ったみたいや。だから笑子もおいで」

何を言っているんだろう、この父は——笑子は言葉を失った。

家に灯りが点った——そんなわけないじゃないか。父は母に対しても兄に対しても、怒らない。だから好き勝手しているのだ、舐めきっているのだ、父を。父はこんな人だっただろうか？　少なくとも、私が子どもの頃は、いけないことをすると怒られた。あの震災の日から、父は怒らない人になってしまった。穏やかになったわけではなく、諦めて、壊れてしまった。

「で、お母さんは、どうしてんの」

「いつもどおりや。家でじっとしてるのも嫌だから、そのうちまた働くつもりらしい」

聞いてるのは、そういうことじゃないと笑子は苛立《いらだ》った。父は、わざと話をそらしているのだろうか。どこか会話が嚙みあわない。

「笑子は今度、いつ帰ってくるんや？　お母さんも笑子の顔見るのを楽しみにしているぞ」

父はやはり、「何もなかった」かのような質問しか発さない。苛立ってしょうがなかったが、父に感情をぶつけても仕方がないと話題を変えた。

「お父さん、私、会社辞めた」

笑子がそう告げると、一瞬の間があった。

「——そうか。お疲れさま。こっちに戻ってくるのか？」

「わからへん」

父は娘が会社を辞めたと告げても、怒らないし、理由も聞かず、笑子は拍子抜けした。娘のことが心配ではないのだろうか。それとも母の帰還に比べたら、父にとってはたいしたことがないのだろうか。

「神戸に帰ってきて、こっちで仕事探してもいいんだぞ。ひとり暮らしは家賃も食事の準備も大変やろうし。笑子の部屋はあるんやから」

「——考えとく」

そう言って、電話を切った。考えとくと口にしたものの、神戸に戻る気はなかった。

正直、当てもないし、父の言うとおり家賃の負担がかかるけれど、神戸の自宅に戻って、同じく帰ってきた母と、何もなかったように「家族ごっこ」をするなんて無理だ。

母と久しぶりに顔を合わせたのは、正月だ。

笑子が「ただいま」と玄関を開けると、エプロンをつけた母が、何事もなかったかのように「お帰り」と迎えてくれた。母の姿を見るのは、六年ぶりだ。

兵吾の口から母の近況は耳にしていたし、「笑子に会いたがっている」と、父からも兵吾からも言われたことはあるが、拒否していた。

久々に会った母は不安になるほど老いていた。白髪染めを怠っているのか、髪の毛の根元の白さが目につく。何よりも、痩せていた。スリムになったとか、すらっとしていると表現できるものではなく、スカートから出ている肌色のタイツに包まれた足が筋張っていて、痛々しかった。もともと痩せ型の女が年をとって肉が削がれると老けて見える。

頬の肉も落ちていた。もともと面長な分、魔女のように、顔から柔らかさというものが消えている。そんな顔で無理やり「お帰り」と、娘を迎える母親を演じる作り笑顔は痛々しいだけだった。

こんな女だったのだろうか——笑子は、ついまじまじと母の顔を観察してしまった。自分が知っている母――震災の前の頃は、今思えば母が一番美しいときだったのだ。子育てと家事に追われた母が、働きはじめて身なりに気をつけるようになり、兵吾を好きになって――その頃の母は、内側から輝きや艶《つや》を発し、「女」という気配を漂わせていた。

あの、兵吾の部屋に落ちていたストッキングが頭に浮かぶ。生々しいセックスの匂いを漂わせていた肌色のストッキングが。あのストッキングを残した女と、目の前にいる母が同じ人間だとは思えない。

家を出て、兵吾との六年間の生活を経て、母の中で何が変わったのか。四十三歳から四十九歳まで、母はこの家を捨て兵吾の女として生きてきた。男に捨てられて家に戻ってきたこの人は、どんな気持ちで娘の前に立っているのだろう。

「笑子、今年はおせちを奮発したのよ。お寿司もとってあるからたくさん食べなさい。久々にお母さんの手料理を振る舞ってあげられればいいんやけど、笑子のほうが料理が上手だし、私も昨日は仕事でバタバタしてたの、ごめんね」

浮かれた声を発する母の後を追うように、笑子は無言で靴を脱いで家に上がる。

母は神戸の家に戻ってきてすぐに、新たに仕事をはじめていた。父の知り合いの紹介で、元町の輸入食品屋のレジでパートをはじめたと聞いている。

「お帰り、笑子」

ダイニングに行くと、テーブルの前には父と兄が座っていた。テーブルの上には豪勢な重箱、寿司、子どもの頃から母がよく作ってくれたトマト入りのポテトサラダ、骨付きの鶏から揚げが所せましと並んでいる。明らかに四人家族には多すぎる量だった。

「――ただいま」

笑子は荷物を部屋の片隅にどさりと置いて、無愛想な声を出して空いている席に座った。

「家族全員が久々にそろったし、食べようか」

「じゃあ、お吸い物よそうね。今日はお正月やから、蛤《はまぐり》のお吸い物にしたの。あ、お餅も買ってきたから、食べたかったらあとで焼いてあげるね」

父の言葉を受けて、母がコンロにかけた鍋からお椀に吸い物を注ぎ入れ、食卓に並べる。並べたあとは、いそいそと動き、冷蔵庫からビールを取り出して父の持つグラスに注いだ。

「笑子もビール飲む？」

「いらない、お茶でいい」

親の前で、酒など飲みたくない。酔いたくない。

「ほら！　笑子！　見て！」

母はわざとはしゃいでいるのか。甲高い声を出して、重箱の蓋《ふた》を開ける。確かにおせち料理は見るからに高級なものだった。

わぁ！　すごい！　美味しそう！　なんて、声をあげるべきなのだろうけれど、無理だ。両親の猿芝居に乗ることができない。ただ、久しぶりに会った母の「演技」に憐れみを感じながら、「すごいね」とだけ、低い声で答えた。

「でしょ？　笑子、普段ひとり暮らしだから、こういうの食べてへんよね」

母はまたわざとらしく言葉を続ける。

兄はその間、ひたすら携帯電話をいじっていた。きっといつもこうなのだろう。

「じゃあ、乾杯しようか」

何に乾杯する気なのだ。母の帰還にか――。

不自然なぐらい豪華な、数万円はするであろうおせち料理と寿司を前に乾杯をした。

「大丸の地下で注文したの、このおせち。やっぱり百貨店のおせちって彩りが綺麗やね。自分じゃどんなに頑張ってもこんなの作れないもの。でも料理上手の笑子ならできるかも。最近は、笑子、料理してるの？」

「――してない」

「そうね、ひとり暮らしやと無駄になっちゃうわよね」

笑子はどうしても無愛想な受け答えしかできない。この高級なおせちと寿司は、「何事もなかったかのように普通の家族」を演じるためのわざとらしい小道具のようにしか思えなかった。だって今まで、おせち料理は近所のスーパーですませて、あとは雑煮を作るぐらいだったくせに。母が出ていってからの六年は、それもなくなった。スーパーの出来合いのお惣菜を父が買ってきて並べていたぐらいだし、殺風景な正月だった。これは埋め合わせのつもりなのだろうか、自分が不在の六年間の寂しい正月のために、こんな豪華なおせちを買ってきて、それで済ますつもりなのだろうか。

そういえば玄関に、花瓶に生けた花が飾られてあった。菊の花と、なんだか知らない白い雪のような花。あれは母が買ってきたのに違いない。正月だからといってはそれまでだが、今までになく気合いの入った正月の儀式は、やはり不自然だ。そのくせ、誰も母が不在の六年間のことは、口に出さない。なかったことにしろ、口にするなと止められているかのように。

「きんとんも、家で作るのとは風味が違うわね。高級感がある」

「正月ぐらいは、贅沢しないとな」

父と母は料理について無難なことを語り合っている。このふたりは、いつもこんな白々しい会話をしているのだろうか。いや、本人たちは昔と変わらないつもりでいるのだ。

「笑子は、かずのこ好きだったな。たくさん食べなさい」

「うん――」

笑子は金箔が載る黄金色のかずのこに箸を伸ばす。兄は無言で、浅ましくがっついていた。どんな高級で手の込んだ料理であろうと、兄の前では豚の餌《えさ》にしか見えない。

「笑子、新しい職場はどう？」

母が声をかけてくる。

「うん、もうだいぶ慣れた。前のところより忙しいけど、仕事そのものは楽しい」

「京都から大阪に毎日出勤するのは大変やな。うちから通ったほうが近いんじゃないのか」

父の言葉を笑子は薄笑いを浮かべて聞き流す。笑子が会社を辞めたと告げてから、父は笑子に家に帰ってきてほしそうな態度を度々示すようになった。「元どおり」にリセットしたいのだろうか、震災前の、あの四人家族に。

だとしたら、なんで無理やり、時間を戻さないといけないのだろう、そうすることに何の意味があるのか。

「笑子、忙しいだろうけど、身体を壊さないように、気をつけてな」

父がいたわりの言葉を口にするが、それすらも嘘くさい。

「うん、大丈夫」

返事をして、高級なのに味を感じないおせち料理を箸でつまみ、ひたすら口に運ぶ。

「ビールおかわりくれるか？」

父が母に声をかけると、母は箸を置き、冷蔵庫に立った。そこで初めて冷蔵庫が新しくなっているのに気づいた。以前のものより、ひとまわり大きくなっている。

「あれ、冷蔵庫」

「新しく買ったんだ。奮発したんだよ。お母さんが、これからはお父さんも年だから、健康を考えて料理を頑張りたいって言うからな」

頑張りたい――それは「元に戻るために」ということなのか。

ふと母の後ろ姿の腰の付近を凝視する。細身なのに、腰回りだけがどっしりしていて、母は昔からそれを気にしていた。その後ろ姿は、どう見ても、おばさんだ。年相応の、おばさん。全然、若くも見えないし、綺麗じゃない。成人した子どもがふたりいる平凡な主婦。若くもなく綺麗でもない、どこにでもいるおばさん。けれどこの人は「女」なのだ。母の筋ばったふくらはぎに目をやる。こんなぶ厚いタイツ、兵吾の前では絶対にはかなかったに違いない。このおばさんが、六年間、自分よりひとまわり年下の男に狂って家族から離れていたなんて、誰が信じるだろう。

母は冷蔵庫から取り出したビールを、父のグラスに注いだ。

「笑子は、普段からお酒は飲まないのか」

ふいに父が、笑子に話題を振る。

「たまに飲むよ。家ではあんまり飲まないけど、つきあいで」

「そうか」

話はそこで途切れてしまう。

「母さん」

兄が、突然母を呼んだ。

「なあに？　新太」

呼びかけられた母は、嬉しそうな表情になる。

「カイロって家にある？　明日から俺、また集会に行くんだけど、寒いからさぁ」

「あるよ、あとで部屋に持っていくね」

カイロぐらい自分で買えよ！　と、笑子は兄に向かって怒鳴りつけたい衝動をじっと抑える。兄から頼まれ事をして嬉しそうにしている母にも腹が立つ。だいたい、いい年して親の脛《すね》をかじっている男が、何が集会だ。

「貼るカイロも普通のカイロもあるから、二種類用意しておくね」

「うん」

母がこうして兄を子ども扱いするのも、父が兄に何も言わないのも、六年間の母の不在のせいか。だとしても、それで兄を甘やかす必要など、ないはずなのに。

それでも、笑子は何も言わず、ただ黙って大丸で買った豪華なおせち料理をもくもくと食べている。結局、父と母だけではなく、自分も何事もなかったかのように家族を演じるしかない。まるで舞台にいるようだ。家という舞台で、「仲の良い家族」という演目の芝居をしているかのようだと。事前に配られた脚本どおりの言葉を口にしているような気がしてならない。

「笑子、蛤のお吸い物、おかわりあるからね」

母に声をかけられ、いらないともいるとも言わずに頷いた。

「明日、帰っちゃうんでしょ。もっとゆっくりしたらええのに。お母さんもお正月は仕事が休みやから、笑子の好物でも作ってあげるのに」

「笑子はいつもすぐに戻るんや。でも、こうしてちゃんとお正月には帰ってきてくれるのが嬉しいよ」

父のその言葉も、脚本に書かれたト書きのようにしか聞こえない。

笑子はため息を押し込める。どうせ、明日には京都の自宅に自分は戻る。一日ぐらいは、演じてもいい。そう思って割り切るしかなかった。

兄は携帯電話を手にとり画面をじっと見ている。父と母は、去年、大阪の湾岸に開業したテーマパークの話をしていた。

「ＵＳＪよね。職場の人も、子どもがいる人はせがまれて行ったみたいやけど、やっぱり土日はすごい人みたいやで」

「ハリウッド映画のテーマパークやろ。俺はよく知らないんだけど、大人でも映画好きな連中は興味持っててよく話題に出るよ」

「近いもんね。一度行きたい気はするんやけど、私もハリウッドとかよくわからへんし、何か機会がないと行かへんね」

「笑子と新太が子どもの頃は、宝塚ファミリーランドや神戸ポートピアランドに何度か行ったけど、さすがにもうふたりとも大人だからな、家族で行くのは恥ずかしいやろうな」

笑子は寿司をつまみながら、父と会話をする母の顔をちらちらと眺めていた。

このおばさんが、兵吾とどんなセックスをしていたのだろう。あの事務所の笑子の居場所だった黒いソファーで――どうしても、そのことを考えてしまう。家族を捨ててもいいと思えるほどの悦びを味わったセックス――自分はまだ、そんな快楽を知らないままだけれども、この人は知っているのだ。

こうして母は父のもとに戻りはしたけれど、父とはセックスしているのだろうか。想像もつかない。そもそも、できるのか、つまらないと思わないのだろうか。

久しぶりに会った母を目の前にして、そんなことを考えている自分にも嫌気がさしてきた。

早くこの場を、去りたい。

「でも、大人でも楽しめるってうちの会社の若いもんが言ってたし、せっかくやから四人で行くか」

「そうやね、久々に家族日帰り旅行や」

冗談じゃない——テーマパークに家族で行くなんて、その光景を想像するだけでも、ゾッとする。もうこれ以上、この白々しい空間にいたくなくて、「ごちそうさま！」と告げて、席を立った。

「笑子、お餅は」

「お腹いっぱい、いらない」

「笑子、お風呂、いつでも入れるからね」

母の言葉を背にしながら自分の部屋に行こうとしているときに、追いかけてきた兄に神戸空港反対の署名を求められた。

「嫌よ」

「なんでだよ」

「署名とかね、そういうの好きじゃないの。何に使われるかわかんないし」

「自分の生まれた町の大事な話なのに、無責任な人間やな」

とっさに、笑子は兄を殴りたい衝動にかられた。

「無責任とか、あんたに言われたくないわよ」

「お前、神戸市民やろ、神戸の未来のこと心配にならへんのか」

「神戸市民じゃないわよ。本籍は神戸のままだけど住民票は京都だもん」

「でも神戸の人間やろ？　税金がどんなふうに使われるか気にならへんのか？」

「そういうあんたは、ちゃんと税金払ってんの？　健康保険や年金も」

笑子がそう言い放つと、兄は黙り込んだ。

「神戸空港よりもさ、あんた――お母さんは」

ついそう口にしてしまうが、そのあと、どう言葉を続けていいかわからない。

「……戻ってきてくれたから、いいんだよ」

兄は俯《うつむ》いて、ぽつりとそう呟いた。

「最初は腹が立ったし、捨てられたんだと思うと恨みもしたし……でも、お父さんが、大丈夫だから、母さんは絶対に戻ってくるから信じて待ってろって……たまに電話もくれたし、何度か会って食事もしてた。俺は笑子みたいに、冷たくないから」

「冷たくて悪かったわね」

兄と母が会っていたのは驚きはしなかった。笑子は母を拒否していたが、兄は母に頼って生きてきたのだから。

「……水に流そうとしてんだよ、俺も父さんも。だって、この家は、お母さんいなけりゃ成立しないんだから。俺は戻ってきてくれて嬉しかったから、何も言わない。父さんも、きっと同じ気持ちだ。だから、いいんだよ。元どおりになったんだし」

何が元どおりだ――食事をしただけでひどく疲れていたので、黙って兄に背を向ける。

この家は、お母さんがいなけりゃ成立しない――それは、あんたが自分の世話をしてくれる人が必要なだけじゃないか。いつまで経っても自立できない、あんたが。

笑子は自分の部屋に横になると、大きなため息を存分に吐き出した。

京都に、帰りたい。

やはり私はこの家に戻れない。不自然なくらいに家族を演じるほど達者じゃないし、かといって兄のように、「水に流す」なんてできるわけがない。

笑子は一日だけの「家族ごっこ」をひどく疲れたまま終えて、翌日には新快速電車に乗って京都に戻った。電車の中は初詣に京都に行くらしき着物姿の女性がひしめいていた。京都駅から市バスに乗ろうとしたが、乗り場には大行列ができていた。仕方なくタクシーに乗った。タクシー乗り場も人が多かったが、バスよりましだ。

部屋に着くと荷物を置いて、すぐに外に出た。ひとりで初詣に行きたかった。八坂神社や伏見稲荷《いなり》は人が多すぎるから、歩いていける下鴨《しもがも》神社に向かおう。神社へ向かう道には、着物姿の女たちや、家族連れの姿があった。そういえば、昔は神戸の湊川《みなとがわ》神社に家族で何度か初詣に行った。もう、ずいぶん前だ。

京都に戻り、京都を歩くと安心する。すっかりこの街に慣れてしまった。

でも、ここには、兵吾はいない。笑子に「東京へ行く」と告げた次の月には京都を去っていった。

新しい住所は、聞かなかった。

聞いてどうするのだという気持ちもあった。

母に別れ話と「説得」のセックスをした部屋で、聞けるわけがない。あのときは、一刻も早く、母と兵吾が交わった空間から逃げたかったのだ。

東京まで会いに行くなんてできない。してはいけない。

兵吾からも、何も連絡はなかった。

2

「姫野さん？　もしかして姫野新太の妹……？」

名刺を差し出すと、そう言われて、目の前の男に関する記憶が蘇ってきた。

兄の同級生である片岡樹《いつき》と再会したのは、彼の勤める小さな出版社とたまたま取引があったからだ。再就職してから、三年が経っていた。笑子は二十八歳になっていた。片岡樹は兄と中学高校が同じだった。つまりは大変成績が優秀な生徒だ。兄の通っていた高校は、進学校として全国にその名をとどろかせていた。

樹は兄が「まとも」だった頃は、仲が良くて家にも遊びに来ていた。兄が不登校になってしまってからは全く疎遠になっていたので、名前を呼ばれても最初は全然思い出せなかった。背の高い少年だったと、記憶が蘇るやまずそう思った。ずんぐりむっくりの兄とは対照的な涼しげな細身の男だったが、当時小学生だった笑子は「弱そうな人だなぁ」と思って眺めていた。眼鏡をかけていかにも勉強一筋の、漫画に出てくるガリ勉のような印象だった。けれど目の前の三十三歳の男は、細身の長身であるのは変わらないけれど、髪の毛を少し茶色に染めて軽快な印象がある。太い眉は昔のままだ。

後になって、再会したときの印象を話すと、「君だって、男の子みたいだったのに、別人みたいに女っぽくなっててびっくりした」と言われたが、二十年近く経つんだから当たり前だ。

せっかく再会したのだからと、改めて飲みに行きましょうと誘われたので、頷いた。男の人とふたりで飲むのは久しぶりだった。大阪の編集プロダクションに再就職し、忙しい日々で、仕事関係者以外と会う機会も減っていた。前の会社での揉め事にも、それを引き起こした自分自身にもうんざりしていたので、恋人らしき人もいなかった。

片岡と再会し、最初に飲みに行ったのは大阪の中心地梅田の、笑子の会社からそんな遠くない焼き鳥の店だった。

「もっと女性が喜ぶような店のほうがよかったかな」

炭火がもうもうと煙る、ビニールで外と隔たれた店内で、そう言われたが、逆に気取った店に行くほうが居心地悪いし、焼き鳥屋って、女ひとりでは足を踏み入れられないから、こういう機会に行けるのはありがたいと内心思っていた。

「私、こういう店、好きですよ」

「それは嬉しい。女の子の中には、匂いが髪や服につくから嫌って子もいるから」

「そんなの、洗えば済むことじゃないですか」

笑子がそう言うと、片岡は声をたてて笑った。

片岡樹は、兄が中退した進学校を本人曰く「そこそこの成績」で卒業し、一浪したあと神戸大学に入学し、卒業して地元の新聞社に入社したが、三十歳のときに退職して、タウン誌を作る小さな出版社に入ったのだとそのときに聞いた。

「神戸大学から新聞社なんてエリートコースなのに、なんでそこを辞めたの?」

つい、そう問わずにはいられなかった。

「俺、震災の年に新聞社に入って……大げさじゃなく地獄見たよ。ひどい光景を記事にするのとか罪悪感が募ってね。子どもの死体を見たら涙が止まらなかったけれど、手を合わせるよりもその光景を記事にしなければいけなかった。あと、仲の良かった従弟《いとこ》や高校時代からつきあった彼女も震災で亡くなった。それはずっと未だに俺の人生に尾を引いてる」

「彼女が、ですか」

「うん。とっくの昔にふられたし、俺も忘れてたつもりだったけれど——短い間でも、体温を知っている人が亡くなるのは、一番応えたな。ふられたときは、ショックだったし彼女を恨んでいたけれど、ふられたほうでよかったよ。もし俺がふったほうなら、今よりもっと苦しい。俺がずっと傍にいたら彼女は死ななかったかもとか、考えるから。でも、今もなんで彼女が死んで、俺が生きてるんだろうって、ずっと考えてる。罪悪感から、逃れられない」

片岡の口から発せられた罪悪感という言葉が胸に響いたのは、自分が片岡とは違う種類の罪悪感を背負っていたからだ。街からも家からも逃げたという罪悪感を。

笑子からしたら、あの廃墟のような神戸から逃げずに報道し続けていた片岡は立派だ。どれだけ苦しかったのかと想像もつかない。笑子は震災後しばらく、ニュースを見るのもつらかった。神戸出身だと言うと必ず「震災、大丈夫だった?」と言われるのも内心は嫌だった。背負わされているものから逃げている感触が、常にあった。

家と家族は皆無事だったと言うと、いろんな人に「運がいいね」と言われたけれど、その言葉すらも罪悪感で心を重くするだけだった。

大学時代も、就職してからも、生まれ育った神戸という街の災難が笑子を離してくれなかった。生き残ったことも、そこから逃げたことも、どこか自分で自分を責めていた。

「そうやって神戸の復興を追い続けてきたけど——ここ最近、もういいかなって思ったんだ。街は昔の輝きを取り戻しつつある。新聞でもね、年に一度、震災のあった日以外は、記事にすることはもうあまりない。あとは日常や事件……そうなると俺の役目は終わったような気がして、衝動的に退職届を出した」

「それは、片岡さんの罪悪感が少しは軽くなったってことですか」

「いや……俺のすべきことは、もう震災を追うことやないって思って……じゃあ次に何をやるべきかというのは、考え中。罪悪感はまだあるよ、毎日感じてる。朝起きて、あ、俺、生きてるって考える度に、俺はこれから何をすべきなのかって、考えてる」

あの震災の日以来、ずっと抱えているものを、この人は言葉にしてくれた——そう思うと、ふいに心が軽くなった。

「私も……片岡さんとはきっと意味は違うけど、罪悪感があるんです。あれから、ずっと。なんだか、生きてるだけで申し訳ないような気が、たまにする。だから、夢とか希望とか、そういうの私、ないんです。何のために生きてるのかもよくわからないけど、ただ生きてるだけ。なんでか、目標を持って前向きに生きてる人を見ると、引け目を感じちゃうんですよね」

そうなのだ――夢とか希望とか、そんな言葉が、ずっと苦手だった。

あの震災の後で、流行語にもなり日本中で唱えられた「がんばろうKOBE」という言葉を見る度に、複雑な気持ちになった。

頑張れない、私は。

未来が見えないから、夢や希望なんて持ってもしょうがないと思ってしまう。

人間は一瞬で死ぬし、街は消えてしまう。

今、復興して一見、昔と変わらぬように見えるこの街だって、またいつどうなるかわからない。そんな世の中で、何をすればいいのか、わからない。流されて生きることしかできない。

「何なんだろうね。そんなもの感じる必要はないはずなのに。でも、『亡くなった人たちの分まで精いっぱい生きなきゃ』なんていうやつもいるけど、あれもすごく違和感がある。でも、あの瓦礫の町で何かに取り憑《つ》かれたように取材して、そのときはつらかったし、まるで自分で自分を傷つけているような感覚があったけれど、今となると、罪悪感を背負ったままで生きるのは、決して間違ったことじゃないとも思うんだよ」

笑子はその言葉を聞いて、箸を置き、煙の向こうの片岡の顔を見る。

罪悪感を背負ったままで生きるのは、決して間違ったことじゃない――そう考えたことはなかった。

今まで、どうしたらぬぐえるのだろうか、忘れられるのだろうか、逃げ切れるのだろうか、そればかり考えていたのだ。

「あのね、片岡さん」

「ん？」

「――これは今まで、誰にも話したことがないんだけど、私の罪悪感て、震災のことに限らず、社会に無関心である自分に対してなんです。私、本当に自分のことしか考えてないし、自分に直接関わることにしか怒りを持たないんです。うちの兄がね、神戸空港の反対運動とか、そういう社会運動が好きで、節操がなくて、ただの自分探しだからイデオロギーも何もないんだけど――私が署名を拒否すると、『笑子は無責任な人間やな』って言われたんです。腹が立ったけど、本当に昔からそうで……高校のときも大学のときも、社会のために役立つ仕事をしようとか、国のために、子どもたちのためにとか、そういう目的を持って進路を決めてる子たちが、苦手でした。苦手っていうのは、私はそうなれないから。のらりくらりと、適当に働いて、結婚すればいいやって、そんなことしか考えられなかった」

「でも、それでいいんじゃないの？　大切なことだよ、自分自身が仕事して家庭を持って生きるってことも、社会への貢献になるんだから」

片岡の言葉のひとつひとつが笑子の心を軽くする。つい、今まで誰にも打ち明けたことのない本音がこぼれる。

「——私、今でもすごく覚えてるんだけど……震災の後、京都の大学に行って、ひとり暮らしして……それなりに楽しく過ごしたんです。夏休みの前からアルバイトもはじめて……でもね、大学一年生のときのクラスで、夏休み前に担当教授と一緒に飲み会があったんですけど、夏休みどうするのって話になって、実家に帰省する子を除いたら、ほとんどの子が神戸でボランティア活動するって言うんです。確かに、大学でもボランティアを募集してて……。そのときに、教授に、『姫野さんはなんでしないの？　だって神戸の人でしょ？』って言われて……悪気はなかったと思うし、責めるような口調でもなかったんですが、自分がすごく無責任な人間に思えたんですよ」

この話を人に語るのは、初めてだ。些細な出来事だったけれど、ずっと胸にひっかかっていた。

「夏休みが終わっても、クラスの中でボランティア活動した子たちは仲良くなって盛り上がってて……また、その子たちが、私が神戸出身だから、すごく喋りかけてくるんですよ。『姫野さんちは大丈夫だったの？』『いろいろ大変だったね』って……。善意なんです、彼女たちは、みんな。でも、責められているように感じました。私ね、なるべく目を背けたかったんですよ、神戸から。復興していく様子も、見たくなかった。皆が『がんばろうＫＯＢＥ』っていう言葉を掲げて前向きに生きようとしている様子も、見たくなかった。神戸のことに限らず、前向きに目標を持って生きている人を見ると、自分がすごく世の中に居場所がない気がして苦しくなるんです。あと、ボランティアした子たちの中には、得意げになってる子もいて、それがすごく嫌だった。『神戸のために何かしましょう』とか、休憩時間に人を募ったりして……その子ははっきりと私に言いましたね。『ねぇ、姫野さんも時間空いてたら一緒にボランティア行こうよ。生まれ育った町のためじゃない』って……。バイトで忙しいって言うと、呆れた顔をされました。でもその年が終わると、熱も冷めていったんだけど……四年生になって就職活動したときに面接で、神戸出身だとわかると、『ボランティアしましたか』って聞かれるのもうんざりした。そういうの、些細なことのはずなんだけど……ずっと自分が社会に対して無関心で自分のことしか考えてない、逃げた人間だっていう想いが、強くある」

人それぞれだってことはわかっている。自分は何も悪いことなんか、していない。

それなのに、ずっと負い目を感じていた。

笑子は何となく、食べ物に手をつける気にならず、両手をひざの上に置いて片岡と向き合っていた。

「俺はさ、記者だから、取材するやろ？　そして記事にして……最初はすごく使命感あったし、いいことしていると思ってたんだよ。でも、そっとしておいたほうがいいことも、ふれないほうがいいこともたくさんあって……結局自分は人の不幸を金にしているだけなんだって、ずっと心が揺れていた。でも、そういう葛藤《かっとう》があるのが当たり前やんか。迷いもなく、自分が正しいと思って行動してる人間て、タチが悪いだろ？　あの、宗教団体がそうやったやん。俺の同級生もそこにいるから、ニュースを追わずにいられなかったけれど……罪悪感や葛藤を持たず、ゆるぎない正義感と信念でまっすぐに行動する人間のなれの果てが、あれだよ。それもね、取材して痛感した。彼らはみんな真面目でまっすぐで、『いい子』なんだ。だから、あんなことになった。他人を傷つけて、自分たちも——」

片岡は何か思い出しているのだろうか、涙目になっている。こぼれないように、上を向いた。

笑子はその顔から、目が離せなかった。泣きそうになっている男をこんなふうに正面から見たことがなかったからだ。

「君は、本当は自信がなくて臆病で——優しいんだよ。俺も、同じ」

優しくなんかない——そう言い返そうとしたが、できなかった。

嬉しかったのだ、片岡の言葉が。

「だから、大丈夫。俺も、君も、生きてていいんだって。さ、焼き鳥が冷めるから食べなよ」

そう言うと、片岡は、笑顔を作った。その笑顔が自分のためだとわかったから、笑子はどうしても次の約束をとりつけずにはいられなかった。


出会って三か月後の休日前に飲んだあと、片岡がひとり暮らしする大阪の中崎町のマンションに行きセックスしたのは、片岡に誘わせたようなものだった。誘われる予感がしていたし、誘われたかった。片岡ともっと近づきたかった。心だけではなく、身体も。心が近づくと、身体も添わずにはいられなくなるのだと初めて思った。

私たちは、似ている。

神戸という街で、罪悪感を背負い、葛藤し、迷いながら生きている。

けれど、片岡は自分にはないものをたくさん持っている。恋人を失った悲しみとか、災害と向き合った勇気とか、使命感とか——。

笑子は初めて、理解者と出会ったと思った。いや、むしろ共犯者と言っていいのかもしれない。自分を理解し、同じ傷を持つ男。それが「逃げ」であることは気づいていた。片岡がきれいごとを盾に逃げている様子は、まるで自分を見ているかのようだった。

それでもいい。いや、むしろ、そんな男が必要だった。ここにいていいよと言ってくれる、自分の存在を許してくれる、自分を必要としてくれる男が。だから、どうしてもセックスしたかった。絆をつくりたかった、関係を持ちたかった。他人のままでいたくなかった。自分のものにしたかった。優しい言葉を注ぎ込んでくれるこの男を、私だけの男にしたい。

「昔から知ってるから、なんだか気恥ずかしい」

部屋に入り、玄関で唇を合わせて離した瞬間、そう言われた。緊張しているのか、片岡の指が震えているのがわかる。それが、とても嬉しい。

シャワーを浴びず、そのままふたりでセミダブルのベッドの上に寝転がり、今度は舌をからめたキスをして、身体にふれられて脱がされた。ブラジャーを外すのが上手い男と、下手な男がいる。片岡は、後者だ。不器用で、巧みではない。でもそのもどかしい感じは嫌ではない。

「緊張するけど、感動する」

「そうなの?」

「しない?」

「ちょっとしてる」

「嬉しい」

そう言いながら、笑子の乳房にそっとふれる。優しいふれかただ。壊してはいけないと大事に包み込んでいるかのようなふれかたは、まるで自分が男の宝物になったかのような悦びを感じさせる。

「俺、そんな経験多くないから」

「私も、そう」

「久しぶりで……ちゃんとできるか心配になってる」

「私も、久しぶり」

媚びてそう言ったのではなく、本当に久々だった。三塚と不愉快なセックスをして、それからずっと男はいない。そのことに不満はないつもりでいたけれど、こうしてふれられると嬉しいのは、やはり寂しかったのだと気付いた。

上になった片岡が、笑子の唇に自分の唇を重ねる。軽く、小鳥が餌をついばむようなキス。

「柔らかい。やっぱりキスっていいな」

同じ気持ちだ。乳房にふれられるよりも、こうして唇を合わせたほうが身体の奥から熱が広がってくる。

「もっと、キスして」

そうせがむと、片岡の唇にふさがれる。舌がすっと差し込まれ、躊躇うことなく吸った。息がぴったり、呼吸が同じなのだと思った。やはりこの男は、同志だ。

片岡の指が笑子の身体を這いずり回る。探るように、しずしずと快楽の源に辿り着く。初めてだから、お互い、どこが気持ちいいのか、どこまでしていいのかわからない。けれど、それを探り合っていく行為が楽しい。

おそるおそるといった具合に、届いた指が、ゆっくりと動く。

「気持ちいい？」

「うん……」

本当に、気持ちよかった。嬉しかったのだ、片岡にふれられて。久々の男の感触に身体が悦んでいる。人と肌を合わせるのはこんなにもいいものだったのだろうか。男がいない時期が長かったせいだろうか、ううん、片岡だからだ、きっと。片岡の指だから、気持ちがいい。

多分、今、自分は、初めて好きな男とセックスをしようとしている。

片岡の指が挿入され軽く揺り動かされる。これぐらいが、ちょうどいい。

「痛くない?」

「うん……気持ちいい」

粘液を纏った指が陰核にふれると笑子の腰が浮く。キスをしながら片岡がその部分をはじくと身体が高まってくるのがわかった。

「入れてもいい？」

笑子は頷く。もう十分に濡れているはずだ。

けれどいざ挿入しようとしても上手くいかなかった。萎《な》えてしまったのだ。

「なんか、ごめん。緊張しすぎてる。お酒も入ってるし」

そうやって謝る姿を見ても、失望はしなかった。むしろ、いとおしかった。自分を、特別だと思ってくれるのだと思えた。

「いいから、いちゃいちゃしよ」

笑子がそう言うと、片岡はホッとした顔をして、手をつないだまま肌を合わせているうちに、いつのまにか眠っていた。

朝になる前に起きた片岡が笑子の上に覆いかぶさってきて、その重みで笑子も目を覚ます。

「今、すごく勃《た》ってるから」

そう言われたときは、起きたばかりの笑子のその部分は乾いていたし、久々だったせいか、挿入され少し痛みが走ったが歯を食いしばった。

「あー」

声が出たのは痛みのせいだけれども、片岡は悦びの声だと思ってくれることを願っていた。

「気持ちいい――君の中」

「私も――」

正常位で重なりながら、片岡は懸命に腰を動かすと、潤いが戻ってくる。懐かしい感触だ。粘膜がこすれあい、襞《ひだ》から震えが全身に広がるこの感覚。笑子の声が、自然に漏れる。

「好きだよ、大好きだよ、笑子――愛してる」

片岡は腰を打ち付け、そう口にして性器を抜くや笑子の腹の上に射精する。コンドームはつけていなかったのだということに、そのとき初めて笑子は気づく。

ティッシュで精液を拭きとったあと、腕枕をされて肌を合わせたまま話をした。片岡は、高校時代に初体験を済ませ、それからは三人の女とつきあったことを、笑子が聞かずとも話してくれた。

「ひとりと長続きするタイプなんだよ。だから数は少ない。正直、風俗は行ったことあるよ。少しだけね、つきあいで」

「私は――」

「言わなくていいよ、焼きもち焼いちゃうから」

そう言ってくれたので、笑子は安心して片岡の腕に唇をつけた。初めて寝た男なのに、今までにない安堵《あんど》を感じている。片岡の傍にいるのが当たり前のような気がしていた。

亡くなった彼女が彼の初体験の相手だというのは、初めて寝た朝に聞いた。

「塾で知り合った相手なんだけど、俺が一浪して、彼女は現役で神戸大に合格した。俺の僻《ひが》みもあったんだけど、彼女は合コンとかサークルにいそしんで楽しそうで、ついにはそこで新しい男ができてふられてそれきりになってた。優秀な人だったから未来があったはずなのに、若くして亡くなってしまって、もういい加減、忘れてもいいんだけど、生き残った人間が忘れてしまったら、本当にその人の存在がこの世から消えてしまう。だから俺は、罪悪感を背負って、彼女の死を忘れず生きるしかないんだよな」

片岡の両親は健在で、兄と弟がいて、兄は大学を卒業して北海道で教師をして、弟は結婚して神戸で働いていると聞いた。家族だって無傷ではなかったらしい。家は全壊して、父の事業は傾き、当時高校生だった弟は足に傷を負い、今でも少し引きずっている。

「俺も痕が残ってる。でも俺の場合は、自らそこに飛び込んでいったからだけど」

その痕を見せてもらった。セックスしているときは、全く気づかなかったが、右手の肘《ひじ》より下にひきつったような痕がある。

「火傷？」

「震災の犠牲者って焼死が多かっただろ。あちこちで煙が上がってて火事になってた。あの朝、隣の家から赤ん坊の声が聞こえて、俺、たまらずそこに飛び込んでしまったんだよ。隣の家の奥さんには可愛がってもらってて、子どもが生まれたばかりで……。でも、腕が焼けて我に返ったし、追いかけてきた父親に止められてこれだけの傷で済んだけど……結局、奥さんと子どもは亡くなった。今でも、その家の前を通ると手を合わせるよ。人の命って尊いんだということを噛みしめるために」

まるでできすぎた映画かドラマのような話だ。彼女が亡くなった話もそうだが、片岡の語る光景も、そのあとの「手を合わせる」「人の命って尊い」という言葉も。

これだけの、と片岡は言ったけれど、笑子の目にはそれは十分にひどい傷に思えた。傷があるから、片岡は夏でも長袖のシャツを着ているらしい。それぐらい、人目を引く火傷の痕だ。兵吾の手の甲の傷が脳裏に浮かぶ。

笑子は思わず、その傷痕に唇をつけた。

「傷、好きなの？」

「うん、好きみたい」そう口にして、傷痕に舌を伸ばす。

「傷に欲情するのかな」

「……かもしれない」

兵吾のことを考えていた。手に火傷の痕がある男――頭をその手で撫でてくれた子どもの頃の懐しい感触だけが蘇る。

「笑子――そう呼んでいい？」

「うん」

初めて、兵吾以外で、自分を笑子と呼ぶ男が現れた。笑子は甘い響きで自分の名前が片岡の口から発せられるのを聞きながら、再び片岡の傷に歯を立てる。

片岡の言葉は、まっすぐで真摯《しんし》だ。この傷が名誉の負傷であることは間違いない。その傷にふれると、世の中に存在していいと思えるような気がしてきた。片岡に必要とされると、私も生きることを許されるのではないかと。

「傷がいとおしく思えるのは、なんでだろう」

「欠損だからじゃない？　身体の傷だけではなく、心の傷も同じだよ。人が人に惹かれるのは、欠損だ」

そのとおりだ。笑子は片岡の罪悪感という欠損に、自分の欠損を重ねた。

ふたりはお互いの家を行き来する恋人同士になった。

笑子は片岡と寝る度に、彼の欠損を確かめるように傷口に唇を押し当てた。

3

「俺、東京へ行くことにした」

そう告げられたのは、片岡と再会してつきあいはじめて、ちょうど一年になろうとしているときだった。

「東京？」

いつものように寝不足のまま仕事を終え、中崎町の片岡のマンションの八畳の部屋で声を殺してセックスした後、腕枕をされながら言われた。今までの男とは腕枕も寝にくくて嫌だったし、朝まで過ごすのも避けていたけれど、片岡とは、平気だった。

そうして目覚めた朝、いきなり東京へ行くと言われた。自然に、「朝飯食いに行こうか」と言うのと同じ調子だったので、笑子は最初、意味がわからなかった。

「行くって、旅行？」

「違う。住むの。引越しするの」

「って、急に何やの、会社は？」

「もう辞表出した。来月には移ろうと思ってる」

笑子は身体を起こして片岡の顔を見た。唐突な話だ。今までそんなことを匂わすそぶりもなかったのに。

「驚いた？」

「当たり前やろ？」

「ごめん。俺、いつもこうなんだよ。一度決めたら翻さない、ただ行動して全部自分で決めてしまう。親や兄弟にも言ってないよ。会社以外では笑子が初めて」

「……東京なんて、遠いやん」

東京と聞いてまず浮かんだのは兵吾の顔だ。

もう何年も会っていない。どこに住んでいるのかも知らない、親戚。連絡先も、京都を離れるときに聞けば教えてくれたのだろうけれど、あえてそれをしなかったのは、母と父のためにもつながりを断ったほうがいいと決めたからだ。

でも本当はしょっちゅう思い出していた。どこでどうしているのだろうか。新しい女はできたのか。相変わらず、いい加減にふらふらして生きているのだろうか。

「……仕事、忙しいから、こうしてたまに会う時間をとるだけでも大変なのに、東京なんて行っちゃったら、ますます会いにくくなるよ」

笑子は、恨みがましい目をした。別れる気なのかとも、心配していた。だいたいそんな重要なことを相談されなかったなんて、恋人だと思われていないのだろうか。何度も愛してる、好きだって言葉を重ねて求め合ったのに。

片岡とのセックスは、最初はお互いぎこちなかったけれど、手探りで相手の気持ちのいいところを探すようになってから、楽しくなった。乳房をわしづかみにしたり、挿入しながらクリトリスを撫でるのは、力が強くてたまに痛かったけれど、愛撫に慣れていないのだと思うと、いとおしい。勃ちづらいのは最初だけではなくて、そのあとも何度かあったし、正常位以外は射精できないとか、笑子にとって不思議なことは幾つかあったが、特に性欲が弱いとかでもないらしい。会えばしようとはしてくれるし、勃たないときは、最初と同じく夜は眠って朝にセックスをする。

「夜は疲れてるから弱いんだ」と言われたとき、そういう男もいるのかと思ったが、多分、片岡はそう性欲が強いほうではない。会うとセックスするけれど、いきなり求めてきたりすることもなかったし、長時間することもない。セックスの優先順位が低いだけなのだ。笑子自身も自分はそうだと思っていたから、ちょうどいい。

「俺、実はセックスするよりも、こうしていちゃいちゃしてるほうが楽しいんだよね」

そう言われて、いつも終わったあとに身体をくっつけながら話をしている時間のほうが長かった。笑子もそうだ、挿入そのものには、あまり意味を感じない。それよりも肌を合わせてその感触を楽しむほうが、「一緒にいる」と思うことができる。

それでも、笑子は、以前、兵吾が口にした「セックスは楽しい」という言葉の意味が、初めてわかった。相性というのは、確かにあるのかもしれないけれどそれは形がどうのこうのとかじゃないと何となく思っている。同じものを、同じぐらい求めている者同士の交わりが、「相性がいい」のではないだろうかと。

今まで笑子がセックスした、そんなに数多くない男たちとのセックスは気持ちがよくないわけではなかったけれど、いつもどこか求めるものが違った気がする。

「うん。で、結婚しない？」

「え？」

「離れたら会いにくくなるだろ。一緒にいるためには結婚したほうが何かと便利じゃん」

「便利って……」

笑子は突然の展開に混乱した。

「あ、ごめん、便利って言い方悪かった。合理的……これもよくないか。もちろん、笑子の仕事のこともあるから強引に東京に引っ張っていくなんてできないのは承知してる。ただ俺の希望を伝えてるだけ。俺は結婚して東京で一緒に暮らせたらいいなって思ってる」

「ちょ、ちょっと。結婚て」

考えないわけでもなかった。再会したとき、笑子は二十八歳、片岡は三十三歳で、結婚しないと決めていたわけでもないから、いつかはこの人と一緒になるのだろうかなんてぼんやりと思ったことはある。でも、早い。それに東京で暮らすなんて考えたこともなかった。

「嫌ならいいけど」

「……嫌じゃない。でもびっくりしてる」

「俺は笑子と結婚したいし、一緒にいたいんだけどな」

「だから、なんで東京なの？」

「知り合いが辞めるんで、東京のジャーナリズム系の出版社に来ないかと誘われた。今度は結構大手で、給料も悪くない。条件いいだろ？」

「まあ、そうかもしれないけど」

確かに、片岡のような仕事ならば東京のほうが広く動けるし、やりがいもあるだろう。

「神戸を離れないと思ってた」

笑子は思わず口に出した。

「もう、いいかなって。もう俺の役割は果たした気がする。十年、経ったし」

片岡の言葉に矛盾を感じなかったといえば、嘘になる。あまりにもあっさりと神戸を離れると告げられ拍子抜けした。あれほど、震災後の神戸に対して使命感を持っていたはずなのに。それはあなたの罪悪感は払拭《ふっしょく》されたということなのかと思ったが、聞けない。確かにこの十年でみるみるうちに神戸は復興している。あと十年もすると、もっと記憶が薄れるだろう。だから確かに、もう片岡の使命は終わったのかもしれないと笑子は自分を納得させた。

「私も東京へ行く」

ふと、口をついて出た。内心、仕事もそろそろ限界だなと思っていた頃だった。多忙だし、所詮《しょせん》バイトだ。いつまであるかわからない会社だ。

先輩の松島さんに彼氏ができたのは、誰もが知っていた。あまりにもわかりやすく服装や化粧が変わって華やかになったからだ。そして薬指に指輪もしていた。

松島さんが辞めたら、姫野さん、正社員に昇格できるよとチラッと社長から耳打ちされたが、嬉しくはなかった。社員になったら残業代が出なくなるから、収入的にはマイナスになるし、メリットよりもデメリットのほうが大きい。それにこの会社にこれから先も居続けたいか、この仕事をやりたいかと自分に問うてみると、頷けない。

正社員になってしまったら逃れられないと考えてもいて、辞めるきっかけを探していたところの、片岡の上京話だった。

「じゃあ、結婚しよう」

手を握られて、改めて東京へ行くと口にしたのは、結婚を承諾したのと変わりなかった。

あまりにもあっけない、予想外のプロポーズだったけれど、最初から、自分は結婚に夢や理想なんか持っていなかったから、嫌ではなかった。

「もう一回、したい」

笑子は片岡の上に乗った。

「どうしたの、笑子。そんなこと言うなんて珍しい」

「だって、これからずっと一緒にいられると思うと、嬉しくて」

好きだと思うと、欲情したのは、正直な気持ちだ。

好きな男が傍にいて、結婚という制度に乗っかり、この先もこうして抱き合える——そう考えると、したくなった。

「プロポーズした直後にセックスするなんて……なんか、エロい」

「したくないの？」

「——ううん、しよう。でも俺、また萎えるかもしれない」

「いいよ、それでも。いちゃいちゃするだけで」

その言葉を合図に、笑子は自ら手を伸ばし、片岡のものにふれた。

柔らかいままで、いくらふれても硬くならないので、笑子は唇をふれさせる。

不安がないわけではないけれど、片岡のことを好きだから上手くいくだろうと自分に言い聞かせていた。

片岡のペニスを口にしながら、笑子は左手を伸ばし、片岡の腕にふれる。

傷痕を確かめると、何よりも安心感があった。

「え、だって君は今までそんな気配なかったのに」

片岡にプロポーズされた三日後に、社長に「結婚して東京へ行くから辞めます」と話したら、驚かれた。

「いきなり決まりました、すみません」

「結婚なら引き留めようがないなぁ……」

ただでさえ人手が足りないのに……と社長の表情が不満げだったのには申し訳なくなった。

忙しかったけれど、嫌な職場ではなかったし、学ぶことも多かった。

「聞いたわよ、おめでとう」

トイレに行くと、松島さんに声をかけられ、笑子は「ありがとうございます」と頭を下げる。

「いつ東京へ行くの？」

「それがね、さすがに今すぐ辞められるのは困ると言われて、新しいバイトの子が入ってその子が仕事覚えるまで……二か月ぐらいはいてほしいって頼まれたんですよ」

「まあ、そうよね」

松島さんの薬指には小さな赤い石の入った指輪がある。たしかにこの人は綺麗になった。前は地味で冴えない女だったのに、洗練されて、内側から潤いが溢れているような気がする。

「松島さんは？」

「ん？」

「結婚しないんですか」

そう問うと、松島さんはふふふと笑った。

「しばらくは難しいかな——したいんだけどね。なかなか相手の奥さんが離婚してくれないのよ」

笑顔のままそう告白され、質問したのは自分のはずなのに、笑子は返事に困る。

「送別会しましょうね」

そう言って松島さんはトイレを出ていった。

ふと松島さんはいくつだったかと考える。確か、以前、自分より五つ上だと聞いて、兄と同い年だということで覚えていたから、今、三十四歳か。

前いた京都の編プロでは、送別会を開いてくれなかったことを思い出した。嫌な辞め方だったし、祥太郎の手前仕方がなかった。笑子とて、形ばかりの送別会で気まずい雰囲気の中にいるのは御免だったから、それはそれでよかった。

会社に告げたのと同じ日に、実家に電話すると、出たのは母親だった。できるだけ感情を殺して、「結婚するから。相手連れて、今度行くね」と告げると、母は「えー!」と声をあげた。

「びっくりした。だって、いきなり」

「いきなり決まったんだもん」

「……だって、まだまだ子どもだと思ってたんですもの」

もうすぐ三十歳になる娘に何を言っているんだと思った。母親は笑子の今の歳よりもずいぶん若くに結婚して子どもを産んでいる。本来ならば親が「結婚しろ」と言うであろう年なのに、今まで両親が笑子に何も言わなかったのは、気を遣っていたのだろう。おそらく兄は結婚などできないし、それどころか女を知らない。笑子が産まないと親は孫の顔を見ることができない。それは最近、親戚に言われたりもした。「笑子ちゃん、早く結婚して子どもを産んで、親を喜ばしてあげなさいよ」と。

二週間後の日曜日に、笑子は片岡を連れて実家に帰った。片岡の実家にも行かなければいけないのだが、同じ日は都合があわなかったので後回しになった。

「片岡君、久しぶりねぇ」

玄関で迎えた母親が相好《そうごう》を崩す。母のこんなに嬉しそうな顔を見るのは久しぶりだ。前がいつか、忘れてしまったぐらいに。

京都から戻ってからというもの、年相応かもしれないが、母は会う度に老け込んでいった。確かにもう孫がいてもおかしくない年頃なのだ。会う度に老ける母を見ると、どうしてもこの人に、家庭を捨てて男に走った六年間があったなんて、現実ではなかった気がする。今の母には、性的な気配など感じられない。あの震災の朝に兵吾の背中に張りついていた「女」とは、別人のようだ。

だからといって元気がないわけではなく、パートの仕事も続いているらしいし、そこで同世代の主婦たちと仲良くなり、休日にホテルでランチをしたりなど遊ぶようにもなったと父から聞いていた。ふっきれたのだろうか、兵吾のことを。忘れられたのだろうか、自分を捨てた男を。ときおり、そう聞いてみたい衝動にかられていた。

片岡と一緒に居間に入ると、出前の寿司が並んでいた。母の作った澄まし汁と、いつものトマト入りのポテトサラダと骨付きの鶏のから揚げも盛ってある。親は、子どもの好物を、大人になっても作り続ける。これにケーキでもあれば、お誕生会のようだと思ったが、「冷蔵庫にケーキも買ってきてあるのよ。奮発して、ホテルオークラまで行ってきたんだから」と耳元でささやかれて笑いそうになった。

居間のテーブルに、両親と兄が座った。

「まさか、片岡が義理の弟になるなんてなぁ」

何が義理の弟だ、偉そうにしないでほしい。兄の機嫌の良さと慣れ慣れしさが不愉快だ。

「転職と同時の結婚なので不安に思われるかもしれませんけれど、頑張ります」

スーツ姿の片岡はいつになく緊張しているようで表情がこわばっている。そんなにきちんとしなくていいと言ったのに、「だって挨拶に行くんだから」と押し切られた。そうなるとバランスが悪いからと、笑子も着慣れぬ、よそ行きのワンピースを身に着ける。自分の家なのに違和感があるが、しょうがない。

「こいつさぁ、結構、気が強いし大変やぞ」

普段は笑子と一切口を利かない兄がそう言った。童貞のくせに偉そうに——と、笑子は兄を睨《にら》みつける。

片岡は薄笑いをして兄の言葉を聞き流してくれた。兄が挫折した道をそのまま進んでいった片岡——就職したこともなく、未だに親におんぶにだっこで何をしているのかわからない兄。そんな男が「兄」ぶって片岡を見下しているような態度をとるのが不愉快だ。

女も、世の中も知らないくせに、相変わらずアニメや漫画などの少女のフィギュアやイラストなどを部屋に貼っているのも知っている。最近はパソコンを手に入れたおかげで部屋にこもることも増えたらしいが、どうせロクなことはしていないのだ。年のせいか顔の吹き出物はなくなったが、白髪が増えて、肉付きのいいだけの兄は、どう見ても「恥」でしかなかった。

片岡が兄の同級生だからいいものの、兄を知らない男だったら、紹介に困るところだ。最初から兄のことは話してあったから、片岡も兄が今は何をしているのかは聞かず、上手く相手をしてくれているようで安心した。

「でも、よかった。この子ね、結婚の気配なかったから。彼氏を連れてきてくれたこともなかったし、そんな話もしてくれなかったしね」

母が片岡のコップにビールを注ぎながら、そう口にする。

何を言っているんだろう。家を捨てたくせに。あんたは六年間、家に戻らなかったではないか。彼氏を連れてくるなんて、できるはずがない、そんな家に。やはりまだ、皆、演じている。仲の良い家族を。母の陳腐な台詞はあまりにもありきたりの「娘を持つ母親」のものだ。

父はにこにこした表情でビールを飲みながら寿司をつまんでいる。

「式はするのか？」

父親はどうもまっすぐ片岡を見られないようで、笑子にばかり問いかける。

「しない」

「僕はしてもいいと思うんですけど、この人が、したくないって」

「だってめんどくさいんだもん」

ウエディングドレスに憧れもないし、お金ももったいない、指輪だっていらない。

「一生に一度の機会なんだから、すればいいのに。お金なら、出してもいい」

父がそう言った。

一生に一度——そうなのだろうか。

「似合わないから嫌なのよ、ドレス」

「そんなことないんじゃない？」

母がたたみかける。

「小さな、身内だけの式ぐらいは」

父も譲らない。

「嫌よ。そういうのにお金をかけたくないし、したくないんだってば」

笑子が強い口調で言うと、両親は黙って、気まずい空気が漂った。

片岡は少し悲しげな表情で笑子を見つめた。

結婚式なんかしたくないというのは本心だ。父と手に手をとってバージンロードを歩くとか、両親への手紙を読むとか——お金をかけて人を呼んで、この白々しい「家族ごっこ」を披露するなんて、考えただけでも時間の無駄だ。

それでも自分が結婚することで、この家族の中から逃れられると思うと、笑子は自分が今までになく得意げな気分になっているのを自覚していた。

「いいご両親に、俺の目には見えるけどな」

ふたりで私の家を出て、片岡の家に向かう電車に乗った。片岡には母のことは既に話してあった。相手の男——兵吾については詳しくは言っていない。ただ、親戚の男、とだけだ。京都に住んでいた頃、兵吾に何度か会っていたことも話していない。説明が難しいし、なぜ母の男に会うのかと問われたときに、相手を納得させる答えを持っていなかった。

「家族ごっこよ」

「ごっこでもいいんだよ。ほとんどの家族がそうだよ」

「そうなんかな」

「うちもそうだよ。うちは父親に昔愛人がいて、母も散々苦しんだらしいよ。でもそんなことを知ったのはつい最近で、子どもたちの前ではいい両親だったしね。今は、父も年を取って落ち着いて仲良くしてる」

片岡の父は大病を患い、手術を何度か繰り返していると聞いていた。

「うちは逆に、震災をきっかけに父親は愛人と別れたらしい。一番大事なのは家族だってわかったんだって、母親から聞いた。母親の一方的な話だから、どこまで本当かわからないけれど。どこの家族だって、何かしらあるよ」

震災がきっかけでうちのように壊れた家族もいれば、絆を深めた家族もいるのだ。

「新太は……変わったな」

「そう？」

「中学のときは、あいつは素直で、ちょっと子どもっぽいけど、まっすぐなやつだったよ。俺はわりと新太が羨ましかった」

「あんなやつを？」

電車の中でつい大声を出してしまい、私は口を押さえる。

「俺は子どもの頃からちょっとひねくれてねじれたところがあったから、新太は素直で本当にいいやつで……でも、だから、なんだろうな。素直でいい人間ほど、脆《もろ》いし、心が折れたときに這い上がる力がない。それに、何かをまっすぐに信じて疑わない人間になってしまう

——木林のように」

木林誠——兄と片岡の同級生だ。

震災と同じ年、日本中を騒がしたカルト教団の幹部にその顔を見つけたときは、兄が異常にはしゃいでいたものだ。あのあと、木林誠は逮捕され裁判にもなったが、執行猶予付きの判決が出た。教団を脱会したとは聞いていたが、犯罪者集団にいたのは間違いないのだ。

「木林も真面目でいいやつだったんだよ。親とも仲良くて……」

片岡の声が少しばかり震える。

進学校を卒業して京大の理学部を卒業した木林誠は、在学中からカルト教団に傾倒しみるみるうちに幹部になっていた。木林誠の両親は事件のあと、仕事を辞めて引っ越し、今、どうしているかわからないという。他の信者たちは、教団に残ったり、塀の中で生き続けたり、さまざまな道を辿っているようだが、人々の記憶から、あの教団の本部にガスマスクをした捜査員たちが入り込んでいった光景は、忘れられない。あれも震災と同じく、映画を観ているようだった。

悲惨な事件だった。現実ではないと理性が叫んで、受け入れるのを拒む。

けれど、知り合いがその事件を起こした教団の中にいるからと、報道を喜ぶ兄の姿に嫌悪感が募った。

あの事件では、見るからに優秀で真面目な人間たちが「加害者」となり、「洗脳」についても報道された。笑子はその事件の「洗脳」を、どうしても母と重ねずにはいられなかった。兵吾自身がそんなつもりはなくても、母は兵吾に心を奪われおかしくなったのだ。

恋愛は、過剰になると洗脳になる。心を持っていかれて、依存する。恋愛は怖い。心を奪われるのは怖い。それは洗脳と同じものに笑子には思える。

「笑子」

「ん」

片岡が私の名前を呼びながら、手を握った。

「ちゃんと好きだから」

電車の扉の向こうに視線をやりながら、そう言った。

「なんでこんなところで言うのよ」

「思ったときに言わないと、忘れちゃいそうで。俺が東京へ行くのにつきあわせたみたいだけど、笑子と一緒にいたいから結婚するんだって」

「わかってる」

私は片岡の手を握り返す。堅い指を感じながら。

「俺の都合で、関西から離れさせることになってごめん」

「いいの」

「結婚式も本当にしなくていいの？」

「うん——絶対に、嫌」

京都にも、神戸にも、未練はなかった。

むしろいいきっかけなのかもしれない。今まで自分が引きずってきたさまざまなしがらみや想いと決別するチャンスなのだ、これは。

家族とも、離れられる。

兄は別として、本当は母のことも父のことも嫌いじゃない。苛立ちはあるけれど、家族は家族だ。でも嫌いじゃないからこそ、距離を置きたかった。家族の縁は、どうしたって一生切れないものだ。だからこそ距離が必要なのだと、京都に住んでよくわかった。

もし自分が京都に行かずに、あのまま母不在の神戸の家にいたら、耐えられなかっただろう。

片岡は一か月後に、笑子は会社を二か月後に辞めて東京へ行くつもりだった。

婚姻届は片岡が東京に行く直前に出して、「片岡笑子」となった。

姫野という家の人間ではなくなったのだと思うと、ホッとした。もうあの兄とは名字が違うのだ。私は姫野笑子ではなく、片岡笑子だ。東京で、片岡笑子として新しい人生を送れる

――。

できたばかりの神戸空港から東京に向かおうとしていたとき、笑子は二十九歳になっていた。

神戸空港に到着して携帯電話を見ると、家から着信があったのですぐにかけ直した。電話の向こうから聞こえてきたのは、兄が逮捕されたという母の涙声だった。

第四章　二〇〇六年——二〇〇九年　東京

1

私の東京生活は、しょっぱなから出端《でばな》をくじかれた。まさか新婚の夫の待つ東京行きの飛行機のチケットをキャンセルする羽目になるとは、誰が想像しただろう。

全て兄のせいだ。兄の新太はよりにもよって私が東京へ旅立つ日に逮捕された。未成年者買春の容疑だった。ネットの出会い系で、十五歳の女の子にお金を払ってセックスしていた。その子が補導されたことにより兄が捕まり、飛行機に乗り込む直前でチケットをキャンセルして急いで警察に行った。怒りと混乱で血の気がひいて、手が震えているのが自分でもわかった。なんで、なんでこんな日に——やはり、兄は死ねばよかったんだ。家族に迷惑をかけるために生きているだけのゴミなんだから——。

警察署には、うなだれた母と、その母の肩を抱く父がいた。私は怒りが滾り理性を失いかけた。我慢できず、釈放されて家に戻った兄に怒鳴らずにはいられなかった。

「ロクに働きもせずに何してんのよ！　家族にこんな迷惑かけて！　みっともない！　人間のクズ！　社会のお荷物！　よりにもよって未成年者を買うなんて、一番恥ずかしい罪を犯して！」

私が居間で大声を出しても両親は何も言わず、咎《とが》めることも加担することもしない。それに対しても苛立った。

「お父さんもなんか言ってや！　だいたい甘やかしすぎなんや！　この年で仕事もまともにせずにお小遣いだけもらって。パソコンだって買ってやったんやろ？　お父さんとお母さんが好き勝手させるからこんなんになっちゃったのよ、こいつは」

「笑子——すまん。お前の大事な日に」

どうして父は私に謝るのか。そんな問題じゃないのに。私に謝る前に、すべきことがあるはずだ。

兄を追い出すべきだ——以前から、そう思っていた。家があり、小遣いを与えられるから、兄はいつまで経っても社会から逃げたままなのだ。放り出して、自分の食い扶持《ぶち》ぐらい、自分で稼がせるべきだ——人間が、当たり前にすべきことは、自分で自分を養うことではないか。

だって、あの兵吾だって——本人も言っていたし、親戚たちだって「いい年して、仕事も住処も落ち着かず、結婚もしないで何をやってるんだ」とダメ人間呼ばわりしていたけれど、それでも借金はないし、ヒモになったこともないし、常に自分で自分を養って人には迷惑をかけずに生きていたではないか。兄は、それすらできない。

けれど両親も悪い。働かずに暮らせるから、働かないのだもの。無理やりでも追い出すべきだ。なのに、それをしない。その結果、こうして家族に迷惑をかける羽目になったのだ。

「気持ちが悪いと昔からずっと思ってた。アニメの絵を部屋にベタベタ貼って……でもまさか高校生を買うなんて……こんなロリコンと血がつながってるなんて耐えきれない。あんた、わかってんの？　私、結婚したとこなんよ？　彼の家族や親戚の耳に入ったら、どうしてくれるつもりなん？　妹の人生壊す気？」

こんな男が血のつながった兄だなんて思うと、自分に流れている血までもが汚らわしく思えた。数時間前までは、夫の待つ東京の新しい住処に旅立とうとして心を弾ませていたはずなのに。

「俺が、悪い」

父がそう口にして、私の怒りの火に油が注がれる。

違う、違う、そうじゃない。俺が悪いという言葉は、逃げにしか聞こえない。だって本当に悪いと思うなら、今まで何とかできたはずだ。

「昔から、そうやん。お父さんはお兄ちゃんを甘やかしすぎ。ちょっと子どもの頃頭がよくて進学校に入ったからって――結局こんな気持ちの悪い人間にしちゃったやないの。しかも犯罪者やで」

「笑子――やめて」

母は泣いていた。

私は母へも怒りをぶつけたくてたまらなかった。この人も、一度、兄を捨てた。兄は母に甘えていた、マザコンだった。震災のあと、もしも母が家にいて兄の傍にいたならば、そこで兄の人生を軌道修正できたかもしれないのに。

子どもの頃は、母は兄に構いきりだった。だから私は人に甘えないように、迷惑をかけないように、いい子になろうとしてきた。それなのに兄を見捨てて、男に走った。私が京都の大学に入ってから、母が戻ってくるまでの六年間、この家で父と兄はふたりきりだった。出来合いのお惣菜やインスタント食品やファストフードばかりを買って食べて、家だって荒れていた。

私は見て見ぬふりをしていたけれど、兄と父のふたりの生活は、空気が澱《よど》んで目を背けたくなるものだった。関わり合いになりたくない——と思うほどに。

「お前には、わかんねぇよ」

兄がふてくされたように、ボソッと口にする。

「はぁ？」

「笑子には、わかんねぇよ。笑子だけじゃない、片岡や——他の連中にも」

何を開き直っているんだと、ひたすら怒りが体の中で熱く燃え盛る。

「わかんないわよ。わかりたくないわ、気持ちが悪い」

「お前、俺のこと、馬鹿にしてるだろ」

兄がこちらを見ている。恨みがましい目だ。

どうして私がそんな目で見られなきゃいけないのだろうか。悪いのは、兄のはずだ。全て兄が悪い。犯罪者のくせに開き直る気か。

「…………」

「皆そうだよ、俺のこと馬鹿にしてるんだよ。ずっとそうだ」

兄の言うとおりだ。

私は兄をずっと馬鹿にしていた。

社会に出られない、逃げ回ってる兄を。

人に兄のことを聞かれると表情が歪んだ。「在宅の仕事をしている」と嘘をついてごまかしていた。醜い兄の姿を誰にも見られたくなかったから、友人を家に呼んだこともない。私の人生の中で、兄は汚点だった。

無職の人間が罪を犯したニュースを見る度に、兄がいつか何かしでかさないかと気分が悪くなった。少女へのいたずらなどの性犯罪なんて反吐《へど》が出そうだ。兄のような、アニメオタクも大嫌いだった。社会がそういう連中を甘やかしているとしか思えなかった。

帰省しても、兄と同じ湯を使うのが嫌で、湯船につからずシャワーを浴びるようにしていた。本当はトイレだって不愉快なのだ。同じ空気を吸っているのも我慢できない。今回の件まで、童貞だと思っていた。こんな男が女に相手にされるわけがない、と。そしてやはり普通に女に相手にされないから女を買った。まともに働いたこともないくせに、性欲はあるのだ。

兄はもともと頭はいいかもしれないけれど人としては最悪だ。もしも他人ならば、少しは寛容になれたかもしれないけれど、血がつながっているからこそ嫌でしょうがない。片岡をこの家に連れてきたときも、どれだけ兄を人目に曝《さら》すのが嫌だったことか。

馬鹿にされるあんたが悪いんじゃないか――そう言い返したくてたまらない。犯罪者のくせに。恋愛も、まともな人づきあいも仕事もしたことないくせに、お金で女を買うなんて。

ずっと思っていたけれど、口にしてはいけないとこらえてきた言葉が喉元までせり上がってきて、私は抑えるのに必死だった。

なんで死ななくていい人が震災でたくさん亡くなったのに、あんたみたいなやつが生き残ったの？　あんたなんか、死ねばいいのに——。

「俺がそんなに悪いのかよ……たまたまバレちゃったけど、皆がしてることやんか」

目を伏せた兄の身体が、怒っているのか、泣いているのか、震えていた。

「高校生をって言うけどよ、俺、知ってんだぞ。笑子、お前だって高校のときからヤってただろ、男と」

私は兄を睨みつける。確かに私は高校のときにセックスしていたけれど、一応、彼氏だ。金で買われたわけではない——そう言い返すべきかと思ったけれど、そこにどれだけの差があるのかと、私は自分でも明快な答えを出せない。

「……母親は男に狂って家族を捨てたし……俺はそれより悪いことしたのかよ」

兄の言葉に今度は母が顔を伏せた。

初めて、この家で、皆の心の中に重石をつけて沈めていたことを、兄が口にした。

誰もが、「なかったこと」にして振る舞うことにより、バランスをとろうとしていたことを。

「――ごめんなさい」

母が消え入りそうな声で、それだけ呟いた。

兄は母を睨みつけ、言葉を続ける。

「みんな、やってることじゃねぇかよ」

そのとおりだ。私だって、人に褒められるようなことはしてこなかった。恋人を裏切って妻子のいる男と寝て、それが原因で会社を辞めてしまったぐらいなのだから。

「だけどあんたは働いてもないし、税金だってまともに払ってへんやん。同じことやってたって、社会の中で自立している人間とそうじゃない人間とは違うやないの！」

私の苛立ちは止まらない。みんながやってるから――そんな子どものような言い訳をする兄に。

「あんたなんか大人の女に相手にされないからそういうことを――」

「……笑子も新太も、もうやめなさい」

父が、静かながらも有無を言わさぬ重い声を出し、兄は私たちに背を向けてのっしのっしと嫌な音をたてて階段を上り、自分の部屋の扉をバタンと大きな音を出して閉めた。

私もひどく疲れてしまい、自分の部屋に入る。飛行機をキャンセルしてしまったし、樹だって心配しているだろうから状況を話して、明日からのことを考えなければいけない。けれど何もする気力がなくなって、しばらく横たわって目を瞑っていた。ぐるぐると言葉がまわる。私が兄に投げつけたひどい言葉も、兄の「母親は男に狂って家族を捨てたし」という言葉も。

時計を見ると、午後九時だ。新幹線の最終には間に合わない。もっと遅い時間まで新幹線を走らせてくれたらいいのに。

明日、朝いちばんの新幹線で東京に行くしかない。夫となった樹との新しい生活のために。そしてまた、家族と離れるために――。

私はあの気まずい夜のことを、その後、何度も思い出すこととなる。

けれど、あのとき、母が帰ってきてから私が違和感を抱いてきた「家族ごっこ」が壊れた瞬間、どこか小気味よさを感じた。

だってずっと「なかったこと」にして、家族を演じていることが、気持ち悪くもあったんだもの。でもそれを私は壊す勇気がなかった。壊したのは、兄だ。

翌日、私は新幹線で東京へ行き、片岡樹と住みはじめた。東京は思ったよりも暮らしやすい街だった。樹の先輩にすすめられて、中央線の阿佐ヶ谷駅が最寄りのマンションを借りた。駅から商店街を抜けて歩いて十分強の広い３ＬＤＫは、ほぼ新築の真っ白な壁が遠くから見ると目立っている。

今まで古い家と、古いアパートしか住んだことがなかった私は、最初は壁の綺麗さに緊張した。少しでも汚すと誰かに怒られそうな気がした。新築である必要はなかったけれども、不動産屋に「新婚さんなんだから」とすすめられた物件だった。

結局、結婚式は、しなかった。引っ越し費用で貯金は消えそうだし、ウエディングドレスに興味はないし、「式を挙げたくない」という私の希望が通った形だ。

樹の両親は、ふたりともが穏やかな印象を受けた。樹にそっくりで、髪の毛が薄い、早口で熱烈なタイガースファンのお父さん、小柄で太り気味のにこにこしたお母さんは、「いい御縁があってよかった」と喜んでくれている様子だった。人に祝福される結婚ができてよかったと思った。

式を挙げなかったからかわりにと、引っ越し費用も少し出してくれたので助かった。聞いてはいたが、東京の家賃の高さには目が飛び出そうになった。「京都の、笑子の住んでたあたりが特別安いんだよ」と言われたが、そのとおりだ。新しい部屋は、ダイニングキッチンが八畳と広めで使いやすそうだった。三部屋のうち、二つの四畳の間を、私と樹がそれぞれの部屋にして、六畳にダブルベッドを置いて寝室にした。それぞれ独立した部屋を持つことは、最初から決めていた。お互い、一人暮らしが長かったし、個別の空間は必要だ。

周りを見ていても、いろんな夫婦がいる。四六時中、休日はずっとべったり一緒にいる夫婦もいれば、それぞれがひとりで行動して、家にいるときだけ一緒にいる夫婦も。思えば、川本祥太郎ともしも結婚していれば、それこそずっとベタベタしていたかもしれない。でも樹は違った。ときおり、家でもひとりで何か考え込んでいる様子もあるし、ふらっと外に出て二、三時間当てもなく歩いて、立ち寄った店で飲んで帰ってくるときもあるのは知っていた。

私だって、そうだ。映画はひとりで観たいほうだし、計画を立てて行動するよりも、そのとき、そのときの気分で、行きたいところややりたいことを決める。だから人に合わせるのは苦手だった。「つきあってみて笑子に友達が少ない理由がわかった」と樹に言われたけど、確かに女同士で買い物や映画に行くのは、変に気を遣うので苦手なのだ。私たちはお互いが、ひとりで行動するのが苦にならないどころか、好むほうだったので、個別の部屋は最初から条件に入れておいた。個別の時間を持ちながら、共同生活ができるなんて理想的だ。家に誰かがいると思うと安心感がある。

結婚することのメリットはたくさんあるが、なかでもいちばんは、自分を唯一のパートナーにしてくれた男がいて、制度によって守られているという安心感ではないだろうか。

樹はすぐに新しい職場にも慣れたようだった。もともと新聞社にいたので、ジャーナリズム関係の雑誌を作る記者の仕事は性に合っているのだろう。はたから見ていても、新しい環境で生き生きしていた。帰りは午前様になることも多いし、疲れてもいただろうが、それでも私の目には楽しそうに見えた。

「やっぱり東京は違うよ。すごい人たちが多いし、しかもそんな人たちと関われるんだ」

と、興奮した様子で話してくれた。樹のいう「すごい人たち」は、マスコミの、表に顔を出して社会と関わっている人たちだ。私はそういう人たちに興味はなかったけれど、とにかく樹が喜んでいるようなので安心した。

私も何もしないのは退屈だし、自分の収入がないのは落ちつかないので、すぐに仕事を探しはじめた。家賃だって安くないから、樹ひとりに払わせておくわけにはいかない。将来のことを考えて貯金だってしたい。とはいえ、自分ができることなど限られている。たいしたことはしていないけれど編集者の経験をいかすしかないのではと、ハローワークや求人雑誌で仕事を探した。

いざ求職活動をはじめると予想外に大変だったのは、面接の場で、結婚して東京に来たのだと言うと、「でも、すぐに子ども産んで休むでしょ」と何社かに渋い顔をされたことだ。子どもについては、欲しいともいらないとも積極的に思わず、まだ早いと考えていたけれど、新婚であることが求職活動の妨げとなるのは心外だった。

「その会社である程度実績があれば、産休ももらえたりするんだろうけどね。新入社員がもしも入社していきなり妊娠したら、仕事を教えるほうも喜べないだろうな」

樹の言うとおりだとは思うが、納得はいかない。

なかなか仕事が見つからない私とは対照的に、樹は取材の機会が増え、東京にいないことも増えたし、夜も遅い。休日だってないも同然だったが、とにかく仕事が楽しくて疲れも吹き飛ぶらしい。

「東京に来てよかった。やっぱり神戸は所詮地方だよ。東京はできることの幅が違う」

神戸は所詮地方――その言葉には少し引っ掛かりもした。震災の後で、その「地方」にいることを選んだのは樹自身のはずなのに。樹があれだけ追っていた神戸という街を見下しているような印象を受けた。そんなことを考えてしまったのは、私に仕事が見つからず、取り残されたような気分になり焦っていたからかもしれない。

それでも半年後には契約社員として、映像とフリーペーパーやパンフレット等の編集を請け負っている事務所で働くことが決まった。

声をかけてくれたのは、大阪で一緒に働いていた松島七海《ななみ》だった。

「姫野さん……じゃなかった、片岡さん、何してるの？　まさか優雅な専業主婦してるんじゃないでしょうね？」

何枚目かわからぬほどの不採用通知を受け取り、マンションでふて寝をしているときに、松島さんから電話がかかってきて驚いた。そう親しかったわけでもないし、携帯電話に番号を残したままにしたことも忘れていた。

「いえ、したくて専業主婦してるわけではないんですが、仕方なくそんな状態です」

「外に出て働かないと腐るわよ。知らない街だし、どうせあなたのことだから友だちもまだいないんでしょ。でも、こっちとしてはありがたかった。とりあえず話聞いてくれない？どこに住んでるか知らないけど近くまで行くから」

「松島さん、東京にいるんですか」

「そうなの。先週からで、まだバタバタしてるけどね」

「旅行？　仕事？」

「仕事よ。旅行なんて優雅なことしてる暇ないの。引っ越してきたのよ。会うなら早いほうがいいんだけど、いつ空いてる？」

「明日から、いつでも」

「やっぱり暇なのね。じゃあ明日会いましょう」

翌日に、近所の喫茶店で待ち合わせた。商店街の中にある昔ながらの喫茶店。でも禁煙席と喫煙席は、一応、分かれている。

この店は、モーニングが美味しい。自家製パンのトーストと、シャキシャキ感のあるじゃがいもだけのポテトサラダにレタスにトマト。それにマッシュルームのオムレツが美味しかった。塩味で、ケチャップをつけなくても十分いける。

　引っ越した当初、片づけが大変で家事をする余裕もなかった頃に、樹とふたりで飛び込んだら、モーニングが気に入って、それからもたまに休日の朝などに来るようになった。モーニングだけではなくて、サンドイッチも美味しい。私が気に入ったのは、そこの玉子サンドが、茹で卵をマヨネーズで和えたものではなくて、オムレツ状だったからだ。

「私、玉子サンドはこれが好きなの。京都の『コロナ』ってお店、四条木屋町を南に行ったところのすごく小さな古い店で、おじいちゃんが作ってた分厚いオムレツ入りのサンドイッチが好きだった。こういうオムレツサンドって、京都以外のお店ではあんまり見たことなかったから、嬉しい」

「確かに、神戸にはないかも。いや、俺が普段食べないから、知らないだけかな」

　そんな会話を樹と交わしたのを覚えている。

　松島さんが「休日だし、姫野さんの家の近くまで行くよ」と言ってくれたので、待ち合わせにはその店を指定した。

　久々に会った松島さんは、少し痩せていて、目元の皺は見てとれたけど、肩まであった髪の毛をバッサリとショートにして、よく似合っていた。休日のせいか、化粧も薄めだけど、それが彼女を柔らかく見せている。前の職場で最初に会った頃の松島さんは、地味なファッションで年よりも老けて見えた。今は服装も薄いピンクのポロシャツとロングスカートで、どこかの品のいい奥さんのようだ。そういう私もすっぴんで、綿生地の紺のワンピースという気楽な格好だった。

松島さんの隣には、肉づきのいい赤いTシャツとジーンズの白髪交じりの眼鏡をかけた男がいた。年齢は五十歳になるかならないかぐらいだろうか。にこにこと笑って幸せそうな表情で安心する。

「金森宗太郎さん、一緒に会社をはじめるの」

松島さんの恋人だというのは直感でわかった。この男が、前に言っていた「奥さんが離婚してくれない男」なのだろうか。

「びっくりした。まさか松島さんが東京にいるなんて」

「前々から考えてたことではあるのよ。あなたが辞めて、代わりに入ったアルバイトの子いるでしょ？」

私は、大学を出たてという痩せぎすで化粧っ気のない女の子の顔を思い浮かべる。「天然」という言葉を使っていいのだろうか、少しピントの外れた子で、果たして仕事はできるのかと心配はしていた。

「彼女が社長とできちゃって、高野さんが辞めるって言い出したのよね」

高野さんとは、社長の愛人の名前だ。

私は驚いて、飲んだ水をむせて吐きそうになる。

「……色気なんかなさそうな子なのに」

「ああいう子ほどしたたかなのは、女やってたらわかるでしょ？」

松島さんの言葉に大きく頷いた。そのとおりだ。欲望の気配を感じさせない女ほど、陰で大胆なことをやっているのは何度も見てきた。

私だって昔、言われたではないか。「二股や不倫をするような女には見えない」って。

そして、らしくないからこそ、憎まれた。

「それで会社がもう無茶苦茶でね。高野さんの愚痴の相手もしたんだけど、十数年、社長に子どもがいるから離婚しないいってのを受け入れて都合のいい女やってきたのに、あんな若い女に引っ掛かるなんてって、荒れちゃって。高野さんは辞めるって言い出したけど、彼女みたいなベテランがいなくなるともう代わりはいないでしょ。経理関係は全て彼女がやってたんだし」

「でも、社長って、そんな人でした？　職場の若い女に手を出すような」

「私はあの会社に八年いたけど初めてよ。だって自宅には奥さん、会社には愛人がいるから、どこにいても監視されてるようなもんでしょ。だから、よっぽど惚れたのか惚れられたのか、なんでしょうね」

私はあのでっぷり太った社長と、天然の若い女の組み合わせがどうも想像できない。年齢だって三十歳ぐらい離れているはずだ。

「それで私も辞めるって言ったの。あのアルバイトの子が頼りになるわけないし、高野さんが辞めちゃったら、もうこの会社、ダメだなと思ったから、早く逃げないとって急いだの。引き留められたけど、結婚しますからって言ってやった。実はしてないんだけど、お祝いもらっちゃったから内緒ね」

松島さんがそう言うと、隣にいた男の笑顔が困ったように歪んだのは気のせいではなかった。あとで知ったのだが、金森さんは、松島さんとつきあいはじめてから別居してはいるが、子どもが成人するまでは奥さんが離婚に合意しないらしい。そんな関係のままふたりで東京で会社をはじめるなんて大胆だ。

「ふたりで東京で編集の会社をはじめるから、姫野さん……あ、片岡さんか、来ない？」

「姫野のままでいいですよ。でも、私でいいんですか」

「旧姓のままで呼ぶね。あなたさえよかったら一緒に働きたいの。経験者がいいし、ちゃんと働く人が欲しいから。そんなにいい給料は払えなくて申し訳ないけど」

考える余地もなく私は頷いた。なかなか仕事が見つからなくて、こうなったら慣れぬ接客業のパートでも探すしかないかと思っていた矢先だったから、渡りに船だ。

「よろしくお願いします」

と、頭を下げた。もうこれでしばらく履歴書を書かなくてもいいと思うと、ホッとした。面接して「新婚さん？　子どもを作る予定は？」と聞かれて困惑することも、家賃を振り込むときに、樹ひとりに負担をかけることが申し訳ないなんて考える罪悪感からも逃れられる。

三か月後、金森さんの会社で働きはじめた。ちょうど貯金が尽きてきた頃だったので助かった。働くことに関して樹は大賛成だった。

「俺のことは気がねしなくていいよ。家事を完璧《かんぺき》にしようなんて思わなくていいし。お互い、適当に力を抜いてやっていこうよ」

そう言われて安心した。実際のところ、編集の仕事をしながら掃除も洗濯も料理も完璧になんて、やる自信がなかった。それにどうせ樹が家でご飯を食べる機会は、ほとんどない。朝は野菜ジュースを飲むぐらいだし、昼も外回りが多いから弁当など作っていられない。帰りは遅いから、夕食も今までずっとひとりで食べていた。一緒に食事ができるのは休日だけだったが、それだって樹の仕事の関係でつぶれることが多くなっていた。

自分の分だけ料理を作るのは、ひどくつまらなく思えたし、美味しくなかった。せっかく結婚して一緒に暮らしはじめたのに、ふたりで過ごす時間が少なすぎる。私はひとり暮らしも長いし、ひとりでも平気なはずなのに、知らない町で暮らして「寂しい」という感情が湧くのを止めることができなかった。

ひとりが当たり前だと思って生きてきたのが、結婚して夫婦になると、どこかでふたりでいることの安心感に浸りすぎていたのかもしれない。ひとりが寂しいなんて自分が思うようになるなんて、予想外だった。樹が仕事にやりがいを感じ没頭するのに反比例して、取り残されたような気持ちが大きくなっていった。

仕事関係者と飲んで顔を赤くして深夜に帰ってくる夜も増えた。そういうのはつきあいだから仕方ないのは承知だけど、知り合いが樹しかいない場所で、仕事が見つからない焦りを抱えてひとりで過ごしていることが悲しくて、泣きそうな夜もあった。

私は本当に我儘だと思う。他人と交わるのが苦手なくせに、こうして放っておかれると寂しくなるなんて。ひとり好きの寂しがりやなんて、そんな陳腐な言葉を自分自身に使いたくはなかったのに。

セックスだって、一緒に暮らしはじめて回数が増えるどころか、一か月に一度なんてときもあったから、子どもどころじゃない。性欲が満たされないというのではなくて、同じ家に住み夫婦となったのに、肌をふれあわせる時間がないということが、不満だった。東京に来る前は、しょっちゅう抱き合って、手をつないで寝ていたのに。

もともと樹は、夜は疲れていると言って勃ちにくく、三回に一回は夜にチャレンジして断念して朝セックスするというパターンだったが、新しい生活の中、時間の関係で朝にそんなことをする余裕はなくなった。だから一か月に一度が、いいところだ。前は「しなくても、いちゃいちゃするだけでいい」と、裸になって肌を合わせるだけでも楽しかったけれど、樹は疲れてすぐに眠ってしまうので、それもできなくなっていた。

金森さんの会社は、エレベーターのない新宿の古いビルの二階だった。社員は松島さんと私と、金森さんの知り合いだという二十五歳の赤井戸啓太。背も低く、髪も短く、年齢よりも若く見えて、最初に紹介されたときは大学生かと思った。どこか自信なさげに目を泳がせているので、嫌われているのかと気になった。

「女の人が苦手なのよ」

私、嫌われてるんですかね？　と松島さんに言うと、そう返された。

「ゲイ？」

「いや、そうじゃなくて……あんまり接したことがないんじゃないかしら」

聞けば赤井戸は映像関係の専門学校を卒業して、そこに金森さんが講師として来ていた頃からの知り合いで、卒業後も映像を撮る会社で働いていたらしい。

最初の頃は私の目を見なかった赤井戸も、次第に心を開いてくれたようで、たまにびっくりするぐらいズケズケ物を言うようになった。

「姫野さんて、やる気ないように見えて、きちんと仕事してますよね」

「それ褒めてないから」

「すみません」

松島さんいわく、「女の人との距離がちゃんととれないのよ」ということだったが、私はそれが嫌ではなかった。女に媚びたり、好かれようとしたりする男よりも気が楽だ。

仕事は「姫野」という旧姓のままやることにした。片岡よりも姫野のほうが珍しい名字なので覚えてもらいやすいという金森さんの提案もあり、私もそのほうがしっくりきた。慣れぬことも多かったが、やはり私は外で仕事をするのが向いているらしく、楽しかった。仕事をはじめると、東京に来て少しずつ膨らんでいきかけていた寂しさから目を背けることができた。仕事をすると、世の中に必要とされていると思えるから、樹とふれあう時間が減っても、耐えられる。

それまでは、家に帰ってシャワーも浴びずにベッドに倒れ込む樹に苛立ちを感じていた夜もあった。どうして抱いてくれないの、キスしてくれないの、かまってくれないの——なんて。

そんな日々の中、私が仕事に慣れて東京での生活も落ち着いた二〇〇九年、三十二歳になったときに、順調であったはずの私の人生が揺らいだ。

2

「アダルト？」

思わず私は声を出してしまった。

「いえ、違いますよ。アダルトビデオ撮ってる監督の一般映画なんですってば」

赤井戸が口を尖らせる。

「でも、いやらしいのでしょ」

「まあ、性を扱ってますけどね」

「やっぱり、アダルトか——縁がないわ」

「だから、アダルトじゃないですって。でも姫野さん、そういうの別に嫌いじゃないでしょ」

「は？　どういう意味」

「いや、そのまんまの意味です。セックス好きそう」

赤井戸が真顔でいうので腹を立てるよりも笑ってしまった。

「そう見える？」

「普段はそうじゃないけど、前に俺、カメラ向けたことあったでしょ」

思い出した。取材の帰りに「映像の学校出てるんなら写真上手いでしょ」とか私が言って、

「動画と静止画は違いますよ」と言われたけれど、写真を撮ってもらったことがある。

「うん」

「カメラ越しに見て、初めて綺麗だな、エロいなと思いました。普段、全くそんなことないのに」

「……それ、褒めてないよね」

「あ、すみません」

金森さんと松島さんは出かけていて、事務所には私と赤井戸だけだった。赤井戸とはだいぶ打ち解けて話すようになっていた。

自分は美人でもないし可愛くもない。それは客観的に見て判断している。地味な顔立ちで、老け顔だ。だからこそ大学に入ってからはそれなりに化粧の腕を磨いたつもりだし、特別劣った容貌でもない。ほとんどの女がそうだ。生まれながらの本物の美人なんて一握りで、あ

との「美人」は自己演出と化粧で作りあげられるものだ。

ただ年を取るごとに実感したのは、自分は母に似ているということだった。昔から、父よりは母似だと言われていたが、化粧を施し、三十路を越えてからは、嫌になるぐらい母の顔に似てきた。鏡を見るたびに母を思い出すのは愉快ではない。

「ただ、姫野さん、たまにすごく寂しそうな顔しますよね」

「え？　そう？」

赤井戸に言われて驚いた。自分では全く意識していなかった、そんなことを言われるのは初めてだ。

「ああいう表情、男に誘ってくれって言ってるようなもんですよ」

「嘘……そんなつもりじゃ」

「いや、悪い意味じゃないですよ。女の人にはそういう隙がないと、つまんないから。姫野さんて、営業スマイルもできるし、一見気さくそうに見えるけど、実はガード堅いし、あんまり人に心許してないから、隙は必要ですよ」

「隙、か」

言われて浮かんだのは、三塚の顔だ。妻子持ちの男、彼氏がいたのにあの男に迫られて身体を許してしまったのは、私に隙があったからだ。都合のいいセックスの相手にされていただけだが、私もそのつもりだった。

「隙って色気ですからね。どんな美人でも隙のない女って、男が手を出せないんですよね」

一見気さくそうに見えるけど、実はガード堅いし、あんまり人に心許してない——年下の赤井戸にそこまで見抜かれているのかと、そちらのほうが恥ずかしくなる。

「自分から、私ってエロいでしょって言う女とか、エッチ好きなんですとかアピールしたがる女って、実はエロくないんすよね。普通を演じてる女のほうがエロいんです。本当にエロい女は、非難も嫉妬も侮蔑も受けて生きにくいから、普段は普通を演じてるって……あ、これ、俺じゃなくて、AV撮ってる先輩の受け売りなんですけどね。姫野さんは、ものすごく普通を演じてますよね、そんなこと私、普段考えてません！　って顔して。だから実はエロいと思う」

そんなふうに見られていたのかと思うと、私は思わず噴き出してしまった。

「ありがとうって言うべきなのかなぁ。でも、普段、エロいなんて言われたことないよ」

「そういうふうに見られないようにしているからじゃないですか。やっぱりエロいんですよ」

赤井戸が、茶化すふうでもなく、真面目な顔をしてそう言うのが、おかしくてたまらなかった。

でも、隙があるとつけ込まれるだけなのよ——そうも思っていた。自分は特別セックスが好きでも嫌いでもない。二股をかけたときに淫乱扱いされたが、あれは身体よりも心がふたりの男を求めていたのだ。

男と寝ると気持ちがいい。好きな男だと、尚さらいい。けれど、セックスにそう価値があるとも思わない。

樹と最初に寝たときは感動したし、今までで一番気持ちがいいとも思った。けれど本当に自分は悦びを知っているかと問われたら、わからない。

少なくとも、母のように男に狂ったことはない。

男に溺れたことも、ないのだから。

「姫野さん？」

赤井戸に声をかけられ、私は我に返る。

「どうしたの、何か考え込んでて」

「ごめん、なんでもない。ちょっと昔のこと思い出してて」

「昔の彼氏のこと？」

「いや、そんなんじゃないの。それより、その映画だけど——」

「監督は専門学校時代の友だちなんすよ。卒業してAV撮ってたんだけど、初めて一般映画撮ったから試写会やるって。試写会っていっても映画好きのオーナーが経営してるカフェで上映するんで、かしこまったもんじゃないっす。終わったらそのまま店で打ち上げもあるんで、よかったら」

「行けたら行く」

「来てくださいよ、絶対におもしろいから」

「場所はどこ？」

「最寄りの駅は千駄木《せんだぎ》だったかな」

「千駄木？　そんな下町のほうでやるの？」

「そこのカフェは、古い民家を改装したところなんすよ。雰囲気があっていいところですよ」

特に映画に興味があったわけではないが、場所にも興味を惹かれた。東京に来てから阿佐谷に住んで中央線で新宿の会社に通って、たまに仕事の打ち合わせや取材で出かけるが、行ったことのない場所はまだまだたくさんある。休日にぶらぶら東京探索すればいいのだけれども、めんどくさがりやなので、目的がないとどうも出かける気がしない。

東京には友人らしき人もいない。大学の同級生で埼玉在住の子はいたが子育てで忙しそうだし、環境が変わってから話も合わなくなってしまった。

高校を卒業する間際に、震災がきっかけで「女優になる」と言って大学の推薦入学を蹴って上京した子も、今は何をしているのかとんと聞かない。

「知り合い」は何人か関東近辺にはいるが、わざわざ約束をして会うほどの人はいなかった。

「行く」

どうせ週末、家にいてもひとりだから——そう思って赤井戸に返事をした。

樹が土日に出張や取材が入ることが増えたため、時間もある。樹の仕事は休みがあってもないのが同然のような職場だ。家にいても、突然呼び出しがかかることが、何度かあった。

「よかった。是非、楽しんでくださいよ」

そう言って赤井戸は笑った。

上映会が行われる千駄木、谷中《やなか》、根津——あのあたりは古い町並みが残る場所だと聞いてはいたが、行ったことはなかった。上野には国立博物館に取材のために二度ほど足を運んだぐらいだ。知らない場所に行くきっかけになると、赤井戸の誘いに乗ることに決めた。

3

映画は悪くはなかったけれど、衝撃を受けるほどではなかった。セックスが好きな女が複数の男と寝て身を亡ぼす——そんな内容だったが、コミカルに描かれていたので悲劇ではない。つまらないというほどではないけど、どの場面にも既視感がある。

赤井戸に誘われ、上映後、カフェで開かれた打ち上げにも参加した。古い木造の建物は、懐かしい匂いがする。私はふと、銀閣寺近くで兵吾が仕事場として借りていたアパートを思い出した。レトロというと聞こえはいいが、ボロくて古い、トイレも共同の木造アパート。住みたくはないけれど、あそこも妙に落ち着いて、用事を作ったり、あるいは用事がなくても足を運んでいた。

兵吾が京都から去り、私がくつろいでいた黒い革のソファーはどうなったのだろう。捨てられたのか、持ち主が替わったのか。兵吾もあのソファーでよく寝ていた。眼鏡をかけたまま目を瞑っている姿を思い出す。身なりに構わないし、だらしないくせに、眼鏡だけは外さない。外したところを見たことがない。昼寝するときぐらい外せばいいのにと言うと、「眼鏡を外したら熟睡してしまうから」と返す兵吾の声が耳に残っている。

私はオレンジとライムをジンで割ったカクテルを手にして、その場にいる連中を観察する。普段の自分の生活とは、あまり縁のない人種の集まりだった。だらしなくも見える奇抜な格好をした若者たちは、映像の関係者なのだろうか。女も、唇にピアスをしたり、腕にタトゥーが入っていたりと、自分みたいに普通の会社員をしているような女は見当たらず、喋りかける気も起きなかった。けれど奇抜といっても、ありきたりのファッションで、そこに個性はない。いや、本人たちは個性的なつもりなのだろう。でも、皆、同じだ。女はエスニック風の布を纏うか、ボンデージ風のファッションで、肌を露出していてもちっともセクシーじゃない。要するに、さっき観た映画と同じだった。既視感がある。けれど彼女たちから見たら、無難なベージュのブラウスと黒のスカートで、足許はパンプスの私のほうが、どう見ても「つまらない、無個性」なのに違いない。

この酒を飲み干したら、退散するつもりだった。どうも自分は浮いていて、居心地が悪い。皆はメジャーではない映画や音楽の話をしているが、どれにも興味がなくて、自分の平凡さがまるで罪であるかのような気がしてきた。

飲み干したグラスをカウンターに返し、赤井戸に挨拶して帰るつもりだったのに、扉を開けて入ってきた男の姿を見たときは、目を疑った。

似ている、いや、まさか――。

違う世界に迷いこんだ子どものように居心地悪そうな表情を浮かべている男。あの震災の日の朝、母を背負って我が家の前に現れたあの表情だ。

戸惑っているうちに、向こうがこちらを見つけて近づいてきた。何年ぶりだろうか。白髪が増えているけど、そう変わらない。

アイロンをあてていないジャケット、パンツのポケットに手を入れて鞄は持っていない。狭い額に眼鏡をかけて、口元に髭のそり残しがある、

「笑子、久しぶり」

驚いたそぶりもなく、時間の流れも感じさせず。そう声をかけられて、力が抜けた。兵吾が私に近づいてくる。私は息を吸う。兵吾の匂いがした。柑橘系の香水と煙草が混ざった兵吾の匂い。ずっと変わらない兵吾の匂い。

「兵吾、なんでここに」

「あれ？　知り合いなんですか」

さきほど赤井戸に紹介された、上映映画の監督である高羽という、耳がピアスだらけのひょろりとした坊主頭の男にそう言われた。

「親戚の子」

兵吾は高羽にそう言った。

「へぇ、すごい偶然すね。世間て狭い」

赤井戸がさほど関心もなさそうにそう言った。

私は驚きで言葉を発することができずにいた。胸の鼓動が激しくなる。まさか再会するな

んて思ってもみなかった。もう一生、顔を合わせることもないとすら考えていたのに。

「笑子、飲まないの」

兵吾はあまりにも平然と、喋りかけてくる。

動揺しているのは自分だけだと思うと、腹立たしさが込み上げてくる。

「もう、いらない」

「そうだな。酔っ払い女はみっともないからな。泥酔してる女は嫌いだ」

兵吾の反応があまりにも自然で、数年の疎隔が一気に消えていく。

高羽と赤井戸は他の客に引っ張られて移動して、私は兵吾とふたりで向き合う形になった。

「結婚したんだってな。おめでとう」

「なんで知ってんのよ」

「風の噂」

何が風の噂だ。まさか母と連絡を取り合っているのだろうか。それとも親戚の誰かから聞いたのか。

「相手、どんな男？」

「兵吾、それよりも、どうしてここにいるの」

「あの高羽って監督が知り合いなんだよ」

「そうじゃなくて、何の仕事をしてんの」

「いろいろやってる。物を書いたり、前と同じくカメラやってたり。まあ、人にはあんまり自慢できないことばかりだよ」

確か、高羽という監督はアダルトの仕事がメインだったはずだ。兵吾もそういう世界にいるのだろうか。

「笑子、幾つになったんだっけ」

「三十二歳。兵吾より十二歳下」

「じゃあ俺は四十四歳か。四十過ぎると自分の年齢がよくわかんなくなるんだよな」

肝心なことをはぐらかすような喋り方は、昔のままだ。

かすかな苛立ちと戸惑いを覚えつつも、足元から懐かしさが這い上がってきた。かつて傍にいると感じていた安心感が蘇り、緊張から解き放たれる。

「兵吾は」

「ん？」

「結婚してるの？」

「してない。女はいたりいなかったりだけど、しないよ」

兵吾が私の肩に手を置く。引き寄せるように、少し力がこもっている。

心臓が止まりそうになった。抱きしめられるかと思ったのだ。

「退屈だし、外、行こう。ここにいる連中、つまんねーだろ」

私の返事など待たずに、兵吾は私の肩を抱いて出口へと向かった。

赤井戸にひとこと断るべきだと思ったが、すぐにどうでもよくなった。

「自分は人と違う、変わってるって思いたいガキばっかだよ。皆、同じものが好きで、同じ話しかしないくせにな」

兵吾はそう言って、足を速めた。

「そうなの？」

「映画だって遊びだよ、あいつらの。こうして仲間うちで楽しく盛り上がるために撮ってるだけ。やっぱり俺は群れるやつら、苦手だな」

「私も」

兵吾の毒のある言葉が、嬉しくなった。私もあの雰囲気に違和感があったから、それを言葉にされることで、安心した。

胸の鼓動が激しくなっているのに自分で気づいている。兵吾の大きな手が私にふれているからか、それとも思いがけない再会のせいか。

どこに行くのとも聞かずに、私は兵吾に連れられて外を歩いた。初めて歩く古い町は、沈黙しているかのような静寂さだった。同じ東京に、こんな古くて静かな町があるなんて知らなかった。

「さっきの映画、俺はサンプル見せられたんだけど、つまんなかった」

兵吾がボソッと、口にした。

「そう？　私はまあ、別につまんないというほどじゃないと」

「俺はダメだな。やっぱつまんないやつが撮る映画は、つまんない」

「あの監督さん、兵吾の知り合いじゃないの？」

「仕事もらってるだけの間柄だから義理はある。家の近くだったんで来てみたら、集まってる連中もつまんなさそうなやつらばっかりだった。でも、笑子に会えたから来てよかった」

私はなぜか顔が熱くなった。夜道だから、気取《け ど》られていないことを願う。

「笑子、どう？　元気か」

「元気よ。ところで兵吾の家、この辺なの？」

「すぐだよ。根津ってわかる？　笑子、このあたりには来たことあるのか？」

「ないの。だから興味を持った。下町ってことしか知らなくて。東京へ来ても、会社と家の往復だけだから、あまりどこにも行ってないの」

「俺もそんなもんだ。仕事以外は、たまにふらっと飲みに行くぐらいしか外出しない。でも酒も大して好きじゃないから長居もしないし、通う店もない。笑子、どこ住んでるんだ」

「阿佐谷。会社は西新宿。その間をうろうろしてる。仕事の取材や打ち合わせであちこち行ったりするけど、東京の地理、全然わかってない」

「まさか笑子が東京に来るとは思わなかった」

「私も。自分が東京に住むなんて、想像もつかなかった。今でも実は居心地が悪い」

私がそう言うと、兵吾は何故か噴き出した。

「上野には行った？」

「国立博物館には仕事の取材で行ったけど……あんまりうろうろしてないな」

「寛永寺って、知ってる？」

「名前だけは」

「東京の東西南北、わかる？」

私はかぶりを振った。

「京都の鬼門が比叡山だろ。天台宗の総本山、延暦寺がある」

「それは、知ってる」

「俺が住んでた一乗寺も、鬼門なんだよね。京都御所の北東。何の因果か、京都でも東京でも鬼門に住んでる。鬼の子なのかもな」

ふと、兵吾の母が自死したことを、思い出してしまった。

――あいつは気の毒な子どもだから――親戚が昔、そう言っていたことも。

「比叡山で修行して、家康に仕えた天海が江戸の鬼門に造ったのが、寛永寺」

「兵吾、詳しいね」

「知るとおもしろいよ、自分が住んでる場所のこと」

「でも京都にいたとき、興味ないとか言ってなかった？」

「そうだっけ。忘れた。俺は、その場その場で思ったこと口にしてるだけで何も考えてないから、本気にしないほうがいい」

「知ってる――いい加減で、何も考えてないのは」

兵吾と並んでこうして歩くのは、いつ以来だろう。

初めてかもしれない。京都で会うときは、私が兵吾の仕事場を訪ねたときか、兵吾に頼んだ仕事の現場ぐらいだった。改めて、ふたりで外で会うなんてことは、一度もなかった。それはしたらいけないことだったから。

だってあの頃、兵吾は私の母の男だったんだもの。けれど、今は、違う。

「今から行くところは、寛永寺の境内」

「え？　そうなの？　そんなに近いの」

「笑子、お前、東京の地理、本当にわかってないんだな」

「東大が近いってのは知ってた。ほら、私、京都で京大の近くに住んでたじゃない。でもやっぱり東京の地理、わかんないよ。山手線《やまのて》だって、外回りとか内回りとか把握してないもん。大阪環状線と同じで、ぐるぐる回るのってややこしいよね」

兵吾がくすりと笑った。私が子どもの頃、親戚の家で会ったときに私の頭を撫でていたのと、同じ笑顔だ。兵吾は変わらない。大人の男のくせに、世間がいう「大人」じゃない。でもだからといって、兄のように他人に依存しないと生きていけないわけではなくて、むしろ、他人と距離を置かないと生きていけない人間だ。

そして、どこにいても居心地が悪そうにしている。

「で、結局、どこに行くの？　お寺の境内ったって、こんな時間にお寺も開いてないでしょ」

「墓場」

「え？　お墓？」

私は足を止める。特に怖がりではないけれど、何を好き好んで夜に墓場に行かねばならないのか。

「なんで肝試ししなきゃいけないのよ」

「笑子、怖がりだっけ？」

「そういう問題じゃないって。どうして久々に会って、いきなりお墓って――」

「おしゃれなバーで再会を祝って乾杯とかしたかった？　情報誌に載ってるようなお店に連れていってほしかった？　笑子って、そんなありきたりな女だったっけ」

兵吾の表情が、馬鹿にしているようにも見える笑みを浮かべている。子ども扱いされているのだと思うと、カチンときた。

「まさか、なんであんたと」

母親の男と、そんなデートみたいなことしなきゃいけないのだという言葉を呑み込む。

「笑子はそういうの、好きじゃないと思ってた。ブランドとか流行りの店とかにも興味なさそうだし」

「そうだけど……でも仕事上、そういうところも行くし調べるけどね」

「そんな仕事してんだ」

「編プロ。パンフレットとか実用書とか、フリーペーパーとかの。だから前と一緒なの。私、他に何もできないし、やりたいこともないし」

「俺もだよ、流されて生きてる。まあ、そんなもんじゃないか。自分のやりたいことが明確にわかっている人間なんて、そうそういないよ」

「ヒモとか似合いそうなのに」

「ヒモは才能いるよ。それに女に限らず面倒見てもらうと、好き勝手できないじゃん。縛られたり、あれこれ言われたりするの嫌だよ、俺」

「そうかもしれない……私も東京へ来て半年、仕事が見つからなくて夫の収入だけでやりくりしてたんだけど、精神的にキツかったな。本を一冊買うのも罪悪感あるんだもん、人のお金だと」

「旦那、そういうのうるさく言う人なの？」

「そんなことないけど、私が勝手に不自由になってただけ」

「笑子は甘えるの下手だもんな。でも確かに不自由だ。だから俺は、自分の最低限の面倒ぐらいは自分で見る。使命感ややりがいなんてなくてもな、食うためだけに働く」

「――使命感があるわけでもない、ただ生きるために働いてるだけ」

使命感と自分で口にして、樹の顔が浮かんだ。東京に来てからの樹の仕事の様子には、「使命感」という言葉がたまに浮かぶ。きっと、神戸で新聞社にいたときもそうだったのだろう。そうやって、自分しかできない、自分のやりたい仕事をする人を羨ましく思う。

彼らには「生きがい」というものがあるのだから。けれど、そういう人たちにどこか違和感を感じてもいた。彼らの使命感の中には、自己顕示欲や、自分自身を正当化したいだけの偽物が混じっている。

「生きるために働くのは、正しい」

兵吾が、ゆっくりとそう口にした。

「そうよね」

「俺はもともと——親と血がつながってない、他人だったから、高校出て、もう義務みたいに世話にならなくていい立場になったときにホッとしたよ」

私は兄の姿を思い浮かべた。兵吾の生き方は、兄と対照的だ。親に甘えて、家から離れない、親の稼ぎを頼りに生きている兄。けれどそのことに罪悪感も持たない愚かな男。生きるために働く——それすらもできない、したことのない男。

兵吾は確かに昔から身内がいないも同然だった。私からしたら、それはひどく寂しい、他に頼るもののない不安な状況だとも思うのだが、兵吾には悲壮感がない。血のつながった者がいない、親がいないことが、自由そうだ。京都にいたときから、そんな兵吾がときどき羨ましかった。縛られていない、自由な兵吾が。

でも、だからこそ、この男は一般的な常識を超え、社会の枠からはみ出してしまう。親戚の人妻に手を出すなんて、まさに非常識そのものだ。そういうのを「カッコいい」と思うほど、私は若くも愚かでもないし、自分がその状況になったら不安で仕方がないだろうけれども、何も背負うもののない飄々とした浮浪雲《はぐれぐも》みたいなその姿を見て安心するために、ときどき、会いに行っていた。

「で、なんで墓場なのよ」

「谷中霊園て聞いたことないか？　徳川の将軍をはじめ、いろんな人の墓がある。墓の形がばらばらで、ユニークなのもあっておもしろいんだ。春になると桜が綺麗だし、歩いてると楽しい。夜の墓場っていいぞ。静かで暗くて、空気が澄んでる。霊感とかあったら大変かもしれないけど、俺はないし。人の気配がしない場所って、なかなかないだろ？　人の気配のない場所には本物の静寂がある。だから俺は、墓場が好きなんだよ」

「聞いたことあるかも、しれない」

誰か仕事関係者の口から耳にしたことがある気がした。

「俺は新宿や渋谷とか、あっちのほうには住めないな。仕事以外ではあんまり立ち寄りたくない。東京に来た頃には、うろうろしたけど、なんか疲れる。今の家に住んだのは、流れにまかせてって感じだけど、落ち着くよ。遊郭だったからかな」

「遊郭？」

「根津遊郭。東大ができたから追い出されたけど、江戸時代は女が男に身体を売る場所だった。俺は昔から、そういういかがわしい場所が好きなんだ。神戸でも福原のレンタルビデオ屋で働いてただろ？」

福原――いわゆるソープ街だ。行ったことはないけれど。

「母親がセックスばかりしてたからな。いろんな男を、自分の家に引き込んで――子どもの頃から、それが当たり前だった。酒飲んでセックスして、ただそれだけの人。アル中の淫乱で何もできない、自分の力で生きていけない人。だから俺は酔っ払い女が大嫌いだ」

兵吾の母親――父の弟である叔父が以前、結婚していた相手だ。兵吾を連れて尼崎の叔父の元に来たけれど、一年ほどで自死した女性。

兵吾が自ら母親の話をするのは初めてだということに気づく。

「子どもの前で、するの？」

「さすがに目の前はないけど、狭いアパートの一室だったりして、何してるかぐらいはわかる。押入れの中に閉じ込められたこともあるな。男の人が帰るまで出てきちゃダメよって」

「ひどい」

「そういう人だったんだよ。まともに働けない人だったから生きるために、食うためにってのもあるだろうし――あちこち転々としたけど、ずっとそういう生活をしてた。母ひとり子ひとりで。俺は父親は誰か知らないし、会ったこともない。だから、多分、普通の人が当たり前に持っている感覚が抜け落ちているんだと思う。ちゃんと生きようとか、人の目を気にして行動をするとか……そういう育ちだから、いかがわしい場所のほうが落ち着くんだろうな」

「でも、なんでこの町へ？」

「東京に来て、最初は渋谷の知り合いの部屋にいた。もともと俺を東京に呼んだやつだ。本人は仕事場と女の往復で、ほとんど帰ってこなかった。でもやっぱり他人の部屋は居心地が悪くて、知り合った女の家に転がり込んだ。それに、そいつ映像の会社やるからって俺を呼んだくせに、会社じゃなくて個人で仕事請け負ってて、それを手伝わされただけなんだよ。ま、そのほうが俺も気楽だったけど。そのうち撮影で知り合った裸のモデルの事務所の女社長がいて――社長たって、モデルが数人しかいない零細企業だったけど、何故かその人に気に入られて、一緒に住みはじめた」

母とは頑なに一緒に住むのを拒んでいたくせに、その女と住んだのは惚れたからなの――そう問いかけたくなった。やっぱりこの男はいい加減だ。女とは住めないと言っていたくせに。言うこともやることも、ころころ変わる。

「でも、その人、一年後には会社たたんで出ていった。青森の女で、若い頃に向こうで結婚して離婚して、子どもを両親に預けて自分は東京で裸仕事して親に仕送りして、年とったから事務所作って……でも五十歳になったからこれからの人生は田舎で過ごしたいって言って、会社を人に譲って帰っていった。で、家を俺にくれたの」

「五十歳？　年上？」

「年上だよ。俺は年下よりも年上に好かれるの、何故か。まあ、そんな感じで家をもらって……っていっても名義は彼女だから俺の持ち家じゃないんだけど、家賃がタダで住めるんだから助かってる。おかげで、今まで以上に、好きにできる」

私は呆れて、大きなため息をついた。運のいい男だ。けれど、それがこの男のろくでもなさに拍車をかけているのだと思うと、非難の言葉も浴びせたくなる。

「その人が故郷に帰るって聞いても引き止めなかったの？　つきあってたんでしょ」

「つきあってるという言葉が、そもそも俺はよくわからないけど、恋人同士とかそんなんじゃないよ。一緒に住んでたっていっても、古い一軒家で同居してただけ。部屋が余ってるから、住めばって言われてそのとおりにしたの。彼女はたまにセックスする男が必要だっただけだから、お互いちょうどよかった」

私は理解しようとするのをやめた。そうだ、兵吾はもともとこういう男ではないか。いい加減だし、世の中の決まりや、当たり前とされていることを無視して、自分の好きなように生きている。そこが魅力的でもあるし、ダメなところでもあった。

「俺は、そういう男だから、家族を持たないほうがいい。家族なんか持ったら、不幸にするだけだ。それに、いつ死んでもいいと思っている」

「そんなこと言わないでよ。死ぬとか、軽々しく」

死にたくなくても死んでしまう人がいるのに——と言いかけた。

「でも本音だよ。できるだけ人に覚えられず、すぐに忘れられたい。死んでも悲しむ人なんていないほうがいい。カッコつけてるわけでもないし、別に自分を不幸だと思ってるわけでもない。だって、そう生まれてきたんだから、仕方ない。セックスばかりして、あちこち落ち着かない母親の子だから……要するに、俺も母親と同じってことか——あ、ここからが谷中霊園」

そう言われて、立ち止まる。

道は街灯に照らされているが、左右の夜の闇の狭間に幾つか墓石が見えた。確かに兵吾の言うとおり、統一感がない。

「兵吾は、どんな仕事してるの？」

「いろいろ。官能小説書いたり、エロ本の記事書いたりしてる」

「は？　官能？　小説家なの？」

「そんな大層なもんじゃないよ。それに女の名前で書いてるんだよ」

「それ、詐欺じゃないの？」

「うん。でも読者が男だと、女がいやらしい記事書いたほうが喜ばれたりするからな」

「本とか出してるの？」

「まさか。エロ本で、ちまちまと書いてるだけ。で、たまにカメラ仕事に呼ばれる。そんな大層なことはしてないけど、安価で引き受けてるから重宝されてるかも」

私は隣にいる兵吾の顔をじっと見つめる。

四十半ばになるこの男は、相変わらずだ。

白髪が増えたけれど、それ以外は変わらない。

「相変わらず――」

「ふらふらしてるって言いたいんだろ。でも俺は、こういう生き方しかできない。どうも人生の脇道しか歩けない」

「アウトサイダーってやつ？」

「そんなカッコいいもんでもないな。ただの何もできない男。いい年してな。でも多分、これからもそう」

「東京で、それで暮らしていけるの」

「さっきも言ったけど家賃かかんないから。それに俺、金使わないし。酒も飲むけど深酒はしないし、物欲もない。あるのは性欲だけ。セックスはいいぞ。金かからない娯楽だ。女を買うとなったら話は別だけど、俺はあんまりそういうところも行かないし」

性欲だけ——そう言われて、私は思わず唾を呑みこんだ。

「なんで、行かないの」

「さぁ……金で買った女は、本気で俺を求めないからじゃないかな」

そう言うと、兵吾は何故か笑顔になる。

「差別してるわけじゃないんだけど、小説書いたり雑誌に何か書くんなら、そっち方面じゃなくても」

「俺は、うさんくさい世界で、うしろめたさを背負いながら何かやるのが好きなの。神戸にいた頃も、レンタルビデオ屋で働いてたけど、あれもアダルト中心だった。セックスの世界が好きなのかもな。母親がセックスばかりしてたから——と、全部母親のせいにしてしまうけど、本当のところはよくわからないし、わかりたくもない。とりあえず、母親のせいにしておくよ。母親は俺を育てるのを放棄して、勝手に死んだんだから。酔っぱらって手首切って部屋中血まみれにして死にやがった」

兵吾は、楽しそうに、にっと私に向かって笑うけれど、私はどう返したらいいかわからない。

「笑子はそうじゃないの？」

「何が」

「世の中には、常識とか世間の目とかを正しいと疑わずに享受して生きる人間と、はなからそういうものを否定したり疑ってかかったりする人間がいる。俺は後者だし、そういう人間が好きなんだろうな」

答えられなかった。

私は自分をつまらない人間だと思う。兄のように成績が良いわけでもなく、特別美人でもスタイルがよいわけでもなく、何か人より優れているものなど何もない。そういう人間ができることは、「世の中」に添って生きることだけだ。

けれど——じゃあ、なんで、私はここにいるのだろうか。

京都にいた頃、恋人がいたのに違う男と寝たり、母の恋人だった男と会ったり——。

「俺は何もできない人間だけど、女を抱くときだけは、必死だよ。それも母親の血筋かな——とにかくセックスばかりしてた人だったから。それだけが取り柄。あとは何もできない、何もない、馬鹿な男」

「自分のことテクニシャンて言いたいの？」

「違うよ。セックスなんて相手次第なんだから、技術じゃなくて、相手をどこまで求めるか、だろ、身体で」

どうして私は母の恋人だった男のそんな話を聞いているのかと、苛立ちが芽生えた。

「――だから、お母さんは、あんたについていったの？」

「そうだろうね。ただ、それだけじゃないよ。俺のところに逃げ込みたいだけの何かがあったんじゃないの」

「うちの家にって、こと」

「それ以外にないだろ」

浮かんだのは、兄のことだった。母は兄が進学校を中退したことに罪悪感を持っていたのかもしれない。

いや、父との間にだって、私が気づかないだけで何かあったのかもしれないのだ。結婚して、はた目には仲良く見える夫婦だって、何かしらあるのだから。

私だって、そうだ。

「女の人は、セックスに逃げ込みたいときがあるんだよ。いや、男もか。それしか自分を救えないときが。人と肌を合わせることでしか救われないときがある。それに俺は応えたし、存在を必要とされるのが嬉しかった。さっきも言ったけど、俺は本当に何もできない人間だから」

セックスに逃げ込みたいとき——私は兵吾から目をそらす。

ここで何もかも吐き出せたら楽になれるのだろうか。

墓場で、大声で叫びたかった。

夫は私を裏切っている、と。

セックスは今、月に一度ほどだ。どこか義務のようなものを感じてしまうのは、結婚してから同じ場所で暮らしている以上、仕方がないとは思っていた。好きで一緒になったのだし、セックスがあろうがなかろうが問題はないと思いたかった。

でも、私は気づいている。樹は他の女とセックスしている。会社のアルバイトの子で、二十五歳の、丸顔で、大きな目、リスを連想させるくりくりとよく動く黒目。けれどその目の動き方が、獲物を狙っているかのように見えたのは間違いじゃなかった。一度、樹の会社の近くの喫茶店に忘れ物を届けに行ったついでに珈琲を飲んだときに、夫と一緒に来た娘だ。

樹は不器用で、誠実な男だ。私に内緒で遊ぶのが、上手くできない。その子に気持ちがあるからこそ、私とのセックスの回数が減り、おざなりになっている。したいからするのではなくて、しないといけないからしているのだということぐらい、抱かれたら勘付いてしまう。

樹のジャケットのポケットの中を調べていたのは、クリーニングに出そうとしていたからだ。そこに「今日は朝まで一緒にいられて、本当に、本当にハッピーでした。幸せな時間を、ありがとうございました」という丸文字のメモを見つけたときに、夫の迂闊《うかつ》さと、わざと見つかるようにこんなところに入れたのだろう女のしたたかさを目の当たりにして、私は怒りよりも冷静さが先に来た。メールで済むことをわざわざメモなんかに書くのがいやらしい。

樹を責める権利は、私にはない。これは、かつて私が恋人に対してしたことだ。かつての私を知る人なら、因果応報と言うはずだ。面と向かって追及するのは、怖かった。笑子より今は彼女のほうが好きなんだよ——そう告げられるのが、怖い。そうなると、本当に樹との関係が終わってしまう。私は本当は誰よりも臆病だから、何も言えない。

顔を合わせる時間が少ないのをいいことに、私は何も知らないふりをして日々を過ごしていた。けれど、心の中にはずっと重石が沈んでいる。それを兵吾に打ち明けたなら——歯止めが利かなくなる。逃げ込んでしまう、きっと。

何のために東京まで来たのだろう——そう考えるとひどく虚しい。結婚したら、幸せな日々を送れるかと、どこかで期待していたのに。

「ここ、わかりにくいけど、五重塔の跡がある」

兵吾が指さした場所に近寄るが、確かにわかりにくい。

「五重塔？」

「幸田露伴の『五重塔』って小説のモデルともなった五重塔。戦争でも焼けなかったのに、昭和三十年代に焼身自殺を図った心中事件のせいで焼けたんだって」

「心中事件？」

「四十代の男と二十代の女が不倫の清算をしようとしたらしい。それにしても、わざわざ五重塔を死に場所に選んで焼死するなんて、何を考えてたんだろう。自分たちの死を多くの人の心に刻みたかったのか、あるいは特定の誰かに対して訴えたかったのか、どちらかだ」

「どっちにしろ、身勝手で迷惑な死に方じゃないの」

「笑子ならそう言うと思った。でもそもそも、恋愛なんて身勝手で迷惑なものだよ。俺が言うと、開き直ってるみたいだけど」

恋愛なんて身勝手で迷惑なもの――確かにそうだ。

私も、樹も、母も――。

墓場は静かで、まるで時間の流れが止まっているようだった。

東京に来てから、こんなふうに夜に身を浸すのは初めてだ。

新しい生活にそれなりに緊張していたし、自分なりに環境に合わせようと努力や我慢もしていた。それなのに、こんな静かな場所で、兵吾とふたりきりでいたら、緊張の糸が切れてしまいそうになり、警戒心も湧き上がる。

昔から、そうだ。ろくでもない、ダメな男だけど、兵吾の傍にいると他の人にはない安心感があった。ダメな男だから、自分もダメでいていい——そう思えるのだろうか。兵吾はダメな男だ。けれどダメな人間というのは、制度や道徳からはみ出さざるを得ないほどの、どうしようもない欲望や欠損を持っている人間だ。

私だって、ダメな人間だ。いや、普段は必死に取り繕って生きている。けれど兵吾といると、私の中のどうしようもなさが、溢れ出てしまう。

それは、よくないことのはずだ。

私が私でなくなってしまうかもしれない。

「あんまり遅くなってもまずいかな。旦那さん心配するだろ」

ふいに兵吾が、そう口にした。

今さら、どうしてそんなことを言うのか。旦那さん心配するだろなんて、ありきたりなことを。帰っても夫はいないのに。他の女と過ごしているかもしれないのに。

中途半端につかんだ手を払われたような気がして、寂しさが込み上げてくる。

帰れなんて言わないでほしい。

あの白い壁の新築マンションに帰っても、誰もいないのに。

ひとりは、嫌だ。

「大丈夫よ。心配なんて、してるはずがないから」

「そんなことないだろ。そういえば、笑子、変なこと聞くけど、子どもは作る気ないの」

「今は、いらない」

他の女と仲良くしている男の子どもなんて、作れるものか。義務で、罪悪感を背負いながらしている寂しいセックスで、子どもなんか作りたくない。

「作るんなら早いほうがいいんじゃないか」

ずいぶんとつまらない、普通のことを言うのだと思った。兵吾には、そんな誰もが口にするような台詞を言ってほしくない。

そうじゃない、欲しいのは、そんな言葉じゃない。

「まあ、俺が偉そうに何か言える立場じゃないけどな」

兵吾が煙草をポケットから取り出した。今まで私に遠慮していたのだろうか。

帰れ、ということか。そういえば連絡先も聞いていない。でも、私のほうから聞くのは癪《しゃく》だ。

「皆元気か、家は変わりないか」

遠回しに母のことを気にしているのだろうかと思うと、息苦しくなる。

「――ないよ」

「ならよかった」

本当は吐き出したかった。家のことも。兄が逮捕されてしまって、それでも微妙なバランスを保ちなんとか皆必死で家族を保っていると。自分はそこから逃げることで家族との関係に波風を立てないのだ、と。

兵吾はやはり母のことを気にしている。しょせん私は兵吾にとって母の娘でしかないことが、とても寂しい。

馴染みのない町で、唯一の味方であるはずの夫と心が離れてしまいそうなことも。傍にいる男が、私よりも母のことを心配するのも、とにかく私は、寂しい。

ううん、そうじゃない、そんなことじゃなくて——。

寂しさの爪が切り裂くのは心だけじゃない、身体もだ。

ふと、夜の墓場の匂いに混じって兵吾の香水の匂いが鼻腔《びこう》をくすぐる。服装には構わないくせに、この男は昔から同じ香水をつけている。香水と煙草の匂いが混じり、懐かしさが込み上げる。

兵吾の手を見た。懐かしい火傷の痕だ。ひきつれている皮ふ。樹の傷を最初に見たとき、この兵吾の火傷を思い出した。小さい、母親譲りだと言っていた爪も昔と同じだ。

「会えてよかったよ」

兵吾が私の頭の上に手を載せて撫でる。子どもの頃から、何度もされた仕草だ。

「心配してくれてたん？」

私は立ち止まり、兵吾を見上げてそう言った。

兵吾の薄い唇が意地悪そうに歪む。

「心配はしてない。他人の心配をするほど優しい人間じゃない」

「兵吾は、優しいよ」

ふと、そう口に出してしまう。こうして頭を撫でられる度に、私は安心していたもの。

「そういうことにしとこうか」

兵吾はそう言って、手をおろし、そのまま私の頬にふれる。兵吾の指が、私の唇のすぐ傍にあって、私はその指を口にしたい衝動にかられ、思い留まる。兵吾の指には煙草の匂いが染みついていた。私はその指先にでもいいから、今、すがりつきたい。助けてほしい。

男にこうしてふれられるのも、久しぶりだ。

セックスに逃げ込みたいときがある、人と肌を合わせることでしか救われないときがある、セックスでしか自分で自分を救えないときが――兵吾の言葉が、私を壊す。私の鎧を脱がす。

セックスで自分を救えるなら、セックスしたい。今すぐ、抱きしめられたい。

欲しいって言われたい、求められたい、ここにいていいよって、存在を許されたい。

「終電、大丈夫か。すぐ行くとこの先に日暮里《にっぽり》駅がある。そこから山手線と中央線を乗り継いで帰れるだろ」

兵吾が私の頰から手を離し、腕時計をちらっと見る。

「兵吾は？」

「俺はここから歩いて帰る。もうちょっとぶらぶらしながら」

「送って。東京の地理、まだ疎いの。この辺初めて来たから、わかんない」

半分は本当で、半分は嘘だ。

ここから駅までの道ぐらいならわかる。

ううん、駅には行かない、行きたくない、帰りたくない。

あの部屋で、ひとりで過ごせない、今夜は。

「兵吾」

私は前を歩く兵吾の腕をつかむ。

そのとき初めて、自分から兵吾にふれた。

「家に、連れていって」

私を、救って――心が泣いてそう叫んでいた。

振り向いた兵吾は、頷く代わりに私の手を強く握った。

兵吾の家は古い一軒家で、玄関を入ってすぐの六畳間に本や雑誌が積み上げられていた。台所には洗われていない食器が山積みになっている。

「汚いぞ」

そう言われたが、私はその光景を見て安心した。女の気配がなかった。いや、女はいるかもしれなくても、この部屋にはその痕跡がない。とりあえず、こうして女を引き込むことはあっても、一緒に住んだり、定期的に通ったりしている女はいないと判断した。

私は、他の女の気配がない、兵吾の匂いしかない部屋に足を踏み入れた。奥の八畳の間に布団が敷きっぱなしだった。隅には座卓があり、ノートパソコンが載っている。

兵吾の部屋に向かって歩いているときから、腕をからめていた。初めてなのに、袖から出た肌が馴染む。それだけで泣きそうになっていた。懐かしい匂いに安心する――兵吾の匂い。

「ここで寝てるの」

「うん」

兵吾がそう答える前に、私はこの男の匂いのする部屋で頭より先に身体が動いてしまっていた。酒が入っていたからか。ううん、そんなに酔ってはいなかったはずだ、一杯しか飲んでいないもの。酒を言い訳にしたいだけだ。

「兵吾、眼鏡外して――」

私がそう願うと、兵吾は眼鏡を外し、傍らに置く。だらしなさをごまかしているような黒縁の眼鏡を外した兵吾の頰に左手をそえて、私は引き寄せる。眼鏡のない兵吾の顔を見るのは初めてで、一瞬、知らない男に思えて緊張した。表面が少し乾燥ぎみな唇がふれる。

「兵吾――」

自分の声が震えているのがわかった。応えるように、兵吾の両手が私の背に回り、ぐっと力を込めて抱き寄せてくれる。

「いいのか、本当に」

「うん」

「どうなったって、知らないぞ。俺は、本気出すから」

そんなこと言わないで――と口にしそうになったけれど、唇がふさがれる。

堕ちたかった。ここまで来たのだから、私から求めたのだから、もうどうなってもいい――堕ちてしまいたかった。

セックスで救われたかった。

兵吾の舌が入ってくる。それを知っていた私の唇は最初から力を緩めていて、受け入れる準備をしていた。唇を合わせたまま、兵吾は私を引き寄せるようにして布団の上に横たわらせる。私の上になった兵吾が、額に手をあてる。

「笑子——」

兵吾が私の名前を呼ぶ。その音が今までとは違う響きを持っているのに気づいた。嬉しい。

ブラウスに手を入れてブラジャーのホックが外される。スイッチのようだ。解放のスイッチ。

「電気消して——」

「嫌だ。最初なんだから、ちゃんと見たい」

「恥ずかしい」

「大丈夫だから」

私は容赦のない兵吾の言葉に目を瞑り身をまかせる。兵吾の手が、私の身に着けているものを次々に剝がしていく。見られている——恥ずかしいけれど、自然なことだと思えた。何かを隠す必要はないのだ、この男の前で。

躊躇いは唇を合わせた瞬間から消えていた。母の恋人だった男に自分から身をまかせるのに抵抗がないわけがない。冷静に考えたら気持ちの悪いことだ。

けれど、兵吾の言うとおりだ。

人と肌を合わせることでしか救われないときがある。セックスでしか自分で自分を救えないときがある。

今の私がまさにそうだった。

寂しい私が欲しかったのは、セックスだけだ。

他の何も、埋めることはできない。

「笑子、ここ、さわって」

兵吾が私の腕をとり、股間にあてる。

「どうなってる？」

「どうなってるって……」

「硬くなってるのわかるだろ。笑子を欲しがってる、興奮してるだろ」

兵吾の言うとおり、そこはズボンの上からでも硬くなっているのがわかる。

「握って――」

言われるがままに、そこを手でつかむ。布を通しても、熱が伝わってくる。

「俺、やりたくなってるだろ」

「うん」

「笑子は？」

兵吾は私が答えに戸惑っている間に、スカートの中に手を入れ、下着にふれる。

どうして私は今日、グリーンの飾り気のない綿の下着なんてつけてしまったんだろう。ブラジャーは白だから、色も合わない。だって、まさか、兵吾と再会して家に行くなんて思ってもみなかった。

脇の毛は、二年前にレーザー脱毛していて生えていないことに安心した。初めて寝る男の前で、下着の色も合わず、身体の準備もしていないなんて最悪だもの。

「うぅ」

声が出たのは、兵吾が下着の横から、太ももの間に指を滑り込ませたからだ。

「笑子も、俺とやりたがってる」

「嘘、違うっ」

「違わないだろ、ここが欲しがってる」

「だって、兵吾がさわったから」

「俺がふれた瞬間には、もう滲んでた」

私はもう言い逃れはできなかった。

兵吾の指が行き来して、足の力が入らない。苦しい、切ない、たまらない。

私が言葉を発する前に、兵吾の手が下着を下ろし、スカートも剝いで、私は灯りの下で裸になった。

「兵吾、私だけじゃ嫌、兵吾も――」

私がそう言うと、兵吾が自分でシャツのボタンを外す。

兵吾の上からは、昔風の照明が灯りを煌々《こうこう》と照らしている。明るすぎる。こんなに明るいところで今まで男と身体を合わせたことがあっただろうか。思い出せない。

そもそも、私は自分からこうして男を誘ったのは、初めてだ。つきあって何度か寝た男に自分からせがんだことはあるけれど、男を誘うなんて、できなかった。断られたら、嫌な顔されたら、傷つくから。誘われたら簡単に寝るくせに、自分からは寝たいという勇気がない。

私は臆病だ。恋人以外の男と寝ていたのを知った友人から「大胆だね」と言われたことがあるが、私は人一倍臆病で、自分の心を守っていた。傷つかないように、泣かないように、と。

私が横たわる兵吾の布団には男の匂いが染みついている。男はひとりひとり、匂いが違う。どんなに綺麗にしても、肌を合わせると匂いがわかる。そうでないと、寂しい。

初めて気づいた。あの、神戸の震災の日、兵吾に背負われた母は、降りようとせず、陶酔したような表情のまま顔を兵吾の首と肩のところに埋めていた。あれは匂いから、離れられなかったのだ。今、私が酔っている、この匂いから。

兵吾の唇がふれるのと同時に、身体の重みを感じる。胸と胸、足と足が重なる。温かく硬い物があたっているのに気づき、震える。

ああ、目の前に兵吾がいる。

私は手を伸ばし、兵吾の背中にまわして力を入れる。こうすると、もっと近くに感じられる。

「大人になったよな」

兵吾が感心したようにそう口にする。

「どういう意味よ」

「お前とさ、ホテルでばったり会ったことがあるだろ。震災の前で、まだ笑子は高校生で、俺も若くて……子どもの頃から知ってるから、あのとき、内心びっくりしたんだよ。こいつ、いつのまにセックスするようになったんだって」

「だって……兵吾は初めてのセックスは、いつなの？」

「俺、十五歳。高校生のとき」

「じゃあ、同じようなもんじゃない」

「違うよ、実は中学生だった」

そう言いながら、私は兵吾の身体を自分に押しつけるようにする。肌を合わせたい、もっと合わせたい、肌と肌で感じたい。

「あっ」

思わず声を出してしまったのは、兵吾の指が足の間に辿り着いていたからだ。

私は歯を食いしばる。

「ここだと、大きな声出せなくてごめんな。隣近所に人が住んでるから。今度はホテルに行こう。そこなら思い切り、声出していいから」

「ううん……兵吾の部屋がいい」

思わずそう口にした。

あなたの匂いのする、あなたの住む部屋がいい。あなたが眠る布団で、私はあなたに抱かれたい。

兵吾の指が蠢《うごめ》く。縦の筋をなぞる。

「纏わりついてくる」

なめらかな動きで、兵吾の指が私の中に入っていた。

「笑子のが、俺の指に纏わりついてくる」

言葉にされると、恥ずかしい。自分でもわかっている。兵吾の指を受け入れる前から、そこは待ち受けていたように潤っていた。初めて寝る男と、いきなりこんなになるなんて、今までなかった。それなりに緊張して、いろいろ考えて気にしていると、身体が高まるまで時間がかかるもの。だから私は時間をかけないと男に身体が馴染まなかった。そこにいたるまえに終わってしまう人からしたら、「濡れない女」だっただろう。身体は心よりもずっと正直で、本気にならないと濡れない。

兵吾が指を出し入れする度に、音が漏れる。猫がミルクをするような、いやしい音が溢れている。いやしい私の、音が。

「もうこんなに濡れてる」

「兵吾だから――」

「俺としたかったの」

そんなこと、聞かないでほしい――そう思いながらも、私は頷く。

「笑子、セックスのときは何を言っても許されるから。裸になるんだから、何も取り繕わなくていいから」

私はもう一度、頷いた。

もう取り繕うことなんて、できない。私は兵吾が欲しかったのだ、兵吾と寝たかったのだ、ずっと前から。

母の顔や、夫の顔が浮かぶと、躊躇いも罪悪感もおそれも渦巻いているのに、身体は思考よりも、本音を語る。私は身体に従うことに決めた。頭で考えるよりも、身体が求めるものに従ってみよう、と。そうじゃないと、救われない。

「笑子を味わわせて」

兵吾はそう言うと、私に応える隙も与えず身体をずらし、両足を広げた。

「や……」

兵吾に見られている。私の恥ずかしい、男を欲しがる、どうしようもないだらしなさの源を、見られている。

既に濡れているのに、そんなに顔を近づけられたら、匂いだってわかるだろう。

「笑子のここ、いやらしい」

「やめて——」

「食べさせて——食べたい」

兵吾がそう言って、その部分に顔を埋める。

襞の内側、外側を丁寧に唇で含み、舌を這わす。

私は必死に声を殺していた。舌と唇で、なぞり、吸われ、掬《すく》い取られる。

「ああっ」

耐えきれず声を漏らしたのは、兵吾の舌が粘膜の狭間に突き刺さったからだ。それは魚の鰭《ひれ》のように、左右にはためいている。

「すごく濡れてる。いつもこうなのか？」

「嬉しいよ、感じてくれて」

身体は正直だ。樹とのセックスでは久しくこんなに反応しなかったのに、内側からみっともないほどに溢れてくるなんて。

兵吾の舌が、今度は縦に動く。下から上へ、撥《は》ね上げるように。

「うぅっ……」

自分の腰が浮いたのがわかったのは、兵吾の唇が私の身体の一番感じる小さな粒を含んだからだ。ダメだ、それをされると、もうたまらない——。

兵吾は唇で挟んだまま、舌で粒をくるむ。

「ダメっ！　もうっ！」

我慢できるはずがなかった、大声が出てしまう。

「やめて……」

「やめない」

私は自らの口を自分の手でふさいだ。こうしないと、もう叫んでしまいそうだ。

兵吾が念入りに舌ではじき、吸い、唇で挟む。

「もう……ダメだってば……兵吾……お願い」

「違う——」

「笑子、もっと気持ちよくなったっていいよ。ダメなことなんかない。お前は自分が気持ちよくなることだけ考えていればいい。俺のことも考えなくていいから。俺にまかせろって」

兵吾が舌で私を弄《もてあそ》ぶのを再開した。

俺のことも考えなくていい——そうだ、いつもセックスは相手に対しての気遣いがあった気がする。好きな男とのセックスだからこそ、気持ちよくなってもらいたいとか、考えていた。でも、違う。本当は、相手のことなんか考えなくてよかった。何も考えず身をまかせていたほうが気持ちがいい。

「うぅっ!!」

私の腰がうねり、身体の奥がきゅるきゅるとしぼりとられたような感触があった。

兵吾がやっと唇を離す。

「兵吾——」

「何」

私は何を言おうとしているのだろうか——自分でも無意識に名前を呼んでしまった。

「何、笑子、どうされたい」

「…………」

「欲しいの、俺が？」

兵吾は狡い。私に言わせようとする。私が言わずにいられないように仕向ける。狡い、ひどい、優しくない男だ。

「……欲しい」

私が小さくそう呟くと、兵吾はすかさずぐっと両足を広げる。容赦のない、強い力で。逆らえない。絶対に敵わないとひれ伏したくなるような力を見せつけられ、鳥肌が立った。

「うぅ……っ」

一瞬だけ、私のその部分は抵抗を示す。けれど兵吾はそんなもの、気にすることなくすすんでいく。容赦なく、私の中に入ってくる。

「はぁ……」

耐えきれず、声が漏れた。私の中に、兵吾がいる。ぬめる襞が纏わりついている。

「笑子の中に、入った」

兵吾の唇が、私の耳元で動く。

薄い膜を纏うことを忘れた男の欲の棒が、私の身体の中に確かにある。温もりと硬さを持った男のものが。

兵吾が身体を動かす。ゆっくりと、出し入れをはじめる。

「やぁ……」

私の唇をふさぐかのように、兵吾の舌が隙間に入り込んで舌をからませる。上も下もつながっている、兵吾と。

私はずっとこれが欲しかったのだ。

十年間、いや、もっと、昔から、この男と肌を合わせたかった。

あの震災の翌日に、母はこの男の背中に張りついて離れなかった。周りを気にせずに、ただひたすらこの男にすがっていた。

私はあのときから——秘密を知りたかったのだ。

大切なはずの家族よりも、男を選んだ理由と、その男の秘密を。

母を「女」にしたこの男を、知りたかった。

本当は、ずっと私は兵吾とセックスしたかった。

「笑子の中、気持ちいい」

「私も——」

「俺と、したかった？」

「したかった。ずっと、したかった」

兵吾の身体が、今は何よりも私に優しい。こうして抱き合ってつながっているときは、この男は私のものだ——そう考えるだけで幸福な気持ちになれた。

この男は、私の欲望と寂しさを全て受け止めてくれる。だらしない、欲深く、身勝手な、私を。

兵吾は私を折り曲げ、重ねて、突く。私の腰を上げて、上から釘を打ち込むように突かれると、我慢できず叫び声が出てしまう。

「あたってる――」

「どこに」

「奥に――」

ただ出し入れされるのではなくて、打ち込まれている。上から下へ、何度も押し込むように、もっともっと奥へ届くようにと。

兵吾は私の両足をつかみ、更に腰を浮かせた。

「これだと、よく見える。つながってるとこが」

「いや――」

古い照明器具が兵吾の頭の後ろに見える。煌々と灯りがついた部屋で、つながっているところを見られている。

「こうすれば笑子も見えるだろ、ほら」

両足を持ったまま、曲げられると、確かに私の股間に兵吾の男の棒が刺さっていた。

ふれた。

「——」

「やめない——確かめてほしいから、つながってるのを。俺と、笑子が」

私は目を瞑り、身体をのけぞらす。その形のまま、兵吾の指が、私の一番感じるところに

「ダメ、やめて」

自分がどんな声を発したのかわからない。叫んだような気もするが、声が出たのかどうかもわからない。

「もっと気持ちよくなって。何も考えられないぐらいに——そのほうが、絶対にいいから」

幼い頃から知っている兵吾の声は、こんなにも低く、響く音だったのか。もう言われるがままになるしかない、どうなってもいい、どうにでもしてほしい。

「笑子、大丈夫か」

気がつけば、私は足をおろされて、布団の上に横たわっていた。意識が飛んでいたのだ。

「うん……」

夫以外の男とのセックス、義務じゃないセックス、だからこんなにも感じるのか。目の前の男が、セックスだけの男だから、委ねることができるのだろうか。

兵吾が私の両足を開き、すっと再び奥へと突き刺してきた。

「笑子――感じてくれて嬉しいよ」

兵吾が私の身体に覆いかぶさる。私は思わず、腕を伸ばし、兵吾の背中を抱く。

「兵吾――怖い」

思わず、そう口にしてしまったのは本音だ。再び兵吾のものを呑み込んだ自分の身体の奥が小さな痙攣《けいれん》を起こしている。私の身体の奥で何が起こっているのだろうか。さきほど、軽く意識を失ったせいか、あちこちが敏感になっている。

「怖くないよ」

兵吾の背中は汗で濡れていた。顔からも流れ落ちる汗が私にかかるが、私は舌を伸ばしそれを舐めとった。

「笑子、愛してるよ」

唇と唇が重なる。愛してるなんて言葉が、この男の口から出るなんて思いもよらなかった。けれどその言葉は、麻薬のように私の身体を興奮させた。

今までだって男に「愛している」という言葉をかけられたことは何度もある。けれど、この男は、言葉よりも身体で私を愛してくれる。言葉は快楽の香辛料に過ぎない。でも、それが効く。愛されているのは、今だけだとわかるからこそ効く。

舌をからませながら、兵吾は私を突く。そういえばコンドームをつけている様子もなかったし、私も気にしていなかった。ぼんやりとした意識の中で、生理の日を計算する。

「兵吾、大丈夫だから、中に――」

本当は、「大丈夫」なんてないのは知っているけれど、そう口にするしかなかった。兵吾のものが全てほしかった。

「笑子――俺を愛して」

兵吾はそう言って、私の答えを待たずに腰の動きを速めた。私は兵吾の背中に必死にすがりつく。怖い、身体が言うことをきかなくて、怖い。

「兵吾、怖いよ」

「大丈夫だから、笑子、俺がいるから、俺がついてるから」

兵吾の言葉に、涙が溢れてきた。それと同時に、口から叫び声に似た甘い音が鳴る。

「笑子――」

兵吾が何を言っているのかわからないほど、私は声を出し兵吾の背中に爪を立てていた。

「ぁあっ！」

咆哮と共に、身体の奥がどくんどくんと波打った。熱い液体が放出されたのは、私が望んだからだ。

この男から出された欲望の液体を、自分の身体に受け止めたかった。

「笑子――ありがとう」

何故か兵吾は感謝の言葉を口にした。本来、それは私が言うべきことなのに――セックスに逃げ込んだ、私が。

果てた男から流れる汗も、男の重みも、心地よい。

私は男を逃がすまいと、もう一度背中に手をまわした。

第五章　二〇一〇年──二〇一一年　東京

1

狭い東京の空にも慣れたつもりでいた。

結婚して東京に住みはじめてから五年が経ち、私は三十四歳になっていた。

「笑子、来月、母親が東京に来たいって言ってるんだけど……」

夫の樹が申し訳なさそうな響きを含ませて、台所に立つ私の背に声をかける。私は包丁を持つ手を止め、振り向いた。

「早めに言っておいてくれたら、なるべく時間とるようにするよ。でも校了前とかだとバタバタするかも」

「ごめんな、聞いとく」

身体の向きを戻し、葱《ねぎ》を切る。土曜日の朝、樹は休みで、私は午後から出勤だ。普段、お互い忙しくて家で一緒にご飯を食べる機会も滅多にないので、朝食を作っている。ごはんを炊いて、豆腐の味噌汁。しらすと大葉入りの玉子焼きと、ほうれん草の胡麻和えと、極めて簡単なものだ。料理は好きで、昔はよく作っていたのだが、最近は休日ぐらいしかしない。樹も家で夕食を食べられる日はほとんどない。

「忙しいのに、ごめんな」

「いいって。お母さんには可愛がってもらってるし」

樹の謝罪の言葉は、私の休日をつぶすことよりも、この二年近く、会う度に遠回しに言われる子どものことに対してだ。

笑子さん、もう若くないんだから――。

私の身体を気遣っているように聞こえるけど、そうではなく、孫が欲しいのだ。樹の兄に子どもはいるが、まだ足りないらしい。姑のことは嫌いではない。離れているせいもあるだろうが、普段は全く煩《うるさ》くない。旅に出るとお土産を買ってきてくれたり、誕生日にはプレゼントを贈ってくれたり、可愛がられているのはわかっている。けれど「笑子さん、仕事忙しそうだけど身体に気をつけてね」と電話で言われる度に、好き勝手にしている「嫁」を咎めているように自分がとってしまうのは、こちらのうしろめたさのせいだ。

「できた」

鍋で炊いたご飯を茶碗によそい、味噌汁、玉子焼き、ほうれん草をダイニングテーブルに並べる。

「純和風だな、美味《うま》そう」

髭が伸びはじめた樹がパジャマのまま、「いただきます」と手を合わせて味噌汁に手をつけた。

東京に来てから、少しばかり樹は肉がついた。もともとが痩せ気味だからちょうどいいとはいえ、仕事は相変わらず不規則な生活が心配ではあった。

「もうおっさんだな」

と出た腹を撫でる姿を見て、まだ笑えるぐらいの余裕はあった。

やはりこうして向き合うと年を取ったな、と思う。そう言う私だって、もう若くない。中身は昔と変わっていないような気がするが、シミも皺もできたし、何より体力が落ちた。もう私は「若い女」ではないと思い知る日々だ。

「普段、まともなもの食べてないからな。こういう飯が嬉しい」

「人のこと言えないけど、外食のときもちゃんと食べてよ」

「わかってるって」

――食べ物も気をつけないとね。ちゃんと栄養とって……夫婦なんだから、ふたりでゆっくりする時間も必要よ――

三か月前に、姑が東京に来たとき、別れ間際にふとそう言われて、苦笑いしてやり過ごすしかできなかった。

忙しいだろうけど、ちゃんとセックスしてるのか――本当はそう聞きたいのだろう。

聞いてくれたら、答えてあげるのに。

してますよ、たまに。

ごくごく、たまに、義務のつまらないセックスをしてます、と。

でも子どもはできません――て。

「今日は遅くなる？」

樹が聞いてくる。

「打ち合わせのあと飲むつきあいがあるから、朝までコースの可能性が高いよ」

「そうか。じゃあ、俺も誰か誘って飲みに行ってるかもしれない」

「そうしなさいよ。せっかくの休みなんだから」

「そうだな。笑子は仕事なのに、なんか申し訳ないけど」

「仕事じゃないようなもんよ、飲んでるんだから」

私はそう言って、玉子焼きの最後の一切れを口にする。

「洗い物、俺、しとくから」

「ありがとう」

私は御礼を言って、洗面所で歯を磨く。

部屋に戻り、今日、身に着ける服を選んでから化粧をする。いつもと同じ化粧だ。ファンデーションを塗り、アイシャドウにアイライン、眉を描いてチーク、口紅を塗り、パウダーをはたく。年を取ったぶんだけ、化粧は上手くなった。おかげでそう老けても見られない。すっぴんになるとシミが目立つけれど、それはしょうがない。若く見られるのは、子どもがいないせいもあるだろう。母が今の私の年齢のときは、既に十四歳と九歳のふたりの子どもの母親だった。そう考えると、母はやはりあの頃は綺麗なほうだった。

「行ってきます」

洗い物を終え、ソファーに横になって携帯電話をいじくっている樹に声をかける。今日、飲みに行こうかと誰かに誘いのメールでもしているのだろうか。

「気をつけて」

樹の声を背に、私はパンプスを履き、マンションの扉を開いて外に出た。相変わらず同じ賃貸マンションに住んでいる。ローンを組もうかどうしようか話し合ったときに、賃貸のほうが身軽でいいという結論にふたりで達した。どうせ子どもができたら広いところに引っ越さないといけないしな――樹はそう言っていた。あの頃は、まだ彼も子どもが当たり前にできると思っていたのだ。

数年前は、会社の若い女の子と遊んでいた樹だが、おそらくその子とは切れている。告げられたわけではないが、なんとなく、どこか熱から冷めたような空気を感じていた。樹は、わかりやすい男だ。浮気をしているときは、私を気遣う言動が多くなる。うしろめたさが、言葉にも態度にも出る。けれどそのあとも、何もないわけではないと思っていたが、見て見ぬふりを続けていた。長いこと一緒にいると、知らなくてもいいことまで知ってしまう。目を背けたほうがいいことも、たくさんある。

出会った頃と今とでは状況が違う。樹は東京でやりがいのある仕事に没頭していて、私のほうを見ていない。飽きられるぐらいならば、たまに他の女と寝て刺激を受けるのもいいのではないか――そんなふうに考えようとしたこともあった。

樹とのセックスは、今は三か月に一度あったらいいほうだった。頑張ってくれているのは、わかる。疲れているのに、無理してしようとしてくれるのも。それが義務感をともなっているとはいえ、私に対しての思いやりだということも、わかる。でも、だから、乗れない。夫とのセックスに、昔のようにのめり込めない。

嘘、違う、本当は。樹とのセックスに乗れない原因は彼じゃなくて、私だ。

私は電車を待ちながら駅のホームで携帯電話を取り出して、今から行くからとメールを打つ。

来月、姑のために時間を作るのが億劫《おっくう》だった。休日が減るのも厄介だが、そろそろ「このまま子どもができないなら、何か考えたほうが」と不妊治療を持ち掛けてこられそうな雰囲気だ。結婚したことを後悔はしていないけれど、こういうときにめんどくさい。結婚したら、もれなく相手の家族がついてくる。樹の母親なんか、離れて暮らしてはいるし、子どものこと以外は、全く煩くなく干渉もしないから、いいほうだ。知人たちを見ても、姑との問題を抱えている者は多い。それが原因で離婚した子もいる。

子どもに関しては、俺は焦ってないから、授かりものだし――と、樹は言う。欲しいのか、いらないのか、その言葉からはうかがえない。私を気遣ってくれているだけなのかもしれない。たまの営みでは、避妊具はつけないが、あえて排卵日などを考えてはいない。

どっちみち子どもなんて、できないのだから――私がそう声に出さず唇を動かすと、ホームに電車が入ってきて、風が顔に当たる。

電車で二十分。乗り換え一回。私は男の住む駅に向かう。

仕事の打ち合わせなんて、嘘だ。けれどそれはお互いさまだ。私だって、樹に「仕事」という嘘をつかれたのだから。

家を出た瞬間、私の足元から這い上がってくるものがある。私を私でなくして、私自身すら気づかない身体の奥にあるものに気づかせてくれるあの時間――それを期待して這い上がってくる悪い蟲《むし》だ。

そうだ、蟲だ。悪い蟲。私の中にあるそれらが、這い上がってくる。足元から、ふくらはぎ、太もも、その奥へ。

むず痒く、こそばゆい。でも、不快ではない。

いつからこんな蟲を飼っていたのだろう――多分、ずっと前からだ。

母に家族を捨てさせた悪い蟲は、私の中にも巣食っていた。

子どもができないのは、夫に内緒でピルを飲んでいるからだ。妊娠の心配をせずに、生で男を味わうために。男の全てがほしくて、そうしている。

子どもなんかできたら、男とセックスできない。会えなくなる。

樹ではない男の身体を、十分に味わうために。

隅から隅まで男を感じて、自らも快楽を得るために。とことんまで堕ちてしまうために。

そんな私をひどい人間だと自分でも思う。

でも私を最初に裏切ったのは、夫だ。

だから許してほしい。

電車が兵吾の住む駅に近づくにつれ、悪い蟲は私の身体の奥に近づいてゆく。

早く、早く——セックスしたい。


扉は鍵がかかっていなかった。私は「兵吾」とだけ声をかけて、返事を待たずに中に入る。靴を脱いで中に入ると布団が盛り上がっていた。

「兵吾、寝てるの」

「ん……」

布団が動くが、兵吾は顔を出さない。私はそのまま鞄を置き、布団の中に入る。兵吾の匂いの染みついた布団に。

「笑子、来たのか」

「来るって言ったじゃない」

私は兵吾の唇に自分から食らいつき舌を入れる。兵吾の唾液を舐めとるように舌を動かす。

「したいの」

「うん」

「笑子はいつからそんないやらしい女になったんだ」

「兵吾がそうしたのに」

「元からそうだったんだよ」

そう言うと、兵吾は私のスカートの中に手を入れる。ストッキングは穿《は》いていない。最初からこうされることを願っているからだ。

「あー」

兵吾が私の首筋に吸いついてきた。唇を押しつけながら、指は下着の中を這いまわっている。

「見つけた――」

そう言って兵吾の指が陰核にふれ、はじく。私はのけぞり腰を浮かす。陰核をはじきながら、兵吾の指が粘膜をかきわけるようにずぶりと入ってくる。

私がたまに口で味わう兵吾の指が、魚が海で泳ぐかのようにゆらゆらと左右に動き、うねる。水が溢れる音が漏れて、私は自分の手で自分の口を塞ぐ。

「入れて――」

「もう？」

この部屋に来て兵吾の布団の中に入ったときから、挿れられる準備はできていた。ゆっくり全身を愛されるのもいいけれど、こうしてすぐに粘膜を交わらせたいときもある。今日は、そうだった。

さきほど食卓で夫と食事をしていた光景がふと浮かぶ。夫婦の日常――自分は何をしているのだろうという罪悪感と戸惑いが込み上げてくる。でも、だからこそ、早く欲しい。

私はたまらなくて自分から服を脱いだ。

「そんなに早くしたいの？」

返事をする前に、兵吾に抱きついた。兵吾はそのまま私の身体を抱きあげるようにして、自分も身体を起こす。

「このままつながろう」

ふたりともが座ったまま抱き合う形になる。私が腰を前に押し出すと、兵吾のものが容易ににゅるりと奥に入っていった。

「濡れすぎ」

「ごめんなさい」

「人妻なのに」

「言わないで――」

そう口にすると、涙が溢れてきた。

なぜか、私は兵吾とセックスするとき、泣いてしまう。普段は夫の前でもひとりでも泣けないのに。兵吾は涙のわけを聞かない。だから存分に泣ける。泣きながらするセックスは気持ちがいい。泣けば泣くほど何もかもどうでもよくなって快楽に没頭できる。自分の身体の奥の快楽をつかさどる心臓のような部分に火が灯るのがわかる。

こうして抱き合って交わるのは、兵吾とが初めてだ。激しい動きはできずとも、一番密着感がある。

「笑子――俺の眼を見て」

兵吾にそう言われて、私は顔を離す。奥二重と一重の切れ長の眼は、眼鏡をとると別人のように鋭い。ときどき怖いと感じてしまうほどに。それでも私は兵吾の顔が好きだ。

「兵吾」

私はもう一度、兵吾の唇に食らいついた。

自分の涙の味がした。

2

私はときおり兵吾の部屋に行く。罪悪感が押し寄せてきたり、自分は何をしているんだろうと考えて、時間を置くこともあったが、どうしても会うのをやめられなかった。

私が兵吾を求める気持ちは、私の知っている恋でもないし、愛でもない。恋人ではないし、愛人も違うような気がする。友人などでは絶対にない。いうなれば、情人という言葉が相応しい気がする。じょうじん、じょうにん、いろ――おとこ。

情欲でつながっているのだから、この男は私の情人だ。

愛や恋ではないけれど、それはとても強くて、私を離さない。愛や恋などよりも、断ち切れない、身体のつながり。

私はこの男と寝るまで、そんなものが世の中にあるとは知らなかった。愛や恋をともなう肉体の交わりがいいものだということぐらいは知っていて、恋人と交わることは私に快楽と幸せをもたらしてくれたけれど、そんなものじゃなかった。

もっと強く、凶暴で、容赦ない、優しくないもの。

男は全身全霊で私の身体を愛する、身体だけを。愛する力が強くて、抗うことも、逃げることも、考える隙も与えられずに愛されるから、私は男に呑み込まれるしかなかった。今まで好きだ、愛してると口にして、私だけを大事にしてくれた過去の何人かの男たちに抱かれるのとは比べものにならないぐらい、強い。ときには恐れを抱いてしまうほど、強い。私は困惑して、悲しくなって、戸惑って、けれど溺れずにはいられなかった。

私も抱き合っているときは、男が可愛くていとおしくてたまらない。私の身体を欲する男の全てが、何物にも代えがたい。私は大人で、自分の心を守るすべを知っているつもりだから、愛してるとか、好きだなんて、口にしない。兵吾も普段は言わない、絶対に。セックスのときだけだ、甘い言葉を交わすのは。セックスのときに交わす愛の言葉は、快楽を高め絶頂に突き進むための潤滑油に過ぎない。そんなことぐらいわかっているから、兵吾に愛してるとか好きだとか言われても、その言葉を求められても、身体が離れると忘れるように心がけている。

愛ではないのだから、この関係は。

それだけは、わかっていた。

あなたの身体を欲しいとは何度でも口にできるけど、心を欲しいなんて、言わない。口にしないことで、自分の心を守っていた。身体に溺れても、その先はないのだということぐらい承知している。

私は兵吾とのセックスに逃げていた。だって抱き合っているときは、孤独じゃないもの。

兵吾とは、しょっちゅうは会わないことを自分に課した。寝るのは、一か月に一度だけと決めた。それ以上は、会わない、会ってはいけない。私からは電話はしない。メールも、会う予定を聞く以外の用事ではしない。

セックスしているとき以外は、絶対に「愛してる」とは、言わない。関係を持ったけれど、兵吾の私への接し方は以前と変わらなかったから、私も同じようにしていた。べたついた甘い言葉を交わすこともないし、憎まれ口も叩く。兵吾のほうは私に何も望まないし、何かを煩く言うこともなかった。甘えてくるのも、セックスしている最中だけだ。容赦なく、切り替えてくる。それは悲しくもあるけど、ありがたかった。私は私の人生をセックスで変える気などないのだから。私は何も捨てる勇気はないし、それ以上に、兵吾と人生を共にするなんておそろしいことはできない。母のようにはなりたくないし、なってはいけない。溺れるのは身体だけでいい。心まで奪われてはいけない。

恋人や夫婦になって、嫉妬や執着で自分も相手も雁字搦《がんじがら》めにするのがおそろしい。そうして「形」ができてしまうと、いつか壊れて失ってしまう。私が兵吾を独占しようとしたり、所有のそぶりを見せたりすると、彼が去っていくことは予想がついた。

いつまでこのままでいられるのかわからないし、先は見えないけれど、今はこの関係が心地よかった。たまに会い、ただ身体を貪るだけの都合のよい関係が。

恋人でもなく、愛人でもなく、友人でもない——私の、情人。

未来などないから、瞬間だけだから、思いきり貪れるし、淫らになれる。

私が解放されるのはセックスのときだけだった。私には、何もかもかなぐり捨てて淫らになる時間が必要だった。兵吾はそれを受け止めてくれた、拒まない。私の欲深さも罪も寂しさも、セックスすることで救われた。

愛でもなく、恋でもなく、ただ兵吾の肌が恋しい日々を過ごしていた。

ほとんど私にふれることのない夫と同じ家で過ごして、兵吾と次に会える日を数えて東京で暮らしていた。


「これから男に会うのが嬉しくてたまらないって顔してるわよ」

打ち合わせを終え、軽く一杯と誘われて、松島さんとタイ料理の店に行ってビールを一杯飲み終えたあとで、そう言われた。春雨のサラダ、タイ風の玉子焼き、生春巻きと鶏のから揚げが並んでいる。会社で作っているフリーペーパーでエスニック特集を組んだときに掲載した店だ。

「……そんなに締まりのない顔してます？」

私はおそるおそる、そう口にする。

「姫野さんは、自分で思うよりも全然クールじゃないよ。わかりやすいのよ。まあ、そういうところが可愛いんだけどね。いや、可愛いというよりは、ちょっと馬鹿なのかも」

松島さんが笑う。笑顔になると皺が目立ち、年を取ったなと思うのだけれども、お互いさまだ。松島さんは、私に対して容赦がない。普段、仕事関係者に対してはとても人当たりがいいと評判なのに。私も、こうして東京で一緒に働きだすまで、こんな毒気のある人だとは思わなかった。でも、松島さんに何を言われても、腹は立たなかった。それはきっと、変に裏に何か含みがあって、口ではいいことしか言わない「女友だち」に、今までうんざりしていたせいだろうか。

それに松島さんは、毒を発しても、私に「やめろ」とか言って咎めることはない。「あなたは変わらないといけない」なんて、おせっかいも。

他の男と寝ているなんて、旦那さんが可哀想、だなんて正論も。

「そんなつもりはないんですけどね……恋してるってわけでもないし」

「恋じゃないし愛じゃないって、あなたは言い張るわよね。そうは思えないんだけどな」

松島さんにだけは、兵吾の話を打ち明けていたのは、自分から話したわけではなく、気づかれてしまったからだ。

兵吾と関係を持った三か月後に、こうして飲みに行ったときに、いきなり「男できた？　肌艶が違う」と言われて、ごまかせずについ反射的に頷いて、そのときも、「馬鹿じゃない？　正直すぎるわよ」と笑われた。

「だって最近、あなたくすんでたもん。仕事と主婦業で疲れてるのかなと責任感じてたとこよ」

「……そうでした？」

「女は肌に出るのよ、何もかもね。うちに入社した当時と別人みたいに生き生きしてるよ、肌だけね」

そう言われて、思い出した。松島さんも、最初に出会った会社で、あるときからどんどん美しく生き生きしていったことを。

松島さんについては、金森さんの別居中の奥さんがなかなか離婚に同意しなかったが、金森さんが慰謝料と養育費で何とか納得させて離婚が成立したところだった。

「肌だけ、ですか」

「うん。普段はあなた、いつものように淡々としてるし。まあ、仕事中にボーッとされても困るんだけど」

松島さんはそう言って、笑った。

「旦那さんは今日、家にいるの？」

「はい……でも、出かけるかもって言ってました」

「女いるんだっけ」

「たぶん。でも、どういうつきあいかわからないし、いるときもあれば、いないときもあるんじゃないかなって……実はよくわからないんです。ただ単に、仕事で忙しいだけかも」

「それについて話したことはないの？」

「ないですね。そもそも、ふたりでゆっくり過ごす時間も、なかなかとれなくて」

「それでも、別れないのね。狡いわね。そういうのを欺瞞《ぎまん》ていうのよ」

「……すみません」

「謝らなくていいわよ。妻子ある男と不倫してた女が、人を咎められるわけないでしょ」

松島さんにそう言われて、気持ちが軽くなった。

子どももいないのだし、お互いが外でこうして遊んでいて、なぜ別れないのか、とも言われたことがある。けれど私からしたら、別れる理由がないのだ。それは夫も同じだろう。いつか夫が本気で私以外の女に惚れたのなら、そのときは終わりだ。樹が器用な男でないのは、わかっている。だから私と別れないというのは、たとえ女がいても、そこまで深い関係ではないということだろう。

私だって、兵吾とこうして会ってはいるけれど、彼と一緒になることはないし、彼もそれを望んでいない。私がそれを望んだ瞬間に、関係は終わる。

樹は私にとって必要な存在だった。生きていく上で、一緒に年を重ねるパートナーだ。そう思って結婚したのだから、簡単には別れられない。

「松島さんだって……金森さんと結婚しないんですか？」

「なんだろうね。前はすごく結婚したかったのに、いざ障害がなくなると、しなくていいんじゃないかという気になっちゃって」

金森さんの離婚が成立して晴れて独身となったのに、ふたりは籍を入れる様子がなかった。一緒に暮らしてはいるし、事実婚というやつだ。そういうカップルは最近、周りに多い。それぞれ何か事情があったり、名字を変えたくなかったり、理由はさまざまだ。

私からしたら、結婚して正式に婚姻関係を結んだほうがいろいろ楽なのに。少なくとも「なんで結婚しないの？」とか言われずに済む。

「結婚する必要がないことに気づいたからかな。堂々と一緒にいられるし」

松島さんはそう言った。私もそれ以上は、深く聞かないようにしていた。

「姫野さん、子ども、欲しくないの？」

「向こうのお母さんが、せっついてくるんですけど……自信がなくて」

「自信て？」

「育てる自信とか、母親になる自信とか……先のことわかんないし」

今、憂鬱なことがあるとしたら、子どもの話だった。いつまで子どもを作らないことを逃げきれるのだろう。早く諦めてもらえないだろうかと思う。子どもなんてできるわけがない、ピルを飲んでいるのだから。兵吾と生で交わるためでもあり、夫であれ兵吾であれ子どもができないようにするためだ。子どもができたら、生活が百八十度変わってしまう。兵吾とはもう会えないし、私は「母」になってしまう。

自分が母親になるなんて、考えられなかった。三十四歳の自分の周りには、子どもを欲しがる女が増えた。結婚しているしていないにかかわらず、だ。子どもが欲しいから結婚相手を探そうとしている女も少なくない。

子どもを欲しがらないのは、あの神戸の地震を体験したからかもしれない。それまで当たり前に、絶対にそこにあると信じていたものが、一瞬にして消えてしまい、瓦礫の山になった光景を目の当たりにしたあの日から、私は未来を見なくなった。

夢とか、希望とか、未来とか、それらの言葉が全て空しくなった。

だから子どもなんか、作れない。

これから先、今いる世界が終わらないなんて、誰も保証はできないんだもの。

そんな不確かな世界に命を生み出す自信がない——と、自ら言い繕っていた。

本当は、男とセックスしたいだけのくせに。

「松島さんは欲しくないんですか、子ども」

私がそう聞くと、松島さんは寂しげな笑顔を見せる。

「うん……もう三十九歳だから、微妙よね」

「まだ大丈夫でしょ。知り合いで四十代で産んだ人いますよ」

「そうなんだけどね……でも、うちの会社、私が産休とったら大変でしょ」

「そりゃそうですけど」

会社の業績は良くもなく、悪くもなくといったところだった。景気は相変わらずよくはならないなりに、社長の頑張りによって、多くはないにしろ給料はもらっている。最初の頃と変わったのは、私と兵吾が再会するきっかけとなった赤井戸が辞めたことだ。彼は今、フリーのカメラマンとして忙しくしていて、一緒に仕事する機会もたまにある。赤井戸が辞めたあと、ふたり契約社員が入った。私と同い年で、出版社にいた田中という男と、二十五歳で、見かけは今時の若い女ながらも仕事はよくできる湯村という女だ。

私の生活は順調だったはずだ。夫とも喧嘩もせず、仲良くやっている。夫以外に寝る男もいて、狡いのは承知だが、私はそれでバランスをとって上手くやっていた。誰にも迷惑をかけていない。夫、兵吾、仕事、何ひとつ欠けても上手くやっていく自信がなかった。だから、全て必要なのだ。

「そんなにいい男なの？」

松島さんに聞かれて、私は言葉に詰まった。いい男かと問われると、答えるのに困る。男前でもないし、お金があるわけでもないし、社会的には立派なもんじゃない。ただセックスだけは、私の知る限り誰よりもいいけど、それだけだ。

「まあ、どうなんでしょうね」

「一度会ってみたい気はするな」

私は苦笑した。実は、松島さんと以前、新宿を歩いているときに、兵吾を見かけたことがあるのだ。ジーンズとTシャツで大きな書類を持って信号待ちをしていて、ちょうどその向かい側に私たちがいた。声をかけようかと思ったが、松島さんが隣にいたからやめた。察されてしまいそうだし、何より自分が気恥ずかしかったのだ。夫を紹介することはできても、身体でつながっている男を、知り合いに見られるのは耐えられない気がした。

「早く会いたくてたまらないって顔してるよ」

「え、そんなことないですよ」

「お互いさまだから。そろそろおあいそしようか。明日の日曜日は、久しぶりにふたりで出かけるの——なんだかね、やっぱり男で幸せな気分になれるのよね、悔しいけど。女は男がいないと生きていけないとか他人に言われると腹が立つんだけど、男が必要なのよね」

松島さんが楽しげにそう言った。

「男、必要ですね」

「そうなのよね。悔しいし、腹も立つけど、男がいないと寂しいし、男の肌は心地よいし、幸せなのよ。そうじゃない人もいるかもしれないけど、私には必要」

「私もそうです」

「でもやつらは気まぐれで、結構弱くて狡くて、依存したり頼ったりすると逃げちゃうから、気をつけようね。よりかかったら倒れちゃうからね」

松島さんの言葉に私は深く頷いた。

そう、よりかかってはいけないのだ、男に。

3

兵吾の部屋に着くと夜の十時半をまわっていた。

さきほど、「仕事終わったから家にいる」とメールがあったので、そのまま駅からまっすぐ向かい、歩き慣れた道の途中のコンビニでペットボトルのお茶を買う。

「開いてるよ」

インターフォンを鳴らす前に、兵吾の声がした。

「いつも言ってるけど、ちゃんと鍵かけないと危ないよ」

「大丈夫。こんな貧乏な男のところに誰も来ない。だいたい、盗まれて困るものもないし」

私は内側から鍵をかけ、布団に入っている兵吾の隣に滑り込むように横たわる。

「兵吾——」

私はもう躊躇いも照れもなく、甘えた声を出せるようになっていた。兵吾が私の頭を撫でる。

「どうした」

「ん」

「なんかあった？」

「なんでわかるの？」

「だって、前に会ったの一週間前なのに、えらい勢いで『会いたい』って言ってくるから」

そうなのだ。兵吾と会うのは一か月に一度だけと決めていたし、基本的にそれを守っていた。それは私の心を守る砦《とりで》のつもりだった。

けれどどうしても会いたくなったのだ。

「新太のことか」

「……あのクソ兄貴、東京にいるのよ。来週、両親が東京に来るって。兄貴と話しに」

私はそう言って、兵吾の胸に自分の顔を沈める。服に染みついた煙草の匂いを大きく嗅《か》ぎながら。夫の樹は煙草を吸わない。阪神・淡路大震災を機に、やめてしまったらしい。

「なんだか煙草を吸うことすら申し訳なくなった」とのことだった。

私だって煙草は苦手なはずなのに、兵吾が吸うのは平気だ。兵吾から漂うのは、煙草の匂いではなくて、兵吾の匂いだから。

兄の新太は相変わらず就職はせずにふらふらしていたが、昨年、兄の元を訪れた男に誘われ急に生き生きとしはじめた。兄の元に来たのは、木林誠だった。あの、震災の年からしばらく世間を騒がせたカルト教団の信者で、兄の高校の同級生だった男だ。私の夫の樹の同級生でもある、その「真面目な男」は、執行猶予つきの判決が出た後で、カルト教団からの脱会を表明はしたが、その宗教団体の資金源になっていると言われている怪しげな会社を作った。自己啓発系のセミナーや、女性を集めて愛だの恋だの幸せだのという言葉を多用したさまざまなスピリチュアルイベント、社会に出られない若者向けに「このクソみたいな世界で生きていくために」だとかタイトルをつけたイベント等を行っている会社だ。怪しげな石や水を売ったりもしている。

木林は、殺人を犯したカルト教団にいた過去を隠し、名前も変えてその会社でイベント等を主催しているらしい。まともな人間から見たら、人の心の弱みにつけ込む商売をしているとしか思えない。けれど見事にそんなところにひっかかる人間も少なくない。

「人を騙《だま》してる気はないんだよ。木林はそんな人間じゃない。あいつは純粋で幼くて真面目で……本気で『世のため、人のため』にやってると思うよ。だからタチが悪い」

木林誠が家を訪れたと父から聞いた日、樹に話すとそう言われた。

「新太が仕事せず家にいるってのを誰かから聞いて──救うつもりなんだろう」

私は苛立ちを隠せなかった。けれど私に何ができようか。

ただ、いつまでも家族に迷惑をかけ続ける兄を鬱陶しく思うだけだ。兄が何かしでかす度に、あの震災のときにどうしてこいつが死ななかったんだろうと思ってしまう。死ななくていい人が死んで、こうして人に迷惑をかけるだけの男が生き延びるなんて。

「子どもなんだよな。地に足がついてないというか」

樹は目を細める。樹も心配しているのだろう。また兄が何かしでかしたら、私の夫である樹の家族にも迷惑をかけてしまう。

木林誠に会社を手伝ってくれないかと言われた兄は、誘われるがままに家を出たと、先日父親から電話で聞いた。

「笑子、もしそっちに新太が連絡してきたら──」

「お父さん、わかってるよ。私は危ないことには加担しないから」

「すまんな、笑子」

脱会したとはいえ木林誠は、世間をあれだけ騒がせた宗教団体の人間だ。そんな人間と関わるなんて、家族が心穏やかでいられるわけがない。さすがに今回は、両親も兄を放置しておくわけにいかず、来週、東京で兄と会うという。その席には木林誠も来るだろうか。私もそこに行くつもりだった。両親よりも、今なら私のほうが世の中を少しは知っている。カルト教団に詳しい弁護士とも、仕事上で知り合いになった。社長の金森さんが、以前、事件物のムック本を作ったことがあるので、いざとなれば相談できる筋をあたってくれる。

一度、樹にも相談したことがある。木林が名前を変えてイベントの主催などをやっているのを、彼が仕事をしている雑誌などで暴いてもらおうと考えたのだ。

私からしたら詐欺師が、居場所を変えてまた詐欺をやっているとしか思えない。

「あのイベント会社は、大手広告代理店などもからんでいるから、記事は難しいかな」

あっさり樹にそう言われて、落胆した。

つくづく痛感するが、ジャーナリズムと言っても所詮、表層的なことしか書けないのだ。世の中の真実のほとんどは埋もれている。広告云々《うんぬん》なんて言葉も樹の口から出てくる。要するにスポンサーに怒られるようなことは書けないのだと。

そんなもん、ジャーナリズムでも何でもないじゃん——と口にしかけて、やめた。お前に何がわかるんだと言われるのが嫌だった。

「それに笑子、お前、新太を嫌いすぎだよ」

樹にはそうも言われた。

「嫌いよ。死ねばいいのにってずっと思ってる」

「そう言うなよ。新太は悪いやつじゃないよ。ただ世の中を上手く渡っていけないだけで……俺はあいつに腹が立ったことはないけどな」

「それは樹が身内じゃないからよ」

私がそう言うと、樹は困った顔をして、その話は終わった。私は、同志であって、私の一番の理解者であったはずの樹が、兄のことではまるで他人事のような態度をとるのが不満だった。

「笑子――」

兵吾が私の頰に手をあてる。

「なるようにしかならないから、お前があまり考えすぎるな」

「ありがとう」

私は兵吾の唇を吸う。狭間に舌をいれ、兵吾の暒内《こうない》をまさぐる。兵吾のシャツのボタンを外し、手をもぐり込ませる。

兵吾は余計なことを言わないし、聞かない。

けれど私が求めると答えてくれて――都合のいい男だ。そうやって私に踏み込まないのは、結局のところ無関心なのだということも承知だ。

何度か身体を重ねてわかったことは幾つかある。兵吾はセックスのときは、全身全霊で愛してくれる。そして私にも自分を愛するように望む。言葉で好きだとか愛していると吐くことは誰にでもできる。けれど、言葉ではなく、身体で愛していると伝えてくれる男は、そういない。

いや、恋人同士で、関係が盛り上がっているときにそういうことはある。けれど、そうじゃない、それとは違う。でもわかっている。快楽のための愛の言葉に過ぎないのも。でも、その瞬間の快楽が必要なのも。だからセックスは、とても気持ちいい。最高に、楽しい。日常から切り離され、身体を合わせるセックスは気持ちがいい。未来もしがらみもない、獣のような、求める欲望だけが全てのセックスほどいいものはない。

きっと母もそうやって抱いていたのだ。兵吾とのセックスが、あの頃の母の救いだったのだというのが今ならわかる。日常から脱せられる唯一の時間が兵吾とのセックスだったのだ。

そしてそれは母の人生で女として最も濃厚なときだったのだろう。その時間を失った母は、女として老いていくだけの道に戻ってしまった。

兵吾は何も求めない男だから、簡単に逃げ込める。隙を見せない、隙を与えないから、身返りを期待されることもなく、逃げても追ってくることはないだろう。だから余計なことをこちらも考えなくていい。かつて母はそうしていたのだろうし、今は私が母と同じことをしている。兵吾は諦めているから、求めない。何もかも兵吾は諦めている。生きることすらも。

「俺はこれしかないから。それに、いつ死んでもいいと思っているから、躊躇しない」

兵吾が、そんな言葉を漏らしたことがある。セックスして、汗まみれになって果てたあとだ。

なんでこんなにいいの——私がそう口にしたからだ。

他の男とは違う、今までの男とは違う、兵吾の身体が、一番いい、と。

セックスが上手いとか、身体の相性がいいとか、そんな言葉とはまた違う。

兵吾となら、ただ抱き合っているだけでも感じることができる。

「何にもないからじゃないかな、俺」

「何もないことないでしょう」

「俺、親がいないようなもんだから。なんだか自分が生きてる気がしないんだよね。親がいないってことは、死んでも悲しむ人がいないってことだから」

私は返す言葉に困った。

兵吾は淡々と話す。その口調には悲しみなど、混じっていない。だからこそ戸惑うのだ。

親がいないことを悲しく思わない男の言葉は、私の理解を超えている。

「母親がおじさん……笑子のお父さんの弟と結婚して、おじさん、いい人で、俺は本当によくしてもらった。いい人だったんだけど、やっぱり『お義父《とう》さん』とか呼べなかった。どうしても、他人の、優しいおじさんでしかなかった。そもそも俺が、父親ってものがよくわからないから甘え方も知らなかったし……。だからずっと居心地が悪かった」

私は昔、法事などの親戚が集まる席で浮いていた兵吾の姿を思い出す。黒いスーツ姿の兵吾は親戚たちに交じれなくて、私はそんな兵吾のもとに近づいて膝に乗っていたこともあった。

「俺は家もない、親もいない、そんなにいい男でもない、勉強ができるわけでもない、仕事だって……したいことないから、生きていくためにその場その場で何かに乗っかってるだけで、つまらない人間だ」

「兵吾はつまらない人間じゃない」

——だって私が寂しいときに助けてくれたもの、こうして受け入れて——私にとっては大切な人だ。もっと世の中には、いらない人間がいる。兄のように。自分が大層なことをした気になって、承認欲求と自己顕示欲のためだけに生きているクズのような人間もたくさんいる。

「ありがとう。俺、どこか壊れてるんだよな。何も考えてなくて、ただ、セックスしたいだけ。それだけで生きてるような気がする。セックスは好きだし楽しい。それがあるから生きてる気がする。人と肌を合わせることだけが、俺の中の確かなものだから」

今の私がそうかもしれない。セックスすることだけが、私の中で確かなものだ。

兵吾は諦め、絶望しているのだと思った。そんな兵吾にどんな言葉をかけるべきか、いつも迷い、諦める。ただ私は兵吾を求めることだけしかできない。兵吾とセックスすることだけしか。兵吾は私だけではなく、何にも執着しないように見える。けれど、セックスは誰よりも、必死だ。だから私は逃げ場を求めてしまう、この男に。

母もそうだったし――そんな女は、きっと他にもいるのだろう。違う女の気配を感じないわけではなかった。私は兵吾が他の女と寝ているのをあえて知ろうともしなかったし、知りたくもなかった。嫉妬も執着もしたくなかった。ただ兵吾とは快楽だけを貪りたかったのだ。

セックスを手段にしてしまった途端、幸福も快楽も失う。愛されるために、相手をつなぎとめるために、自分をよく見せたいためにセックスすると、もうそれは快楽ではなくなる。

私が兵吾と寝てから気づいたのは、そのことだった。

自分は今まで、他の男とは、そんなセックスをしていた。兵吾とならただ快楽だけを貪れるのは、恋人じゃないからだ。結婚も望んでいない。ただ、身体が合わさることにより生まれる響きだけで満たされる。

肉体の交わりから生まれる情だけでつながっている。それで十分だ、今の私には。

「でもセックスって、いつかできなくなるじゃない。男の人は勃起しなくなるでしょ。そのときはどうするの？」

「そのときは……死ぬんじゃないかな。勃起せずに、こうして俺を求めてくれる女の人がいなくなれば、俺は世間で用無しになる。でもいいんだよ、俺、いつ死んでもいいから。俺、もうあと少しで五十歳になるから、あと数年か、セックスできるのも。できなくなったら、死のうかな」

「死なないでよ」

「死ぬときは、誰も抗えないよ。いつ死んでもいいと思って生きてると、いろんなわずらわしいことや嫌なことが、本当にどうでもよくなって、楽しいことだけしたいって思えるから、いいんだよ。楽しいこと――セックスだけしていたい。セックスだけの男でいい」

「兵吾はセックスだけの男じゃないよ」

セックスしか求めてないくせに、私はそう口にした。

でも、少なくとも私にとっては必要な男だ。

「この傷」

兵吾が手の甲をかざして、私に見せる。

「これ、母親のせいなんだよ。俺がまだ小さい頃、インスタントラーメンを食べさせようとして、湯を火にかけてたら、男がいきなり訪ねてきて、喜んじゃって奥の部屋に引き入れて、そのまま忘れてたんだよな」

「え……」

「俺は腹が減ってしょうがなくて、でも母親と男はしはじめちゃってるのを、子どもながらにわかってるから、自分でそのお湯をラーメンに注ごうとしてこぼしたんだよ」

兵吾は、傷をじっと見つめながら話し続ける。

「俺が熱さと痛みに泣いて叫んで、母親は慌てて出てきた。でも、どうしたらいいかわからなかったんだろうな。男のほうが、俺の手を水道水にあてて冷やしながら、母親を叱ってたのを覚えてるよ。『お前、母親だろ』って。それから病院に連れていってくれたのも、男のほうだ。母親はただおろおろしながら『ごめんね、兵吾』って言ってるだけだった」

私はどう言葉をかけていいか、わからなかった。

「そのとき、この人は、母親じゃないんだなと思ったよ。世間でいう、母親みたいなことが、どうしてもできない人だって。本当に、セックスのことしか考えてなくて、周りが見えない人なんだなって。でも、それで腹が立つとか恨むとかもないから。あの母の子どもに生まれて、幸せだったとは言いづらいけど、不幸だとも思ってない。でも、それは、俺が母と同じ種類の人間だからだろう。俺もきっと、誰かと結婚したり、父親になったりはできないけど、しょうがないと諦めさせてくれたのは、母のおかげかもしれない」

私は兵吾の手をとって、傷口に唇をあてて、舌で傷を確かめた。

「俺の母親が自殺したのって、結婚したからじゃないかって思うんだよね。本当のことはわからないけど」

深刻な話題のはずなのに、兵吾は軽やかに語る。

「結婚したら、建前上は配偶者としかセックスしちゃいけないことになってるだろ。別にしてもいいと思うけど、特に女の人が夫以外の男とセックスしたら、非難される。結婚て、セックスに関しての契約じゃないのに、道義上そんなふうになってる。うちの母親、経済的にも苦しいし、年も取るし、不安な状況で、おじさんと再会して結婚したけど、いざ結婚すると不安になったんじゃないかな」

「再会？　もともと、知り合いだったの」

「そうだよ。笑子は知らなかったのか。うちの母は、おじさんたちの親が家を建てて引っ越しするまで住んでた尼崎のアパートの大家の娘だった。だから幼馴染みたいなもん」

初耳だった。ということは、自分の父も、昔から兵吾の母親を知っていたのか。

「でも、そんなことで死ぬなんて」

「結婚て、世間では女の幸せなんてされてるけど、うちの母親にとっては違ったんだよ、きっと。年を取って、生きていくのがつらくなったんじゃないかな。前に、母親がセックスばかりしていたって言ったけど、全然嫌じゃなかったんだ。母親、楽しそうだったからね。悲壮感なんてなかった。あの人は人の奥さんになるよりも、ふらふら生きてるほうがきっと幸せだったんだよ。だから俺も、親がいないことも、こうしていろんな女とセックスして生きてるのも、不幸だなんて思ってないから、可哀想だなんて誰にも思われたくない。好きなことして生きて、食えて、自由で、いい人生だよ。だからこそ、いつ死んでもいい。満足しきってるから、何も悔いはない」

確かに兵吾の表情は、屈託がない。他人から見たら不幸な育ちかもしれないが、全くそんなふうに思っている様子はなかった。そう、この男は、不幸ではないのだ。世間の常識や規範に囚われて、欲望を抱きながらも見て見ぬふりをせざるを得ない引き裂かれた人間たちのほうが、よっぽど、不幸で、苦しそうだ。

「この近くに、無縁坂ってあるんだ」

「無縁坂？」

ふいに、兵吾が私の頭を撫でて、そう言った。

「歌にもなってる。無縁ていうのが、俺みたいだなと思った。親もいない、結婚もしてない、仕事だってふらふらして——誰とも、何とも、無縁だ。セックスでつながっているとき以外は、本当に自分はひとりなんだと思う。でも、それで満足してる」

無縁——その言葉が、私の胸を締めつけて、欲情が高まる。

セックスだけが、この男と人を結びつけている。

でも、私だって同じかもしれない。所詮、家族も夫も他人だと思うことがある。別々の人間なのだから、と。

「兵吾が、欲しい」

私が兵吾の股間にふれながらそう口にすると、兵吾が私の上になる。

この男の居場所のなさ、「無縁」が、女を引き寄せるのだろうか。セックス以外で人とつながることのない男は、女たちの逃げ場になる。求めないし、追わない、ひとりで生きているこの男は。女なら誰しもなんて言わないけれど、セックスだけが欲しいときがある。セックス以外では救われないときがある。肌を合わせること以上に確かなものはこの世にないもの。自分を受け入れるけれども縛りつけることをせず、欲情以外で求めることもなく、ただセックスで存在を確かめさせてくれる男。

どこにも居場所のない無縁の男。

兵吾にはセックス以外の欲を感じなかった。名誉欲、自己顕示欲、所有欲――あらゆる欲がないから、自分をよく見せようとも、人に好かれようともしない。それはやはり、この男が、口にするように「いつ死んでもいい」からなのか。

兵吾は無縁だから、自由で無責任だ。確かに今、彼が死んでも誰にも迷惑はかからない。悲しむ人間はいるだろうけれども。

私はときおり、兵吾におそろしいほどの孤独を感じることがあった。けれど彼はずっとその孤独の中にいるので、それを悲しいとも寂しいとも思っている様子がないのだ。それでも彼の身体の真ん中には、先の見えない真っ暗な穴が開いている。ごうごうと音を立てる底なしのブラックホールがあり、寂しくて狡い女を待ち受けている。私は今、その穴に入り込んでしまった。

きっと母もそうだったに違いない。男の持つ、底なしの虚無の暗い穴に吸い寄せられるように、救われたい寂しい女がこの男を求める。

この男の誰にも救うことができない虚無が、女を求めている。

兵吾が孤独で無縁だから、欲情を誘う。

「笑子」

兵吾が私の顔をなぞる。頰と瞼に指の腹をあてる。指はそのまま、唇にふれてくるので、私は兵吾の指をくわえて舌でくるむ。

「やらしい」

「ん？」

「指をフェラチオされてる」

兵吾は人差し指と中指を私の唇に挟まれたまま、上下に動かす。最初にこれをしたのは兵吾のほうだ。

私が兵吾の顔をさわっていると、私の指を口に入れて軽く歯を立てて舌を動かした。それだけなのに、臍の下が熱くなり声を立ててしまった。

身体が欲望の快楽の器になると、性器だけではなくどこもかしこも性感帯になってしまう。兵吾の指は煙草の匂いがしみついていて、私はそれを味わうのが好きだった。指が美味しい、でも、もちろん、それだけじゃ物足りない。一番欲しいのは――。

兵吾が欲しい――私は腰をずらし、誘う。兵吾の硬いものが、私の入口にあたる。ゆらゆらと揺れて、撫でて、そのくせすぐには入れようとしない。

兵吾はたまにこうして私をじらす。私が悦ぶのを、知っているから。

容赦なく、じらす。

「兵吾――」

私がのけぞらした首に、兵吾は唇をつける。痕の残らない吸い方を、この男は知っているのが、狡い。身体じゅうにあなたの痕を刻み込んでほしい——そう思っているのに。

「いや……」

「何が、いやなの」

「入れて……」

私がそう懇願しても、兵吾はその部分にあてたまま、私の首筋を吸い、耳を嚙んだりするだけだ。

「入れてくれないと、嫌だ」

「そんなに欲しいの」

「……欲しい」

自分から欲しいと、寝たいと言うのは、屈服するようで嫌だと思っている時期が昔あった。男の思いどおりにされたくない、と。けれど今は屈服したい。屈服するほうが気持ちがいい。セックスのときは、男の言いなりになりたい。支配されたい、征服されたい。そうして私が私じゃなくなったとき、全身が快楽を受け入れる。何も考えたくない、我なんて捨てたほうが気持ちがいい。だから支配して、征服してほしい。私の身体を思うままに動かしてほしい。ときには乱暴にしてくれたっていい、物のように扱ってくれてもいい。物になりたい、人間じゃなくて。あなたのおもちゃに、してほしい。

快楽を拒むのは理性だ。理性なんてなくていいのだ、セックスに。どんどん理性をとっぱらい、人間でなくなってしまえばいい。本能の奴隷になって男に支配されればいい。

堕ちて、堕ちて、堕ちきりたい――。

「兵吾」

「ん」

私の上で腰を動かす兵吾に、私は懇願した。

「首絞めて――」

兵吾の腕が伸びて、私の首にまわされる。最初にこれをしたのは、兵吾だ。女の人でこれを好きな人は結構いるから試してみるか、と。

私はそんなやり方があるのは知っていたけれど、ありえないと思っていた。首を絞められて快楽を得るだなんて、怖い、と。けれど兵吾に持ちかけられたときに、この男にならば何をされてもいいと思って、頷いた。兵吾からしたら、ちょっとした遊びのつもりだったのだろう。

怖かったけれど、力を入れられると、気が遠くなっていく感覚が今まで味わったことのない気持ち良さだった。粘膜を刺激されるのとは別物の、私という人間が失われていく感覚。

殺されてもいいとすら思ってしまう。それがひどく危険なことは自覚している。けれど、もう、歯止めが利かなかった。

「笑子——」

兵吾の手が離れ、私の頬をつかむ。

「大丈夫か」

「うん、大丈夫、だからもっと」

私がそう言うと、兵吾はいったん私の身体を離し、うつ伏せにした。まだ頭はぼんやりとしているままの私に、兵吾は後ろからずぶりと突き刺してきた。

「あぁ……」

獣の形になって突かれ、よだれが口元から滴っているのがわかるけど、拭う気は起こらなかった。

4

上京した両親と兄の様子を見に行くのも、姑と会うのも、憂鬱な予定でしかなかった。

母とだって本当は会いたくない。

「笑子、樹さんは元気?」

「忙しそうだけど、なんとか」

「ふたりとも仕事大変かもしれないけど、身体には気をつけてね。お父さんもお母さんももう年だから、いつまでこうして動けるかわからないからね……」

上京の際の待ち合わせ時間と場所を告げる電話で、母はか細い声でそう言った。私はそれ以上、話したくないので電話を切った。母と父の老いは帰省する度に痛感するし、たまにかかってくる電話で、両親共に膝が痛いだの腰が痛いだの身体の不調を訴えることも多くなった。

母は今年、五十九歳になる。染めてはいるが白髪も増え、シミや皺もごまかしきれなくなった。相変わらず仕事は続けているが、身体がきつくなったからそろそろ辞めるかもしれないと父の口から聞いた。

傍にいないから本当のところはわからないが、両親は一見、仲の良い夫婦だ。休日にはふたりでたまに旅行に行ったりもしている。母が六年間、家を出て他の男のところに行っていたなんて、今の様子からすれば誰も想像がつかないだろう。

兵吾と寝るようになってから、どうしても母のことを考える日が増えた。兵吾とセックスしているときは快楽に没頭していても、ひとりになったときにふと、この男は母の男だったのだと思い出さずにはいられない。

そして、いつも疑問なのだ。父はなぜ、母を待っていられたのだろう、と。他の男に走って家族を捨てた母を待ち、六年後に帰ってきたのを受け入れた——それは母を愛しているのだろうか。それとも「家族」という形に執着しているのだろうか。もし母をそこまで愛しているのなら、羨ましくもある。若い、しかも親戚の男に妻を寝取られ、子どもたちをほったらかしにした妻に、そんなにも寛容になれる男など、多くないはずだ。

でも、よくわからない。愛とか、そんなものではなく、ただ単に、父はそこから動けなかっただけではないのか。

私がそうだからだ。夫以外の男と寝ていて、夫も他の女と寝ていて、子どもを作る気もないのに、「別れる理由がない」から、動かない。動くのが、怖いし、めんどうなのだ。

兵吾のことは好きだから、こうして会ってはいるのだけれども——恋でもなく、愛でもない、肉体だけの交わり——そんな関係に未来など見えない。

だいたい、兵吾が私をどう思っているのか、未だによくわからない。兵吾は自分から何かを欲したり求めたりはしない。母のときだって、そうだったと聞いている。求められれば受け入れるけれど、離れても追いはしない。

「それって、セフレってやつ？」

松島さんに、一度、そう問われたことがある。セフレ、セックスフレンド——世の中にはそんな関係がごく当たり前にあるのは知っている。

「う……ん。それも違う気がするんです。セフレって、もっと割り切ってる関係でしょ？　セックスだけの」

「そうじゃないの？　だって恋人でも愛人でも友人でもないって、セフレとどう違うの？　セフレじゃないなんて、カッコつけてるだけじゃないの？」

「本当に割り切れるような関係なら、別れるのも簡単じゃないですか。後を引かないし……。そうじゃないんです」

「そうなのよね。肉体のつながりって、実はものすごく強い。身体だけの関係とか言うけれど、身体で結びつくのが一番、離れがたい。だから、『割り切った関係』のセックスなんて、たいしたもんじゃないと思うわ」

松島さんの言うとおりだ。

私がこういう話をできるのは、松島さんだけだった。他の人にはできない。年を取るごとに、昔の友人たちと疎遠になってしまったのは、住む世界が違ってしまったからなのだろうか、それとも私に秘密が増えたからなのだろうか。たぶん、どちらもだ。

松島さんに兵吾のことを話せるのは、松島さん自身も長く「秘密の関係」を続けていたたからだ。

口は悪いが、その分、裏がないのも安心できる。彼女はかつて妻子ある男と不倫関係で、離婚まで持ち込んだ。要するに彼女は共犯者だ。悪いことをしている、怒られる、いけないことをしているという意味で。だから彼女はいくら辛辣《しんらつ》でも、私を赦してくれているような気がしていた。

普通の幸福な主婦には話せない。昔、学生時代の同級生が集まったとき、それぞれの恋愛の打ち明け話をしたことがあった。不倫をしている子に、早くに結婚していた子が激怒して、「どれだけ人を苦しめてるのよ！」と怒鳴り、不倫している子が泣いてしまったという出来事があった。他人事なんだから放っておけばいいのにと思うけれど、そうでない人もたくさんいる。

私だって、最初の会社で恋人がいたのに、妻子ある男と関係しているのがバレてしまったとき、悪意を投げつけられたし、それがいつのまにか学生時代の友人たちに広まってしまって、昔の知り合いと会いづらくなった。

ずいぶん後になって、偶然昔の友人と会ったときに、「笑子さんて本当に見かけによらずしたたかだって言ってる人いるよ。二股して不倫して、でもいい大学出た男とちゃっかり結婚してって……あ、そういうこと言ってるのって僻みだから、気にしないほうがいいよ」と言われたけれど、わざわざそんなことを久々会ったときに伝える彼女に悪意を感じないわけがない。

僻まれるほどいい生活を送っているわけじゃない。たまたま樹と結婚したけれど、お金持ちでもないし、順調で幸福な結婚生活とはほど遠い暮らしだ。でも、人は表面しか見ない。わかりやすいところしか。そしてまた、わかりやすいところしか、建前しか、見せちゃいけない。本当のことなんて、言えない。

だから、こんな話は、人に言っては駄目だ。関係なくても不愉快になり、怒る人たちがたくさんいる。いけないことだなんて、当の本人は十分承知している。それでも、その選択をせずにはいられないときがある。

松島さんは、その選択をした人だ。

「松島さんも、そうでした？　あ、なんかすみません、こういうの聞くと生々しいんだけど」

「相手知ってるもんねぇ……。でも、そうよね。最初は軽い気持ちだった。金森に家庭があるのは知ってたし、私も男がいなくて寂しい時期だったし、会って三度目ぐらいにそうなったかな。話が合うなとは思ってたけど、好きとか、恋に落ちたとか、そういうのは全然なかったのよ。けど、ハマってしまった。私の身体と心に足りない部分を彼が埋めてくれたの。

そうしたら一度じゃすまなくなった」

私も最初は、内心、そのときだけ、一度きりのつもりだった。あの夜、私は兵吾に救いを求めて、先のことなんて考えていなかった。けれど実際に寝て、肌を合わせて、私はずっとこの男とこうしたかったのだということに気づいてしまった。

「セックスって重要よね。笑い話にはならない。それで真剣に悩んでいる人もいるもんね」

ちょうど先月、都内の産婦人科からの依頼で、「三十歳からのセックスライフ」という小冊子の編集を終えたところだった。百人の女性からのアンケートや、悩み相談に女医が応えるなどの内容だった。

赤裸々な、生々しいまでの女性の本音が集まり、金森さんなどは何度も「これ、キツいよー」と口にしていた。夫とのセックスに不満を持つ女性、夫に求められすぎて困っている女性、年を取り女性器に痛みを感じセックスが苦痛になった女性、セックスレスがストレスになっている女性など、いかにセックスが女性の生活において重要なのかということを思い知らされた。

「まあ、関係に無理やり名前なんてつけなくていいんじゃないの？」

松島さんが明るい口調で、そう言った。

「私も、金森が結婚しているとき、自分のことを『愛人』だなんて思いたくなかったもの。

他人から見たらそうなんだろうけどさ。だからといって『恋人』も、違うと思っていた。奥さんいる人だからね。正直、愛人て、日陰の身ってイメージ強いから、嬉しくない言葉よね」

「そうですね」

「──今だから話せるけど、修羅場もあったもん。奥さんにはバレてて……狡いなって思ったのは、奥さんが直接じゃなくて、子どもを使って私を責めるのよね。金森の子どもからの手紙が来たことがある」

「え……何ですか、それ」

私は少しゾッとした。奥さんではなくて子どもからというのは、罪悪感を植え付けるにはあまりにも巧みで効果的だ。

「たどたどしい字で、『お父さんを返してください』ってね……あれはさすがに参ったわ。実家に電話がかかってきたこともあるのよ。そこでも、子どもを電話口に出したらしくて、母親が号泣して、父親には殴られたわよ。人さまの家庭を壊す気か、って。おかげで今でも親にはほとんど縁切られているようなもんよ」

想像するだけで気持ちが重く沈む。けれど、それでもこの人は、別れなかったのだ。

「……よく、耐えましたね」

「耐えたというよりは、意地もあったし——やっぱり好きだったから。自分にはこの人しかいないと思っていたから」

普段、クールに見える松島さんがそれほどの執着や熱を持っているとは想像もつかなかった。

「でも、よかったですね。って……こんな言い方あれですけど、離婚が成立して」

「うん、粘り勝ちよね。時間かかったし、金森は今も養育費で大変よ。でも、それで懲りちゃったのかな、正式な結婚という形をとりたくないのは」

松島さんが、ふと一瞬だけ寂しそうな表情を作ったように思えた。

「一緒に住んではいるけど籍は入れてないから、別れたらそれまで。内縁の妻とか事実婚とかいろんな言葉があるけど、どれもしっくりいかない気がするのよ。ただ必要な存在——それだけでいいの」

関係に名前なんていらない——つけられないのだ。私も、松島さんも。

「そうですね、私も、必要です、あの人が」

「でも——やっぱりあなたは狡いわよ。セックスフレンドや愛人て言葉を使いたくないのって、自分たちは特別な関係だって思っているからじゃない？　私も、あなたも、自分自身どれだけ取り繕おうと、世間でまっとうな生活を送っている人たちから見たら、軽蔑され、罵《ば》倒《とう》されても仕方のないことしてるんだから」

「それは、わかってます」

「でも、しょうがないよね。わかんない人には、わかんない。正しい道を歩いている人には、わかんない。って、ただの、だらしない、欲望に従順すぎるダメな人間なだけなんだけど」

そうだ、欲望に従順なのだ。

かつて私は自分は正しく生きているつもりで、母を糾弾していたけれど、今は同じことをやっている。

でも、どうしても、必要なのだ、男が、兵吾が。

「金森さんとどうしても別れなかったのは——セックスもありますか？」

「もちろん。私にとっては、大きいの、すごく。セックスを舐めちゃいけないわよね。ときには人生を左右するほどのものなんだから。おろそかにしちゃいけないと思う——いつかはできなくなるから、そのとき、どうなるかはわかんないけど」

「それは、すごくわかります」

私は頷いた。

私は救われるために、兵吾と寝た。

そして本当に救われている。

たとえ他人から見たら、非難されるような関係であっても、私にとって、必要な時間なのだ。兵吾と肌を合わせているあの幸せなときが。

「でも、姫野さん――」

「はい？」

「あなた、覚悟はあるの？」

「え？」

「――ううん、何でもない」

松島さんはそう言って話を止めたので、私もそれ以上は聞かずにいた。

5

「明日だっけ、お義父さんとお義母《かあ》さんが上京するの」

「明日十日にこっち来るって。夜は、父の昔の知り合いと食事するみたい」

「ホテルはどこ」

樹が朝食代わりの珈琲を口にしながら、聞いてきた。

「新宿のホテル。で、十一日は、はとバスに乗るらしいよ。東京観光。それどころじゃないって気もするけど、せっかくだからってすすめといた」

「笑子は一緒に行かないの」

「行かない。金曜日でしょ、結構バタバタしてて午前様になりそうだもん。翌日、一緒に兄貴のところに行くつもりだけどね」

「俺……同行しなくて、いいの」

　私の顔色をうかがうように、夫が問う。

「うん……家族の問題だし。それに樹、忙しいでしょ」

「そうだな。新太もだけど、木林のことが気にはなってはいるが……首つっ込まないほうがいいよな」

　樹には兄の状況は全て話していた。夫が兄の同級生で事情を把握しているからこそ話せることだ。そうでなければ、恥ずかしいし申し訳ない。

「まあ、でも、少しはお義父さんお義母さんの顔は見ておきたいから、帰りに駅に送るときぐらいは呼んでよ」

「そうね、ありがとう」

　夫を家族の問題に関わらせたくはなかったが、そこまでは私も強く拒めない。

「樹」

「ん？」

「ありがとね」

「いや、笑子にだって、俺の親の相手させてるから。そこはお互いさまだよ」

屈託なく樹がそう言って、珈琲カップを手に立ち上がる。結婚以来ずっと使っている透き通るような真っ青のマグカップは、結婚祝いに誰かからもらったものだ。けれどそれが誰なのか、どうしても思い出せない。

「あ、俺も金曜日は遅くなるかも。多分、つきあいで飲みに行く」

「了解」

わざわざ「つきあいで」なんて言わなくていいのに。女と遊びに行くのなら、それはそれで構わない。

かつて、会社のアルバイトの子と樹が関係しているのに勘付いた頃は、ひとりの夜は寂しさと嫉妬でおかしくなりそうだった。けれどそれをぶつけてしまえば、認めてしまえば関係が終わりそうだから、口に出すこともできなかった。

私は、誰よりも臆病だ。

人と争い事を避けるために、自分を殺して生きている。

夫に対してさえ、そうだ。

そうして溜め込んで溜め込んで――兵吾の部屋に行き抱かれて、すっと気分が楽になった。兵吾とのセックスの間だけ、私は解放される。

たまに考える。あのとき、私が浮気を追及して、夫を責めていたら、どうなっていただろう。

結婚生活は終わっていただろうか。私は兵吾の元に行かなかっただろうか。

三月の東京はまだまだ寒い。

けれど京都よりもましだ。寒さも、暑さも。神戸も暑いけれど、寒さは東京とはどっこいどっこいだ。東京の空は高い建物で視界が阻まれ、眺める度に狭いと思ってしまう。東西南北がわからないのは、神戸のように海と山が見えないからだ。せせこましいこの東京という場所を、私は決して好きではない。自分の意思でここに来たわけでもない。けれどそれでも、これからもここで生きていくのだろう。

東京には兵吾がいる。もし樹と結婚しなければ、再会することもなかった。そう考えると不思議だ。夫のおかげで東京に来て、兵吾とこうして結ばれたのだから。

昨日、両親は東京に着いているはずだ。私はいつものように出勤するふりをして、家を出た。しばらく土曜日はずっと出勤していたし、一段落したので少し休めばと言われていた。

両親が上京するのは話していたので、「三連休とってもいいよ」と言われてそのとおりにした。

樹には今日、休暇をとったことは告げていない。仕事で遅くなると、嘘をついている。

私はスーパーでサンドイッチを買って、兵吾の家に向かった。玉子とツナのサンドと、ハーブ鶏とレタスのサンドイッチ。

昼間から会う約束をしていた。

どうしても、会いたかった。

兄の問題に向き合うことで、心が重くなっていたからかもしれない。

兵吾と抱き合いたかった。そうすれば生きる気力が湧くから、生きていることを確かめられるから、救われるから。

先の見えない日々の中で、確かなものは兵吾と抱き合う時間だけだった。

「サンドイッチ買ってきたよ、食べる？」

私は兵吾の部屋に入り、枕元に座る。

「食べる」

そう言いながらも兵吾は布団から出ようとしない。机の上にはパソコンの電源が入れっぱなしにしてあった。朝まで仕事をしていたのだろう。兵吾は相変わらず女名義で官能小説や体験記や、ときおりアダルトビデオの脚本を書いてるらしい。けれど仕事の状況もだいぶ厳しくなっているらしいことを、たまに言っていた。

「どこの業界でもそうだけど、若い連中がどんどん出てくるしな。それに俺がわざわざ女のふりして文章書かなくても、本物の女で書くやつも増えたし」

兵吾に聞いたことがある。そういうものではなくて、普通の小説を書かないのか、と。

「昔、ちょっと夢見たことがあったよ。でも才能ないから」と、返された。

私も、この男は将来、どうする気なのだろうかと不安になることもある。けれど兵吾のことだ、いい意味で流されてなんとか生きていくだろう。兵吾は諦めている。執着がない。だからこそ仕事にプライドもないのは、いいところなのかもしれないと考えるようにしていた。

仕事上、プライドや夢を抱いている男の物書きに会う機会は多いけれど、そういうものが高ければ高いほど、はたから見て痛い。他人から見たら、兵吾は何をやっているのかわからないふらふらしたダメな男だ。けれど厄介な男たちと接して気を遣うことの多い私からしたら、兵吾の構えのなさが安心感を与えてくれた。

「……眠い」

「ごめん、昼間から押しかけて」

「いいよ。眠いけど空腹のほうが先に来てるから、ありがたい」

そう言いながら、兵吾が布団から出てくる。

私たちは布団のそばの畳の上にそのままサンドイッチとペットボトルのお茶を置いて包みをあける。

「新太、明日だったっけ」

「そう。もう親は東京に来てる。今日は東京観光してるはず」

「東京観光か……住んでだいぶ経つけど、したことないな」

「私もそうかな。別に行きたいところもないしね」

「旦那とどこか行ったりもしないの」

「行かない。忙しいし」

その頃の私の生活は、仕事と家と兵吾の部屋とを行き来するだけだった。楽しみは月に一度と決めている兵吾の部屋に行ってセックスすることだけだ。

先のことなんか考えちゃいなかった。考えられない、考えたくもない。考えたら押しつぶされそうになる。夫のこと、姑から子どもをせかされること、家族のこと——。

「今日はゆっくりできる。休みとったから」

サンドイッチを食べ終え、私は兵吾に腕をからませる。

「――じゃあ、ゆっくり楽しもう」

兵吾が私を横たわらせる。

自分から会いに行きながらも、セックスを望みながらも、こんなことをしていていいのだろうかと、いつも考えている。この男は何を考えているのだろうか、私のことをどう思っているのだろうか、とも。私はどうしたいのだろうか、何を望んでいるのだろうかと。

今を楽しむためだけに生きて――いつかバチが当たりそうな気がする。

けれど、やめられない。

兵吾が私のブラウスのボタンを外し、ブラジャーに手をかける。

「硬くなってる――」

私は脱がされながら、兵吾の股間に手を置く。手のひらが熱くなる。男の硬さはどうしてこんなに気持ちを高揚させるのか。最近は、夫はもうたやすくこうはならない。撫でたり、さすったり、口にしたりして、わざわざ硬くさせないといけないのが面倒だった。

兵吾はジャージを片手でおろし、生温かい股間を私の太ももにあてる。

「もう、こんなになってる」

私は横たわり、下着も剝ぎ取られる。

「寒くない？」

「大丈夫」

すぐに熱くなるから、かまわない。

外はまだ明るい。平日の昼間から、いけないことをしている気分だ。悪いことをしているのは、間違いない。人妻が、夫以外の男とセックスするなんて。しかも、その男の部屋で、だ。

樹も同僚たちも仕事をしている昼下がり、東京の片隅の古い一軒家で、裸になっている、そのことに興奮している。

官能というのはうしろめたさの中にしかないのだろうかと、たまに、思う。

窓からの灯りがカーテン越しでも明るい。もうすぐ春が来ると、この部屋の窓からも桜が見える。何度目かの東京の空、東京の春、私は男と肌を重ねることだけを楽しみに生きている。

これからどうなるかなんて考えたくもない、知ったこっちゃない。

「兵吾」

「ん？」

「兵吾……寂しいの？」

「寂しいよ。どうしてそんなこと聞くの」

いつも思う。兵吾が女を必死に求めるのは、おそろしいぐらいに寂しいからではないか。たやすく埋められるものではない寂しさ。

私なんかには想像もつかない寂しさ。

でも、そんなもの感傷に過ぎないと、私はすぐにその考えを振り払う。

何も考えてない、いいかげんでろくでなしなだけだ、この男は。

この世と無縁で、自由で無責任で、セックスだけのこの男は。

「もう……大丈夫だから」

「何が大丈夫なの」

「……入れて……我慢できない」

すぐにでも男のものが欲しい。ふれずともそこが濡れているのは知っている。兵吾のものを待ち受けている。

兵吾は私の上になり、両足を開かせ、硬い肉の棒をあてる。

「入っちゃうよ、簡単に」

そう言いながら、突き進んでいく。

兵吾の言うとおり、それはもうたやすくぬめりを纏い、私の中にある。

「兵吾――」

私は兵吾の身体を引き寄せた。肌を合わせたい。粘膜だけじゃ足りない。もっともっと近づきたかった。皮膚も毛穴も全て重ねたい。

薄目を開けると兵吾の顔がある。私は顔を起こし、兵吾の唇を吸い、舌をからませる。

気持ちいい。こんなに気持ちのいいことは、他にない。セックス以上に楽しく気持ちのいいことなんて、この世にない。

兵吾とつながっているときは、ときおり、このまま死んでもいいとすら思ってしまう。

私は死にたいのだろうか――。

唇が離れ、兵吾が身体を合わせたまま、腰を動かす。音が漏れる、こすりあい溢れる音が。

この音を聞くと、私は淫らな気持ちに拍車がかかる。

自分がいやらしい、獣になった合図だ。

「ぁあ……」

何度も身体を重ねたけれど、飽きない。馴染んでくる。ひとりの男と何度も関係することは、終息へ近づいていくことだと思っていたけれど、兵吾とならば、どこまでもいける。何をされてもいい、したいことを、全てしてほしい。終わりが見えない、飽きもこない。

私の欲望を全部受け止めてくれるこの男とならば、どこにだって行ける。

たとえ地の果てでも――。

薄目を開けて兵吾の背の向こうの天井を見る。視界が揺れた気がした。

いや――揺れている。天井から吊り下がる古い電灯が、揺れている。

覚えがある、この揺れは――地震だ。

かつて神戸の街と、私の家族を崩壊させた揺れ――。

「揺れてる――」

私はそう口にした。兵吾は聞こえているのかいないのか、腰を動かすのをやめない。

それならば、このままでいい。

やめたくない。離れたくない。

私は壊れゆく世界の中で、兵吾の背中に回した自分の腕に力を入れた。

第六章　二〇一五年　東京

1

世界は変わってしまった。

時間が経てば経つほどに、そう思う。元どおりになどならない。十八歳のときの阪神・淡路大震災のときもそう思った。世界が変わり、元どおりには二度とならないのだと。神戸の街はあれからずいぶんと復興し、あの震災を体験していない人たちにとっては以前のような華やかな都市の様子を取り戻しているが、十八歳以前の私の記憶にある街は、既にこの世に存在しないのだ。

あのときはこの世の終わりだと思った。高台にある我が家から見下ろした神戸の街は、ところどころ黒煙を噴きあげ、建物は倒壊し、時間と共に訃報が耳に入った。

この世の終わり――けれど、そうではなかった。街は復興し、新たな土地で人は生きている。

あれ以上の災害はないと、何の根拠もなく思っていたのは私だけではないだろう。

だからまさか、こんなことになるなんて思いもしなかった。

二〇一一年の三月十一日、午後二時四十六分――私は裸で兵吾と抱き合っていた。地震が来たというのはわかったが、まさかあれほどの惨事になるとは思ってもみなかった。

揺れで部屋の小さな本棚や冷蔵庫が倒れ、兵吾は私をかばって背中に本の角があたり怪我をしたが、それぐらいで済んで幸いだった。

下着をつけないまま衣類を纏《まと》って私たちは家の外に出た。隣の家の石垣が崩れていた。何度も揺れて危険を感じたが、落ち着くとふたりで部屋に戻った。

どうしてあのとき、そのまままっすぐ家に帰らなかったのだろうかと、たまに今でも考える。どっちみち電車は止まっていたにせよ、私は兵吾をひとりにしたくなかった。いや、兵吾と離れたくなかった。兵吾も帰れとも言わなかった。旦那が心配してるだろうとも、何も。

私たちは電話が通じないのをいいことにそのまま電源を切り、部屋で抱き合ったまま何時間も過ごした。いつでも逃げられるように服を着たままだったけれど、私は兵吾にすがりついていた。

他に、どうしようもなかったのだ、あのときは。何が起こったのかよくわからず、ただ、とんでもないことが起こったと感じて、怖くて、不安で、私は兵吾と肌を合わせていた。そのくせどこか、家に戻らず兵吾とずっと一緒にいられることを喜んでいた。

このまま死ぬんじゃないか――余震の度に、そう思った。けれど今なら死んでもいいかもしれないなんて思っていた自分は、狂っていたのだろうか。

多分、もう世界は終わる。

今度は、皆が死ぬ。

ならば男と抱き合いながら死ぬのが幸せだ――なんて考えていたのは、きっと正気ではなかったからだ。

夜になって電源を入れると、夫からメールと着信がいくつもあったので、電話をかけた。

「今、どこにいるんだ、笑子」

樹に問われて答えることができなかった。私は一瞬の間をおいて「明日の朝には電車が動いてるだろうし、そうしたら帰る」とだけ言った。

「お義父さんお義母さん、無事だから」

樹がそう口にして初めて私は両親が東京に来ていることを思い出した。なんてことだろう。

私たち家族はこんな日に限って、全員、東京にいるのだ。

私はその夜を、兵吾の部屋で過ごした。余震が続き眠れなかったけれど、ずっと兵吾の手を握っていた。

「兵吾、して」

こんな状況なのに、私はまたセックスをせがんでしまう。兵吾は拒まず、服を着たままの私の上にのしかかる。

「笑子、怖い？」

「うん」

「俺、あんまり怖くない」

「あんなに揺れたのに？」

「だから言ってるだろ、いつも。いつ死んでもいいと思ってるから」

「死なないで」

「死なないよ。俺みたいな人間ほど、生き残ってしまう」

死なないで、どこにも行かないで、私の傍にいて——私はそう口にする代わりに、兵吾の背中に手をまわして引き寄せる。

兵吾が私の中に入ってきた。たやすく受け入れてしまうのは、濡れているからだ。こんな状況なのに欲情し続けている自分は、やはり狂っている。しかも、すごく悦んでいる。粘膜が震えている。脅えているかのように、震える。

「兵吾――」

「嬉しい？」

「うん、嬉しい」

「よかった」

兵吾と私は唇を合わせた。身体の全てをつなげていたい。隙間なく、一緒にいたい。

死が近くにあるからこそ、私は欲情している。怖いから、したい。セックスしたい。

だって、快楽の絶頂は死に似ている。私は兵吾と寝るまで、それを知らなかった。恋人でも夫でもない相手だから、快楽だけに身を委ね、頭を空っぽにして身体で男を味わい、受け止め、つながり、そうなることで初めて絶頂を知った。

私たちが求めあっていたのはセックスだけだった。だから快楽の果てに辿り着けたのだ、きっと。セックスに酔えるのは幸せだ。頭を空っぽにして、陶酔できるのは。

溺れていた、セックスに。セックスだけに、溺れていた。堕ちたかった、快楽に。

堕落という言葉が浮かんだ。そう、堕落だ、これは。生殖をともなわない、何も生み出さないセックスは。

ならば堕ちて堕ちて堕ちきりたい――。

先のことなんか考えちゃいない、考えたくない。今、どう自分が感じるか、それだけが大切だ。

「笑子、声出していいよ」

兵吾が、私の上で腰を動かしたまま、そう言った。

「我慢することなんてないんだよ、もう」

私は兵吾の言葉で、何かがはじき飛ばされたような気がした。

どうせ死ぬんだから――堕ちて堕ちて堕ちきってしまえ――そうすることでしか私は救われない――。

「――兵吾」

私は兵吾の背にまわした腕に力を入れた。こんな状況でするセックスなのに、とんでもなく気持ちがいい。

あとになって思うと、あんな生きるか死ぬかわからない状況だからこそ、生を確かめていたのだ。自分が生きていると身体で感じられる行為は、セックス以外にない。

人肌の温かさ、確かさ、剝き出しの欲望、歓喜の声――私が確かに今、生きてここにあるということを兵吾の身体で知りたかった。

「愛してるって言って――」

私は、あのとき、自分から兵吾に求めた。

「愛してるよ――笑子」

私の上になり、そう言葉にされた瞬間、全身が震えて、兵吾のものを受け入れた粘膜が痙攣した。私は声を出してのけぞった。

こんなときなのに、いや、こんなときだからこそ、男とつながっていたかった。

あのときの母のように――。

兵吾とのセックスが、それまで寝たどの男よりもよくて、離れられず、すがっていたのは、いつも「これが最後かもしれない」と思っていたからだ。

もう二度と会えなくなるかもしれない、明日死ぬかもしれない――私のものに決してならない、セックスのとき以外は私を求めない兵吾。

男と女が心中する間際のセックスとは、このようなものなのだろうか。

最後だからこそ、プライドも何もかも捨てて、欲しいと言えるし、すがってしまうし、相手の欲望を全て受け止められる。

兵吾とセックスしているときは、いつだって、「このまま何をされてもいい」と思っていた。

そして、もうどこにも行きたくない、永遠に重なっていたい、と。

2

早朝、私は兵吾を残して駅に向かい、自宅に戻った。

「お帰り」

物が散乱してぐちゃぐちゃになったマンションには、樹がいた。剃っていない髭に白髪が混じっている。目は充血していた。

「どこに行ってたんだ」

静かで重い声だった。感情が読み取れない。

疲れ切って嘘をつく気力もなかったので、黙っていた。

「松島さんにあとで連絡しといてくれ。お義父さん、お義母さんも心配してたぞ」

松島さんと樹が話しているということは、私が仕事と嘘をついていたこともバレているはずだ。

「樹は、どこにいたの？」

「会社だったけど、仕事どころじゃないから、歩いて家に戻ってきたよ」

そう言うと、疲れ切った顔をして、樹はソファーに横になった。夫も寝ていないのだろう。

「まあ、無事でよかった」

目を瞑り、そう口にされた。

この光景には既視感がある。

ああ、そうだ。

神戸の震災のとき——母が兵吾におぶさって家に戻ってきたとき、父は母の嘘をわかっていながら追及せず、ただ受け入れた。

あのときと同じだ。

何か言うべきかと口を開こうとしたときに、携帯電話が鳴った。父親の番号が表示される。

「もしもし」

「笑子、どこにいるんだ」

「今、マンション」

「怪我はないか」

「大丈夫。それより、今日、兄貴と会う件だけど」

「それどころじゃないだろう。新太は一緒にいるよ。新太もお母さんも無事だ。こういう状況だからもう帰るけど、気をつけろよ」

私はうんと返事をして電話を切った。

「大変なことになってる」

眠っていると思っていた樹が、携帯電話の画面を見ながら、そう口にしたのでそちらを振り向く。

「震源地は東北で――津波で、めちゃくちゃだ。神戸の震災どころじゃない。それに福島には原子力発電所がある」

私に喋りかけたのではなさそうだった。

大変なことになっている――そのときの私たちは、まだその「大変なこと」をほとんど把握してはいなかったけれど、ただ不安だけは重くのしかかっていた。

「俺、多分、忙しくなる。今日も会社に行くよ。休んでなんかいられない」

疲れている様子ながらも、樹の声に活気が宿っている。お前の心配なんかしてる場合じゃない――そう言われているような気がした。

3

東京は暗い日々が続いた。もののたとえではなく、電力不足で本当に街そのものが暗かったのだ。余震が続き、いつまたあの大きな揺れが来るかと人々は脅《おび》え、「脱出」する人も少なくなかった。コンビニの棚はガラガラで、飲み物の自動販売機もあちこちが空になる、見たことのない東京の景色があった。

私が住む白い壁のマンションにも、外壁に大きなヒビが入った。それぐらいで済んでよかったというべきなのだろうけれど、私はあとになって、そのヒビを見る度に、兵吾と抱き合っていたあの日の午後を思い出すこととなる。

しばらくは何でも自粛自粛で、笑うことすら許されない雰囲気が続いた。娯楽は次々と「不謹慎」の名のもとに奪われ、息苦しさで誰もが精神的に参っていた。元どおりになるまでの長い時間は、人々の心から物事を楽しむ力を奪った。連日流される津波や原発のおそろしい現象は悲観的なものしか生み出さず、私はあれからテレビを観なくなった。

神戸の地震と違うのは、原子力発電所の放射能漏れだ。私たちはとんでもなくおそろしい爆弾を抱えていることを思い知らされたのだ。まさかこんな危険なものがあちこちにあるとは、と。人間はある日、いきなり死ぬということは、阪神・淡路大震災で思い知っていたはずなのに、そうじゃなかった。やはり死の恐怖は、おそろしい。未来への不安が心を蝕む。知人が次々と東京を離れていった。そんな人たちを「逃げた」と罵倒する声もあったが、私だってもしも子どもがいたら東京を離れていたかもしれない。不安のあまり過剰にエキセントリックになった人間たちも多かった。けれど誰がその人たちを責められようか。

阪神・淡路大震災のときもたくさん人が亡くなり街は崩壊したけれど、形あるものは時間をかけて元どおりになっていった。けれど今度の震災は、形あるもの以上に人間を壊した。

仕事関係で世話になっていた男性ライターは震災のあと書けなくなってしまった。「何を書いても空しくて、気分が滅入《めい》るだけなんだ」と。彼は鬱病になり仕事を辞めた。樹の同級生が津波の被害にあい行方不明になったと聞いた。「そいつ、神戸の震災で親亡くしてたんだよ。それで今度は本人が……」と、樹は声を殺して泣いていた。

嫌なニュースが連日流れてくる。インターネットのせいだ。家で安全な場所にいるものたちが、社会を、人を罵倒する言葉を繰り返す。あの震災の後、どれだけ汚い、人を罵る言葉が飛び交っただろう。匿名でネット発信できるようになったから、他人を攻撃して批判する権利を与えられたかのように、あらゆるものの責任を追及する声が溢れていてうんざりした。

私が在籍する出版の世界も被害が大きく、会社の業務は忙しくなったが業績は悪化した。

何より痛手だったのは、仕事でも私生活でもパートナーであった金森さんと松島さんが、震災がきっかけで別れたことだ。私にとっては、この数年間、仕事において最悪の出来事だった。

「金森の前の奥さん、実家が福島で、離婚して子ども連れてそっちで暮らしてたのよ。あの震災の日、真っ先に金森が連絡をとろうとしたのが前の奥さんで……けどなかなか行方がわからなくて、一週間後に直接行ったの。被災して、親戚の家に無事でいたみたいだけど、でもご両親が行方不明のままで……それからは、金森の頭の中は、奥さんと子どものこと一色よ」

震災の半年後に、松島さんが退職を私に告げたとき、そう話してくれた。

「それでいいんですか、松島さんは」

「よくはないけど、仕方ないわ。金森から、前の奥さんと子どもの面倒を見たいんだと告げられたときに、まず思ったのは、『この日のために籍を入れなかったんだ』ということだった。どこかで予感してたのかもしれない。でも、あの震災がなければ前の奥さんとよりを戻すことはなかったはずなの。あの震災がなければ――」

震災がなければ私たちは別れなかったはずなのに――松島さんは、そう言いたかったのだろう。ずいぶんと冷静そうにふるまっていたけれど、本当は違うことぐらいはわかる。正式な夫婦ではなかったけれど、ふたりは私生活でも仕事でも長いあいだパートナーだったのだ。

松島さんが辞めてしまうのは、会社にとって大痛手だ。でもそれも全て承知で、松島さんは離れていくのに違いない。

「これから、どうするんですか」

「さあ……もう年だから雇ってくれるところもないだろうし……わかんない」

私が今の会社で働けるのは松島さんのおかげだった。何か手助けできたらとは思うが、そんな余裕も力も私にはない。

「今さら実家にも帰れないいし。金森とのことが親にバレたときに、さんざん揉めたから……それみたことかって感じよね、親からしたら。どっちみち、この年の独身女が田舎に戻っても仕事なんてないもの」

「東京に、いるんですか」

「東京いたほうが仕事はあるだろうけど……金森が奥さんとよりを戻して、家族で暮らしている街と同じ空気、吸いたくない。どこかでばったり会うとか想像すると……」

松島さんはそこで言葉を切った。

「で、姫野さんは、どうするの」

「仕事させてくれるうちは働こうと……でも松島さんがいないのは、困ります」

「正直、これから厳しいとは思うわよ。私のこと云々じゃなくて、この業界そのものが。でも、そうじゃなくて……地震のとき、旦那さんじゃない男の部屋にいたんでしょ」

「その際には、ご迷惑かけました」

あのとき、私は仕事だと嘘をついていたけれど、本当は休暇をとって兵吾の部屋にいた。心配した樹が会社に電話したのは知っている。

「あのときは、こっちも混乱してたから、正直に『休暇とってます』としか言えなかったの。

もっと気をきかせたらよかったんだけど、ごめんね。私も余裕がなくて」

「いえ……嘘ついたの、私ですから」

「あれから、旦那さんは何か言ってきた」

松島さんがウィスキーのロックを注文する。もう三杯目だ。いつもそんなに飲まないのに、今日はペースが速い。

「何もなかったようにしてます、お互い」

「……例の彼とも、変わりはないの？」

「そうですね」

私は曖昧な笑みを浮かべていたと思う。

兵吾とはまだ会っている。

地震の前と地震の後と、兵吾の態度は変わらない。

そして私も、以前と同じく会いすぎないようには気をつけていたが、別れてはいない。

夫が気づいているのは知っていてもだ。

「恋人でもなくて、愛人でもなくて――そう言ってるよね、いつも。今もそう思う？」

「はい」

「もう会社辞めてしまうし……言っていい？」

松島さんの目がいつもと違うのは酔っているからだと思っていた。

私は頷く。

「恋愛じゃないとか、自分に言い聞かせてるだけでしょ。そんなに怖いの？」

私はふいをつかれて黙り込む。

「好きだから会う、好きだからセックスする。単純な話じゃない。それを認められないのは、どうして？　好きじゃなきゃ、旦那さんにバレてるのにわざわざ会わないんじゃない？　リスクが大きすぎるのよ、あなた結婚してるんだから。それでも関係を続けるのは、よっぽどその男のこと好きなんじゃないの？　本当は、ものすごく愛してるんじゃないの？」

松島さんの言葉が刺さるが、私は反論も肯定もできない。

口にすると本当になってしまいそうで、言えない。

「……まあ、いいけどね。上手くやってるなぁって感心しつつも、自分の心に嘘つくのは、周りに嘘をつくよりもしんどいでしょうに。あなたは臆病だから、自分の身を守っているけれど、鎧《よろい》なんて捨てちゃったほうが、軽くて快適で、自由になれるのに。覚悟もないし腹もくくれないけど、美味しいとこどりはしたいのよね、結局——そのうちバチがあたるわよ」

松島さんは、また、酒を頼んだ。

「私も人のこと言えないか。本当は結婚したかったし、子どもも欲しかったの。けど、それを言い出して逃げられるのが嫌で、待ってたのよ、結婚しようって向こうから望まれるのを。でも、あの人、結局、最後まで私の中に射精しなかった。大丈夫だって何度言っても……」

松島さんの目が潤んでいるのに気づいた。

「欲しかったな、子ども。あの人の子どもが……四十歳目前で、結婚するつもりだった男に別れてくれって頭下げられて、仕事も辞めなきゃいけないのは、キツいな。これから生きていく自信、ないよ」

「……松島さんなら、大丈夫ですよ」

「あなたに何がわかるのよ。いつも逃げ場を作って、自分だけがいい思いをしようとしてる人が、適当に大丈夫なんて言わないで——って、ごめんね、今は取り繕えない。ほんと、ごめん」

松島さんの表情は変わらない。だからこそ、私は自分の発した言葉を後悔した。

そのまま、ただ目の前の全く減らないグラスを眺めていた。

4

樹はあれから仕事に没頭して、家に戻ってくる回数が激減した。毎月のように東北に取材に出かけてもいたし、東京に戻ってきても、忙しくしていて、家には寝るのと荷物を取りに帰ってくるだけのような状態が続いた。

同居人という言葉が相応しい関係だった。ひどく疲れている様子のときもあったから、身体の心配はしていたが、たまに顔を合わせて口を開くと、東北で自分が見てきたものを熱を込めて語る姿には、今までにない生気が宿っていた。

私はそれを聞くのが、内心、だんだん苦痛になっていた。表面上はうんうんと相槌を打っていたが、責められているような気分に陥るときがあった。昔から、そうだ。私は社会に対しての怒りを持たない。私の感情は、全て個人的な物事だけに動かされる。社会に対しての怒りが持てないから、国を憂う人たちに引け目を感じるし、実際に「無関心すぎる」と腹を立てられることもある。

私だけではなく、東日本大震災以降、知人と思想的なことで疎遠になった人もたくさんいた。あの震災で鬱状態になった人もいれば、生気を取り戻した人たちもいて、樹は明らかに後者だった。

「今、日本が大変な状態だから、俺は全てを伝える義務がある。これはもう、仕事を超えているんだ」

樹はそう言って、仕事が休みの日でも、デモや集会などに足を運んだ。

「無関心」な私に怒ることはなかったけれど、私はかつて「同志」だと思っていた男が、全く違う道を歩んでいるのを日々目のあたりにせざるを得なかった。

震災の瞬間も、そのあとも、男とセックスしていた私は、本当に自分のことしか考えていない愚かな女だ。でも、それは悪いことなのだろうか。阪神・淡路大震災の後に味わった感覚と同じだ。「神戸の人なのにボランティアに行かないんですか？」と口々に言われ、兄には「自分の生まれた町の大事な話なのに、無責任な人間やな」と、空港反対署名をつきつけられ無関心さを責められた。

自分と、彼らとの隔たりを感じる度に、私は兵吾とセックスしたくなる。社会に居場所がないと思う度に、男の肌が恋しい。未来なんてないと突きつけられる度にセックスしたくなる。セックスしている最中は、何もかも忘れられる。目の前の男だけが全てで、他は何も存在しないから。だから私には兵吾がまだ必要だった。さまざまなものから目を背けて逃げてるだけだとしても、どうしても男と抱き合う時間が必要だった。

震災から、一年が経ったぐらいの夜、樹が取材で東京にいないので、私は仕事が終わってそのまま兵吾の部屋に向かった。最寄りの駅に着くと、夜の十時を過ぎていた。晩ご飯を食べていないのに気づいたが、それよりも早く会いたかった。

下町は相変わらず、都心のような明るさはない。けれどこのほうが落ち着く。震災後の光の少ない東京だって、私は苦痛ではなかったもの。年を取るごとに、明るいネオンが苦手になる、人ごみも、人とのつきあいも。

「笑子、晩ご飯食べた？」

兵吾が扉を開けると、そう聞いてきた。

「食べてない」

「ちょうどよかった。寿司あるんだけど、食べる？　稲荷と巻きずしだけど」

「食べる」

私がそう答えると、兵吾は台所から、重箱にぎっしり詰まった寿司を持ってきた。

どう見ても、買ったものではなく手作りだ。

「さすがに俺、これ全部食べられないから、笑子が来てくれて助かる」

「……どうしたの、これ」

「昼間にここの大家が来てた。前に話しただろ？　以前、一緒に住んでた人。東京に来たついでに寄っていった」

兵吾が、しばらく一緒に住んでいた女のはずだ。「もう今は、そういう関係じゃない」とは言っていたが、本当かとはずっと疑っていた。別れた男に無償で家を貸すなんてことがあるだろうかと。本当はその人は今でもたまに兵吾と会っているのではないかという想像は、当たっていた。

私は女の作った稲荷寿司をつまんで口に入れた。酸味よりも甘味が強くて美味しくなかった。兵吾だって、甘いものは好きじゃないはずなのに、どうしてこんな味付けをしたのだろう。

そのあと、兵吾といつものようにセックスして、シャワーも浴びずに眠りについて、人の気配で目覚めたら、部屋の入口に女が立っていた。年は五十ぐらいだろうか、化粧けはないくせに、唇だけ濃い赤を塗っている。細身で頬がこけているのが老けて見せているのではないか。ひと昔前のデザインの紺のスーツは毛羽立っていて、身を飾らない人なのだというのは一目でわかった。

女は口を尖らせ不機嫌そうに私を見下ろしていた。すぐに、寿司を持ってきた「大家」だということに気づいた。

「ん……」

同じく気配に気づいたのだろうか、兵吾が薄目を開ける。

「あれ……真弓さん、帰ったんじゃないの」

「何となくね、予感がしてたのよ。合鍵持ってきててよかった」

私は裸だったので、胸が隠れるように布団を引き上げる。余計なことを言わないほうが、よさそうだ。

「あなた――笑子さんよね。友里子さんの娘の」

「はい」

なぜか私は、素直に答えてしまった。どうして名前まで知られているのだろうか、しかも母の名前まで。

「……自由にしていいって言ってるけど、私の家に他の女を泊まらせるのはいい気分じゃないわ」

真弓と呼ばれた女は、はっきり私を見下していた。

「親戚の子、前につきあってた人妻の娘が東京にいて、たまに会ってるとは聞いていたけど、案の定こういう関係だったのね。別に私は構わないけど」

女は「構わない」「自由にしていい」と言いつつ、言葉とは裏腹に不愉快そうな表情を浮かべている。

「真弓さん――俺、あなたに何も嘘はついていないよ。それに何でもかんでも報告する義務もないし」

兵吾も少し不機嫌そうな声を出す。

「そうだけど――でも、だって」

女は急に悲しげな顔になる。これは媚びている顔だ、男に、兵吾に。

「あなたの家だから、こうしていきなり部屋に来るのに文句は言わないけど、俺だって今、あんまりいい気分じゃないよ。笑子は何も悪くないんだから」

こういう状況で、兵吾がかばってくれたので、私は優越感を覚えた。

「――悪くない、ねぇ……。私だって修羅場なんかにしたくないし、する権利もないし、そういう関係でもない……兵吾のプライベートに本来口を出す立場じゃないかもしれない。けど」

「とりあえず帰ってくれる？　こういう面倒くさいの、俺、すごく嫌だってての知ってるでしょ？」

女はまだ何か言いたそうにしてはいたが、兵吾にそう言われて、言葉を止めた。

「――また連絡する」

女は意外にもあっさりと出ていった。玄関の扉を閉める音の大きさで怒っているのがわかったけれど。

この女は兵吾に嫌われるのが怖いのだ。

「笑子、ごめん。嫌な思いさせて」

「ううん」

兵吾が腕を私の身体にからみつけてきた。

どこかで覚悟はしていたのだと思う、こんな状況には。だから腹は立たない。

「兵吾」

「ん？」

私は兵吾の股間に手を伸ばした。柔らかいけれど、手でまさぐっていると、わずかばかりの硬さを感じる。

「笑子、したいの？」

「うん」

私はそう言うと、身体をずらして、兵吾の股間に顔を埋めて口にくわえる。隙間をつくらず、上下に動かす。

男のものをこうしてくわえるのが好きになったのは、兵吾と関係を持ってからだ。昔は、男がしたがるから、しょうがなく口にしていただけで、好きだなんて思ったことはなかったし、口の中で出されたものを飲むだなんてありえないことだった。けれど今は、自分からこれをする。男のものを口にしているとき、この男は私のものだと思うことができる。男を所有している、と。

たまに兵吾は立ったままで、私が膝をついて傅《かしず》くようにくわえるときもあった。兵吾は私が男のものを口にすると、頭を撫でてくれる。昔のように、子どもの頃と同じように。私はそうされるのが、好きだった。

「勃ってきた……昨日も出したのに。まだ元気だな、俺」

兵吾の言葉どおり、私の口の中で既に硬さを取り戻している。兵吾のそれは、特別大きいわけでもない。大きさだけなら、昔寝ていた三塚という男のほうが大きい。けれど兵吾のは、ちょうどいい。私の口にも、粘膜にもちょうどいい。突かれると、境目がなくなる。自分の身体と兵吾の身体の境目が。

「……口で出す？　中に入れたい？　寝起きであんまり身体が動かないし、出せるかどうか自信ないけど」

「中で――」

私はそう言うと、身体を起こし、自ら兵吾のものをあてがい跨《また》がった。

朝のセックスは、身体の感覚が敏感になっていて気持ちがいい。私は腰を動かし続けた。自分の一番気持ちのいい奥に、あたるように。

さっきまで、あの女がそこにいたのに、こんなことをしている場合じゃないかもしれないのに――私は何をしているんだろう。

私はこんなにもだらしない女だったのだろうか。

もう、世の中の全ての女を非難できない。

真弓という名の大家の女からは、どこで調べたのか、私の携帯にあの三日後に長いメールが届いた。たまたまその日は樹が帰ってきてはいたが、風呂から上がるとそのままパソコンの前で何かしている様子だった。

樹の目の前で、私はそのメールに気づき、自分の部屋に入り読みはじめた。

〈本来ならば、私は兵吾と何ら約束も契約もないので、こんなことを言う権利はないのかもしれませんが――〉

そんな文章ではじまる丁寧なメールは、今は離れてはいるが、自分は東京に来てからの兵吾の面倒を見てきたのだ、彼が今、こうして仕事をして東京で暮らしているのも私が彼のためにいろいろしてきたからだと、延々と、いかに自分が兵吾を助けてきたか綴ってあった。

〈あなたもご存じのように、彼は束縛も所有も嫌います。だから私は、彼に他に女がいる気配があっても何も言いませんでした。そして彼が自由に過ごすために家まで提供しました。私は彼の行動、女性関係に何も口出ししないつもりでしたが、私の家に女を入れ、私が彼のために作った寿司をあなたが口にするのは、さすがにいい気分ではありませんでした。しかも私は、彼が京都にいるときに、あなたの母親と関係していた話も聞いていました。その人

から逃げるために、彼が東京に来たことも〉

「逃げるために」の部分で、目が留まった。予感はしていたが、やはりそうだったのか。兵吾は、母から逃げたのだ。兵吾自身は私に「東京で仕事があるから」京都を去ったと言っていたけれど……本当の目的は仕事ではなくて、母との関係を断つためだった。

やはり母は捨てられたのだと、兵吾自身がそう口にしていたのだと、女からのメールで確信を持った。東京という遠い土地まで母は兵吾を追いかけることができず——神戸に戻ってきたのだ。

〈そんな経緯があったのに、その娘とこうして関係を持っていることに呆れて驚きました。どういう神経をしているのでしょうか。いい加減な男だとは思っていましたが、まさか自分が捨てた女の娘と関係するなんて……でも、そういう男です。私は彼のそんなところも全て受け入れるしかないと思うことにしました。お聞き及びかもしれませんが、私は普段、青森に住んでいます。離婚はしていますが、子どもと、自分の両親の面倒を見るためです。仕事もあるので、東京にはなかなか来られなくて、でも、それぐらいが彼との関係の距離にはちょうどいいと思っていたのです〉

ふと気付いた。この女は、兵吾の携帯電話を見ているのではないかと。兵吾が寝ているときなどに。だからあの日、私が来るのも、私の電話番号も知っていたのに違いない。兵吾の前では嫉妬などしない、理解のある寛容な女のふりをしながら、内心はずっと見張っていたのだ。

〈繰り返し言いますが、私は彼を束縛する立場ではありません。でもあなたが私の家で兵吾と裸になっている様子を見て、さすがに耐えられないと思いました。笑子さん、はっきり言います。別れてください、二度と会わないでください。だいいち、あなた結婚しているでしょ？　母親と同じことをして恥ずかしくないんですか？　どういう血筋なんでしょうか？　何よりも、あなたの旦那さんが可哀想です。あなたのお父さんと同じように苦しんでいるはずです。笑子さん、あなたの将来のために、もうこういうことはやめてください〉

私は鼻白んだ。旦那が可哀想、父が可哀想——本当はそんなことなど思っていないくせに。ただ私に罪悪感を植え付けたいだけのくせに、善人ぶるこの女が嫌いだ。どうしてこの女は、兵吾に直接言えないのだろうか。あなたが好きだから、他の女と寝ないで、と。家を提供し、仕事を紹介することによって、男の面倒を見て、それで自分が所有した気になっているくせに、ものわかりのいい女を演じているなんて。嫉妬なんかしてません！　という態度をよそおい寛容な年上の女ぶって、兵吾に嫌われないように嘘で塗り固めている——こんな女の言うとおりになんて、なるもんか。

私に「別れて」という前に、兵吾に直接言えばいいのに——そう返信してやろうかと思ったけれど、やめた。

メールの最後には、〈お願いがあります。私がこんなメールをあなたにしたことは兵吾には言わないでください。あんな男だけど、私にとっては唯一の、大切な男なんです〉とだけあって、私は、この女が兵吾に嫌われるのを一番おそれている、嫌われるから自分の気持ちを抑え嘘をつき続けているのだという事実に、憐れみを感じた。でもそうやって憐れみを感じるのは、私が彼女を見下しているからだ。

見下すことにより、私は冷静になろうとしていた。

男に逃げられまいと必死なこの女を憐れんでやる。

私の母のように、兵吾が逃げてしまうのを恐れている、この女を。

迷ったけれど、やはり返信するのはやめた。

別れない、別れてなんかやるもんか——そう思いながら、女からのメールを消去した。

他人の意思で、動けるわけがない。私には今、兵吾が必要だ。

5

「そろそろ別れようか」

樹の言い方があまりにも自然なので、私は一瞬、意味がわからなかった。

震災のあの日から、四年が経っていた。樹は私にふれることもなければ、責めることもなく、お互い、大切な話を棚に上げて、はたから見ると平和に暮らしていた。何よりも樹は震災の後、忙しくなり、家に帰らない日が増えた。福島の原子力発電所の放射能漏れ、世の中を混乱させたさまざまなデマ、家や家族を失った人たち――樹は、仕事の枠を超えて、それらを追い続けた。毎週、現地に通い続けたし、会社に泊まり込むことも増えた。記者やカメラマンの中には放射能の被曝《ひばく》を恐れ、躊躇していた人もいたらしいが、樹は自ら希望して限界まで突き進もうとしていた。

立ち入り禁止区域に入ろうとして、会社の人間に「自分の身を守れ」と怒られたと、家に帰るなり私に苛立ちまぎれの無念さの言葉を弾丸のように放ったときは、かける言葉がなくて呆然としていた。取材費が出せないと会社に言われて、自腹を切って週末に被災地に足を運ぶようにもなっていた。使命感――いや、はたから見ていて、狂気すら感じることもあった。家にはたまに寝に帰ってくるだけで、ふと私の顔を見ると、取材して自分が現場で見てきたものについて取り憑かれたように話すこともある。私はそれを頷きながら黙って聞いていた。私が樹に対してできることは、それぐらいだった。

樹は自らの罪悪感を払拭するために、あれほど取材にのめり込んでいたのだろうか。

阪神・淡路大震災で、昔の恋人を亡くし、瓦礫の町で亡くなる人々の姿を新聞記者としてとらえ、「こんなにも人がたくさん死んでいるのに、自分は生きてていいのか」と芽生えた罪悪感、生き続けることへの十字架——それらが樹を駆り立てていると思っていた。私はそれを黙って放っておくしかできなかった。時間も心も、だんだんと距離が離れていくのは感じていても——私には兵吾がいたから樹を受け入れることができていた。

そんな日々が二年以上、続いた。震災関係の報道が落ち着いても、樹の取材は続いていた。むしろ、新聞や雑誌が報道しなくなったからこそ、自分が書くという使命感が増したんだと嬉しそうに言われた。だから子どもを作るどころではなかったし、セックスだってしなくなっていた。以前のように、たまに二人でモーニングを食べに行ったり商店街を散歩したりすることもなくなった。

けれど樹は、明らかに以前よりも生命力に満ち溢れていた。私との生活では得られないものが、いや、遥かに樹の人生にとって重要で大切なものが、彼の仕事にはあったのだから。以前、彼が女と一緒にいる気配があった頃のような寂しい感情は、もうなかった。

震災から四年が経ち、やっと樹が週末も家にいることが増えて、元どおりの生活になろうとしていた頃に、「別れようか」と言われた。

離婚話を切り出されたのは、あまりにも唐突だった。土曜日で、お互い仕事が休みで家におり、一緒に朝食兼昼食を食べていたときだ。せっかくだからとご飯を炊き、大根の味噌汁を作り、鮭を焼いた。

「え……」

「もういいだろ」

静かな声だった。そこからは怒りも悲しみも感じない。

「このままでもいいと思ってた。笑子が言い出さないなら。でも、もう、いいか」

「樹……」

誰か他に女ができたのか――まず、そう疑った。

「俺、神戸に戻るよ」

「え？」

「もう俺、四十三歳だろ。人生の折り返し地点が近づくにつれ、骨を埋めるなら神戸だなと思ってたんだ。東京では死にたくないって、あの震災のときに思った。震災が起こったとき、俺は怒りと悲しみでわけわかんなくなってて――取り憑かれたように東北に通ったし、取材して記事書いたけど……もう、正直、燃え尽きた。それに実は、休刊が決まったんだ、ずっとヤバかったけど」

「いきなり、そんな」

「いきなりじゃなくて、震災の後、綱渡りだったんだ、うちの雑誌。笑子も同じような業界だから、厳しいのは知ってるだろ。会社は残るけど、メインでやってた雑誌はなくなるし、これからは編集も外部に委託するから、社員を減らすって……クビみたいなもんだよ。俺、突っ走って取材費使いまくってたから、厄介者だと思ってた人もいたみたいなんだよな」

「気づかなくて、ごめん」

「お互いさまだよ。俺も肝心な話、してなかったし。心配されるのも嫌だったし」

「会社辞めて……仕事は？」

「幸い、古巣が人手不足だって言ってくれてるから戻る。今の会社は最後の雑誌が刊行される三か月後に辞めて、神戸に戻るよ。それまではこの家にいる。笑子は好きにすればいいよ。ここにいても、他で部屋を借りても」

「そんな――」

私は戸惑っていた。

樹の決断も、いきなりの離婚話も。

状況の変化が受け入れがたい。

「東京に留まる気は、ないの？」

「もう、東京はいいよ。やり尽くしたから、未練はない」

その言葉に、私はこの人が今まで口にしてきた綺麗な言葉の全ては、中身がなかったのだと気づいた。かつての私の兄の行動と、同じだ。目の前の社会の大きな出来事に使命感を感じて突っ込んでいき何かした気になるが、自分の居場所がなくなると簡単にそこから抜けていく。しかも、「自分の役割は終わった」などと、格好をつけて。

どこにも骨を埋める覚悟などないのだ――そう思うと、足元から力が抜けていく。

「だから、いい機会だと思って。こんな状況じゃないと離婚なんてめんどくさいこと、できないだろ。わかってると思うけど、もう俺たち一緒にいる理由もないから、お互い自由になろう」

私が黙って頷くと、「それじゃあ、話を進めよう」と、まるで事務作業のように言われた。樹が会社を辞めて神戸に戻るまではとりあえず同居して、籍は入れたままにすることに決めた。今までも同居人のような関係だったから、それでいいだろう、と淡々と話は進められた。

その後、お互いの実家への説明や手続きのあれこれは面倒で、胸が痛むこともあった。樹の母に事情を問われ、「それぞれ別の人生を歩む」などと、当たり障りのない用意された言葉を口にしても納得されるわけもなく、私は泣いて責められた。けれど、あるときから静かになったのは、おそらく子どものできる様子のない女と別れて、早く子どもを産める女と一緒になればいいと判断されたのだ。

私の両親は驚いたようだったが、深く事情は聴かれなかった。震災の後、父に「樹君、どうしてる？」と聞かれる度に、「取材で忙しそうで、家にあまり戻ってこない」と言っていたから察していたのだろう。

離婚を告げた二週間後に、父が仕事で東京を訪れたときに、「食事をしよう」と誘われ、ふたりで会うことになった。父は数年前に会社を定年退職したが、それ以降も嘱託として働き続けていたし、まだ元気な様子だった。代わりに母は仕事を辞めて、今は家にずっといる。東京駅近くの私が予約した少し高級な創作料理の店は、個室で予想以上に静かで、父と差し向かいで座ると気まずさが漂ってきた。親とこうして面と向かって飲むなんて、初めてのことだ。高校を卒業してからは、たまに実家に帰るだけだったし、親と顔を合わせるのを避けていた。

和食のコース料理もお酒も美味しくて、正解だった。父が思ったよりもお酒を飲む人なのに驚いた。家ではいつもビールを二杯ぐらいしか飲まないのに、日本酒を次々とあけている。

「ごめんね、お父さん」

私は何とはなしに、そう言った。

「謝ることはないよ」

「でも、心配かけたし」

「はたから見て何の問題もなさそうでも、夫婦はいろいろあるよ」

父はしみじみとそう言った。

「こっちだって笑子にずっと心配かけてきたやろ。お母さんのこともだし、新太のことも」

兄は、あの震災の後に、内輪揉めのような形で崩壊しつつあった会社を辞めた。

「俺、やっと自分のやるべきことを見つけたんだ」

そう両親に告げた兄は、東北で瓦礫の撤去をする仕事に就くと言った。

私はそれを聞いたときに、呆れた。兄はいつもそうだ。そのとき、そのときに時代の中で騒がれていることに中途半端に関わって、何かをやった気になる。目的や信念ではなくて、自己顕示欲や承認欲求に過ぎない。それが透けて見えるのが、嫌だった。

どんな伝手を使ったか知らないけれど、福島に向かった兄は、案の定というべきか――すぐに連絡がとれなくなったし、仕事も投げ出した。それから兄の行方はわからないままだ。

震災直後、兄が福島に行く前に、顔を合わせる機会があった。私と夫に金を借りに、マンションを訪ねてきたのだ。

「東北のために、日本のために働きに行くんだよ。手助けしてくれてもいいだろ。どうせ笑子は自分のためにしか生きてないんだから」

そんな言われ方をして、何を身勝手なと腹が立った。お前に金を渡すぐらいなら募金すると言いたくなったが、樹に制されて、二万円だけ渡した。これだけかよと言いたげだったが、樹に十万円を上乗せされ、兄は笑顔になっていた。

「二度と、家族に迷惑かけないでよ」

私はそう言わずにはいられなかった。

「笑子は、いつも自分だけは正しいと思ってるんだよな。世の中がこんなときに何もしないくせに。ほんと、お前は自分のことしか考えてないよな」

私はむかむかと嫌な黒い塊が込み上げてきた。世の中がこんなときに何もしない――私だって、日々の仕事に必死なのだ。新太から見たら、役に立たないものを作っているかもしれないけれど、それが私の仕事だし、必要としてくれる人や場所があるのだ。

「私は自分だけが正しいなんて、思ってない。それはあんたでしょ」

本音だった。私は正しくありたいけれど、正しくなれない人間だ。他人から見たらそうは見えないかもしれないけれど。でも「自分のことしか考えていない」のは本当だ。けれどそれを言われると腹が立つ。あんたみたいに、そうやって社会問題を利用して承認欲求を満たし、偉いことをした気になって他人を見下している人間よりましだ、と言ってやりたかった。

新太だけではない。あの東日本大震災以降、私は何人かの友人から心が離れていった。反原発運動にはまり仕事を辞めた友人のしつこい勧誘にうんざりして、しまいには「国が大切じゃないのか、無責任な」と言われて着信拒否にした。放射能をおそれ外食を一切しなくなった友人とは、食事をすることも会うこともしなくなった。

兄もそうだが、この大きな災害をきっかけに「生きがい」を見つけている人間は少なくない。それは構わないけれど、私のように「何もしない」人間を責めたり見下したりする輩《やから》がいるのが嫌だった。

兄の言うとおり、私は自分のことしか考えていない。あの震災のときに、夫ではない男と抱き合うことを優先した人間なんだもの。でも、それが私という人間だから、どうしようもないじゃないか。

それに兄だって、日本のため、人のためという建前に酔っているだけだ。

そして案の定、逃げた。あれから私は兄とは会っていない。

「――笑子が生まれたとき、新太の歓びようはすごかったんやぞ」

「知らないよ」

「お母さんのお腹が大きいときからな、妹が生まれる！　ってはしゃいでな」

父は昔を懐かしむように話すが、私の知ったことではない。

「私の記憶の中では、そんなに兄貴と遊んだことはなかった気がする。お兄ちゃん、勉強ばかりしてた」

「そうやな。あいつは賢くて、幼稚園の先生から薦められて私立の小学校を受験したんだ。落ちたけど、本人は悔しかったんやろうな、塾にも通って、とにかくよく勉強してた。中学は絶対に合格するって言ってな。そのとおり、難関に合格した。親戚や俺の親なんかも、この子は将来東大に行って官僚になって、日本を変えるとか大はしゃぎしてた。今考えると、馬鹿みたいな話やな」

「なんであんなんになっちゃったんやろ」

「……お父さんとお母さんは、新太は初めての子どもで、勉強ができて先生にも褒められ可愛がられたし……本人も希望するから受験させたんや。内心、そこまで優秀じゃなくてもいいとは思っていたけれど……でも自慢の子やった。今考えると、もっと勉強以外のことをさせてやるべきだったかもと後悔もしている」

父はしみじみと語っている。

「新太はな、親の期待に応えようと頑張った。中学受験も、親を喜ばせたかったから努力して……親孝行しようとしたんや」

「でも、お父さん」

私が言いたい言葉は、父が続けてくれた。

「わかってる、笑子。甘やかしすぎだって言うんやろ。そんなこと百も承知や。でも、無理やりあいつを家から追い出して働かせたり叱ったりしたって、逆効果にしかならへん。新太は、人より優しくて——弱い人間や。だから責められへん。弱い人間に強くなれなんて言うのは、酷や。世間があいつにそれをしても、親だけはしたらあかん」

私はどう答えたらいいかわからなかった。

弱い人間——それはわからないでもないけれど、他にやりようがなかったのだろうか。

ふと、兵吾のことが浮かぶ。

親がいないから、いい加減に自由に生きられる。ちゃんとしなくてもいい、自分の食い扶持さえ稼げれば、誰に何を言われようとも——いつ死んでもいいと思っている——そう口にする、兵吾のことが。俺は無縁なのだという兵吾のことが。人とも、世の中とも、無縁なのだと。

家族に縛られた父と兄と、家族のいない、孤独だけど自由な兵吾と、どちらが幸せなのだろうか。

「お母さんは元気？」

私はつい、話題を変えようと、そう口にした。

「変わらへんよ。あちこち痛いだの言ってるけど、もう年だから仕方がない」

父はまた日本酒をおかわりしている。

「お父さん――」

「なんや」

「ずっと聞きたいことがあったの」

私は箸を置き、父に問いかける。

今でないと聞けない。

「お父さんは、なんで離婚しなかったん？　お母さんが神戸の震災のあとに出ていって――戻ってくるかどうかわからないのに」

それが私はずっと疑問だった。

他の男のもとに走った妻、家族を捨てた妻。それをどうしてずっと待てたのか、不思議でしょうがなかった。

樹に離婚を切り出されてから、いつか父に問いかけなければいけないと思っていた。

夫ははっきり言わないが、私の不貞を知っている。あの震災の日、他の男といたことを。

樹にだって過去に女がいたから――そんな言い訳で私はなんとなく自分は許されるような甘い考えを持っていた。

けれど離婚を切り出されてから、やはり樹は許していなかったのだと初めてわかった。許された母と許されなかった私――その違いは、愛情の差なのだろうか。

「お母さんを好きやったの？　だから別れへんかったん？」

「――好きは好きやけど……家族としてな。笑子や新太の母親やから」

あなたがそうやって母を女として見ていなかったから、母は他の男のもとに行ったのではないの――そう言いたくなる気持ちを抑えた。

今、自分が母の年齢に近づいたからわかる。年を取れば取るほどに女は我儘になるのだと。肉体の滅びに近づくからこそ、女でいたいと思うのだ。二十代の私は、こんなにも男に貪欲ではなかった。三十代を過ぎ、四十の坂が近づいているから、私は兵吾とのセックスに強く執着している。

「私たちのために、別れなかったの？」

「そうやないよ。離婚家庭ぐらい、たくさんあるやろ。お父さんの我儘なんや。お母さんには離婚を言い出された。もう気持ちが他の男にいっているから、戻れないと言われて、離婚届も送られてきた」

「でも、しなかったんだ」

母は、離婚して兵吾と一緒になりたかったのだろうか。

「あの男がお母さんと結婚するとか、面倒見るなんて、絶対にありえへんから、お父さんは許さへんかった。お母さんのためや」

兵吾の顔が浮かんだ。

私の上になっている、あの顔が。

「兵吾のことは昔から知ってるし、嫌いやないよ。今でも恨んだりはしていない。ただ、あの男は……育ちのせいやけど、家庭を築くとか、きちんとした仕事に就くのはできない」

「育ちのせいって」

「あいつには親がいない。父親は、どこの誰かわからない。あいつの母親は……病的な男好きで、兵吾の父は誰かそこらの行きずりの男や。あの女は、いろんな場所を流れて、身体を売ったり、男の世話になったり、そういう生き方をしてきた。勤めにも向いてなかったんだろう。水商売もしてたらしいが、長続きはしなかった。男にだらしないし、女には嫌われていた。男の世話になっても、ひとりの男じゃ我慢できないからと逃げ出したりで、安定もしない。社会とも人とも関係を持てないんだ。ひとりでは生きていけないくせに、まともに働くこともできない。兵吾は十五歳まで、あの母親とふたりで暮らして、我々の想像を絶する世界を見てきた」

ふと兵吾がときおり口にしていた「俺はうしろめたくてうさんくさい世界しか生きられない」という言葉が蘇る。

兵吾の言葉を思い出す。

――母親はセックスばかりしていたけど、全然嫌じゃなかったんだ。母親、楽しそうだったからね。悲壮感なんてなかった。だから俺も、親がいないことも、こうしてふらふらいろんな女とセックスして生きてるのも、不幸だと思ってない。好きなことして生きて、食えて、自由で、いい人生だよ。だからこそ、いつ死んでもいい。満足しきってるから、何も悔いはない――

「兵吾は、それを知ってるの」

「知ってる。だからあいつには同情もしてる。父親が誰かわからず、顔も知らず、母親はそんな女で……あいつ自身も行き場がなかったんや。でも、だから無責任でいられて、人の道に反したこともできる。人の道に反したってのは、法を犯すことだけやない。笑子――」

父親が盃を離し、私をじっと見た。

「それは覚えておけ。兵吾は、女を幸せになんてできない」

「お父さん――」

「俺たちが何も知らないと思っているのか。お前が、あのとき、誰と一緒にいたのかも――樹君は、全て知ってる。震災の前から、気づいてた。あの日、笑子が心配で、マンションに電話をかけたら、樹君しかいなかった。笑子はどこにと聞くと、彼が、笑いながら『お義母さんたちがよくご存じの男のところですよ』と答えた」

私は唇を嚙み、父から目をそらす。

知られていたのか、何もかも――。

「兵吾は、そういうことも平気なんや。あいつは無責任に、その場その場だけで生きている。さすがに腹が立って、会って怒鳴りつけてやろうと思ったが、お母さんに止められた。笑子を許してくれって、な。私のせいだ、私の責任だって――お母さんは、ずっと苦しんでる」

私は何も言えなかった。

「そういう男やから、魅力的なのかもしれないな。けど……親としては、やめてくれとしか、言えない――頼む。あの男が、友里子だけではなく、お前の人生まで狂わしてしまったら、俺は今度こそ許さない」

父の最後の言葉が重い響きを持っていた。

「お父さん、私と樹はね、どっちみちダメだったんだよ」

「知ってる。樹君も、そう言っていた。だから仕方がないとは思ってる。ただ、これからや。笑子、お前はまだ若い」

「もう三十八歳よ」

「十分若い。だから、人生を、きちんと生きろ」

父はそう言って、酒を飲み干した。

「笑子、お前の名前は、お母さんがつけたんだ」

それは子どもの頃に聞いたことがあったような気がしたが、ずっと忘れていた。

「新太は、初めての子だから、新しい命の男の子で、新太。これはお父さんがつけた。笑子は、女の子だから、いつも笑って幸せでいられるように笑子って、お母さんがつけた。だから、幸せにならないといけない。樹君は、お前を幸せにしてくれる男だと思っていたんや。でも、お前は、そこから逃げた。だけどまだ、人生は続くんだ。幸せになってほしい、頼む」

私はうつむきながら盃を持つ父の手を見た。シミだらけの手の甲は、もうこの人は老人なのだと思い知らされる。

「樹君は、優しいな」

「え？」

「お前を自由にしてくれるんだ、優しい男やな。俺なら、絶対に、しない。許せない」

私は言葉を失う。

自由にしてくれた——父の言葉で、気づいてしまった。父は母の離婚を許さず、自由にしなかった。つまりは縛りつけようとしたのだ、結婚という制度に、家族に。

兵吾は母を幸せにしない——それは、建前だ。いや、そういう気持ちもあったんだろうけれど、離婚しなかった理由は違う。

父は、ずっと母に対して怒っていたのだ。憎しみすら抱いているのかもしれない。「いつか帰ってくる」と信じていたから待っていたのではなく、父は母の女としての人生を終わらせるために待ち続けたのだ。

——離婚なんてしてやるもんか、自由なんか与えてやるもんか——

兵吾に捨てられ帰ってきた母を責めずに黙って迎え、「家族」を演じて——復讐という言葉が浮かんだ。兵吾のもとから戻った母は、以前のような女としての輝きや艶を失った。母親に戻ってくれたのだ——私はそう思っていたのだけれども、そうじゃない。父は母の人生を奪ったのだ。母はこれから先の人生、父が優しくすればするほど罪悪感を感じ、囚われて生きなければいけない。

いや、自分の娘が、かつて自分が愛した男と関係したことが原因で離婚したのも、母の責苦となるだろう。

笑子はふと、心の中から湧き上がってくる疑問を口にした。

「ねぇ、お父さん」

「なんだ」

「兵吾の母親は、お父さんの幼馴染だったんでしょ。家族で住んでたアパートの大家の娘で、そのあと叔父さんと再会して結婚したって」

笑子がそう言うと、父親は虚を衝かれたように、顔を歪ませる。

「……そうだよ」

「私が勘ぐりすぎているのかもしれないけど……お父さんと、兵吾の母親は、ただの幼馴染だったの？　お父さんはその人を知っているから、兵吾に同情して、お母さんとの関係を怒らなかった――怒れなかったんじゃないの」

いくつかの小さな点が、今、ひとつになった気がした。

父が兵吾に対して異様に気を遣うさまも、母を待ち続けた理由も――。

「――昔の話だからな。兵吾の母親は、俺たち兄弟を子どもの頃から可愛がってくれて……憧れの人だったんだ。俺にとっては初恋だったと言っていい」

私はふと、以前、母から聞いた話を思い出した。母と知り合った頃、父は初恋の人のことを忘れられずにいたのだと――それが兵吾の母親のことだったとは。

「けれどあの人は、若い頃から男が好きで素行が悪く、近所の噂になるような人で、親も持て余していた。それでも俺にとっては優しい姉のような存在で……男ばかりの兄弟だったしね。親が家を建ててアパートを出るまで、世話になったよ」

それだけじゃないでしょ――と、笑子は父を問い詰めたくなった。

「お母さんが前に言ってた、お父さんの初恋の人って、兵吾の母親だったのね」

「そうだ。でも、初恋なんて甘いものじゃなくて……もっと苦しくてやるせないものだった
――こんなことは娘に話すことじゃないかもしれないけど、笑子も察してるだろう。お父さんの初めての女性は、その人だ。次がお母さんだから、ふたりしか女性を知らないんだよ」

予想どおりだった。

全ての点がつながった。

セックスばかりしていた、兵吾の母の存在によって。

「もっとも彼女は、当時からいろんな男と関係していた。お父さんの片想いだった。だって彼女はいつだって受け入れて優しくしてくれるけど、誰も好きじゃなかった。そのとき俺はまだ高校生だったけど、彼女によって女性を知って、関係を続ければ続けるほど苦しくなった。好きじゃないのに身体を許してくれて、自分以外の男とも関係する彼女を恨んでいた
――彼女は自由奔放に、欲望のままに生きてただけかもしれないけれど、そういう女は、憎まれ、貶《おとし》められもするんだよ。さっきも言ったけど、ひとりじゃ生きていけないくせにまともに働けないし、誰とも関係を持てない女なんだ。そりゃあ、破綻するだろう」

笑子は兵吾を思い浮かべた。

兵吾も、そうだ。

受け入れはするけれど、心を託すことはない。

セックスのときしか、女を愛さない。

「彼女は親と喧嘩して家を出ていって、俺との関係も終わった。いや、俺は――逃げたんだ、彼女が怖くて。しばらく彼女のことはトラウマになっていた。女の人を好きになるのが怖かった。お母さんと出会って、好意を抱いてくれるのがわかっても躊躇いがあった。それでもお母さんの必死さが可愛らしくて、自分のことを好きな女を好きになれて結婚できて幸せで、一生、何があってもお母さんを大事にしようと誓った。だから、別れようとは思わなかった」

「兵吾の母親は、なんで叔父さんと」

「俺だって、びっくりしたよ。弟が彼女と結婚すると言い出したときは、言葉を失った。詳しくは知らないが、どこかで再会して――彼女がどういう生き方をしてきたか全て承知で結婚しようと思ったとは聞いた。もしかしたら、あの頃――俺が彼女と関係していた頃、弟も……そうも考えた。あの女なら、充分ありえる話だ。もちろん、いい気分はしなかった。弟の口からや、風の噂で、彼女が父親のいない子どもを産んで、いろんな男の間を渡り歩いて生きてきたのを知って、勝手に傷つきもした。不貞で訴えられたりしたこともあるらしいし、大変だっただろう。聖女だと思っていたわけではないけど、かつて好きだった人のそういう生き方を、受けとめられない。しかも弟の妻になるなんて——混乱したけど、どうしようもない。お父さんにはお母さんとお前たちがいるんだし、弟とはいえ、人の家庭に口出しなんかする権利もないし、すべきじゃない。けど、彼女は結婚して一年で、亡くなった」

「どうして亡くなったんだろう」

「さあ……わからない。でも、弟も彼女を持て余していたのは知っている。結婚や、ひとりの男のものになるのが向いていなかったのかもしれない。随分と酒も飲んでいた様子だから、酔って落ち込んで衝動的に手首を切ったんだろう。発見したのは、学校から帰ってきたばかりの兵吾だ」

私はごくりと唾を呑み込んだ。血まみれの部屋、母親の死体、そこに佇《たたず》む兵吾の姿が浮かんだ。けれど、私の想像の中の兵吾は、いつものように平然としている。

「だからな、普通じゃないんだ、兵吾は。お母さんがあいつのところに行ったのはもちろんショックだったけど、これは因業《いんごう》かと思った。自分の初恋の人の息子、不幸な身寄りのない無縁の子ども——お母さんの相手が兵吾じゃなかったら、また違ったのかもしれない。でも、もう、いいんだよ——お母さんはね、二度と家を出ないと誓ってくれたから」

父はそう言った。

私は父に返す言葉が見つからないままだった。

「お母さんは、これからも笑子と新太の母親だから——笑子、神戸に戻ってきてもええんやで。家があるんやから」

父は満面の笑みを浮かべて、そう言った。

戻れるわけがないではないか——母にも、もう会わないほうがいい——。

私の存在そのものが、母の責苦となってしまったのだから。

兄以上に、私は、あの家の罪となったのか。

私は黙って箸を置いた。

初めて、自分の父を怖い男だと思った。この期に及んでも、私に「家族ごっこ」をさせようとする父が。

そして初めて聞いた父と兵吾の母の話が、私を脅えさせた。

セックスという血の因縁を持った親子に、自分の家族が取り込まれているようだと、うすら寒くなった。

「セックスは堕落だ——彼女は、そう言っていた。欲望のまま、本能のまま、それに従って生きたら、人間は破滅するんだよ。それは彼女もわかっていたのに堕ちていった。お母さんがあの男のもとに行ったときに、久しぶりに彼女のその言葉を思い出した。皮肉なもんだな。

あいつら、親子で、人の人生を狂わして――」

父はそう言って、見たこともない嫌な笑みを浮かべた。

「お父さん、お母さんは、兵吾の母親とお父さんのことを知ってるの？」

それだけはどうしても聞かずにいられなかった。

「知らないよ。だから笑子も、言わないでほしい。もう、これ以上、うちの家に不幸を持ち込まないでほしいんや、あの親子がもたらす不幸を」

父は静かで、けれど重い響きを持つ声で、そう言った。

私はどう答えればいいのかわからず黙っていた。

「笑子――お前も、新太も、幸せになってほしい。幸せにならなあかん」

父の言い方は言葉とは逆に怒りを含んでいるようにも思えた。

「今日、会いに来たのはな……そんな話をするためじゃないんや。大事なことやから、直接伝えたかった」

「何なの」

私は顔をあげるが、まだ父の顔を見られない。次はどんな恐ろしいことを言われるのかと思ったのだ。

「新太が結婚する」

「つい、この前、新太がいきなり会いに来た。そこで結婚の話を聞いた。あいつ、たくましくなってたぞ」

「ちょっと待って、お兄ちゃんとお父さん、連絡とってたの？」

「相手は福島で出会った保母さんや。年齢は十七歳下と聞いているから、二十六歳」

「え――」

「結婚て、うそ」

あの兄が――どうしても、信じられない。

「本当だ。写真を見せてもらっただけやったが、可愛い子だった。新太がボランティアで行った先で知り合ったらしい。それでな、笑子、来月、東京で親族だけでちょっとした顔合わせの席を設けようという話になった」

「なんで、そんな、急に――まさか」

「子どもができたんや。孫が授かるんだ。震災のこともあって、ちゃんとした結婚式と披露宴は、子どもが生まれて落ち着いてからやる予定だから、もう少し先になるけど、とりあえず来月は挨拶を兼ねて乾杯するからな」

父の顔がほころんだ。さきほど、兵吾の話をしていたときの冷たい顔とは別人のようだ。

「来てくれるよな、笑子」

この状況で、嫌だなんて、言えるわけがなくて、笑子は黙って頷いた。

「ほら、笑子は結婚式しなかったやろう。だから、お父さん、新太の結婚式、すごく楽しみなんや。やっぱり親としては、一度は子どもの晴れ姿を見たいもんやしなぁ」

父は笑子の動揺に気づかないのか、ひたすら嬉しそうだった。


新太のお祝いと顔合わせまでには一か月と父は言っていたが、実際は三週間後、都内のホテルのレストランの個室が予約されていた。

樹には一応、声をかけてみたが、「何か理由をつけて欠席ってしておいてくれていいよ。笑子やお義父さんたちだって、気を遣うだろう。離婚を決めた夫婦が並んでそこにいるのは」と言われて、そのとおりにした。

新太の結婚については、樹は「よかったじゃん」と、ひとことだけ口にして、さほど関心なさげで、それ以上は何も聞いてこなかった。

私は紺のワンピースを身に着けてホテルに向かった。兄と会うのは久しぶりだし、兄と結婚する相手と会うのは初めてだ。父によると、相手の女性は父親を早くに亡くし、母ひとり、子ひとりで生きてきたらしい。姓はうちの「姫野」になってくれるとのことだが、向こうの家に兄が既に住んでいるので、婿に行ったようなものだ。

父から話を聞いても、まだ実感がなかった。あの、女の人とまともにつきあったことも、社会人経験もないに等しい兄が、結婚して子どもを作るなんて。

ホテルのレストランに入り、個室に案内されると、父と母が先に座っていた。

「笑子、久しぶり、今日はわざわざ急なのにありがとうね」

着物を着た母が、そう言ってにっと笑ったとき、目元の皺が一層深くなってファンデーションがよれているのに気づいた。首には筋が浮き出ていた。自分だとて人のことは言えないが、年を取ったのだと目の当たりにさせられる。

円卓で、母の隣に座ると、ボーイに案内されて、スーツ姿の兄と、白いワンピースを着た小柄な女と、グレーの高価そうなブランドもののスーツを着た、上品なすらっとした女性が入ってきた。相手の母親は、想像とは違った。母子家庭でひとりで子どもを育ててきたと聞いていたから、もっと生活感のある人かと思っていたけれど、いかにも外で働く女性といった隙のない雰囲気だった。あとで、飲食関係の会社の部長だと父から聞いて納得した。年齢だって、まだ五十歳になったばかりらしい。

兄の妻になる女性は、「女の子」という言葉が相応しい、幼い顔立ちをしていた。白い、ふんわりしたデザインのワンピースと、髪の毛をまとめた花の形の髪飾りがよく似合う。あんな髪飾り、自分の年齢だと絶対に身につけることなんてできない。

特別美人というわけではなかったが、母親と対照的に柔らかな雰囲気で、色白の可愛らしい娘だった。

「はじめまして、麻衣です。今日はお忙しい中、お集まりいただいて、ありがとうございます」

そう言って、ぺこりと頭を下げる。

どうしてこんな子が、あんな最低な兄と、と疑問に思わずにいられない。あんな汚い男の子どもがお腹にいるなんて、信じられない。

兄は少しだけ痩せたように見えたけれど、それは着慣れないスーツのせいに違いない。髭も剃り、髪の毛を短くして整えるだけで少しはマシに見える。柄にもなく緊張しているのがよくわかった。

親同士が挨拶をして、席に着き、食事がはじまる。私は軽いシャンパンを注文した。これなら酔わないだろう。

「この度は、本当にいい御縁で、家族皆、喜んでいます」

母がしらじらしい言葉を吐く。そこの「家族」には、自分も含まれているのだろうか。

「いえ、こちらこそ。新太君は、本当によくしてくれるんですよ。うちは長い間、男手がなかったものですから、新太君が来てくれて本当に助かります。うちの娘は、おつきあいする前から、新太君のことを、神戸から来てくれた優しいお兄さんて、よく話してくれて」

「お母さんたら」

照れくさいのか、麻衣が頬をぷぅっとふくらませる。麻衣の白いワンピースには、腰のくびれがない。お腹が大きくなりつつあるからか。

「この子が母親になるなんて、信じられないんです。父親がいなくて、私も仕事が忙しかったから、十分に構ってやることができなくて寂しい思いさせてたから、本当に嬉しくて」

麻衣の母はそう言うと、涙ぐんでハンカチを取り出し、目頭を押さえる。

「うちも喜んでいるんです。最初は子どもができたって新太から聞いたとき、びっくりしたし、心配もしたんですけど、でも、やっぱり親としては何よりも嬉しくて」

母の言葉を聞く度に、笑子の胸にちくりと針が刺された感覚があった。子どもができないまま、離婚を決めた自分への嫌みのようにとらえてしまう。

新太はほとんど相槌を打つばかりで、双方の母親同士が喋る形で話はすすむ。笑子はひたすら、ちびりちびりとシャンパンを呑みながら上品な和食を口に運んでいた。

「笑子さんは」

麻衣の母が、ふいに笑子のほうを向く。

「はい？」

「東京に旦那様とお住まいなんですよね」

「はい」

自分の両親の間に、緊張が走ったような気がした。笑子が離婚を決めたことは、まだ先方には話していないはずだ。正式に別れてから報告することになっている。おめでたい席で、笑子の存在は、禁忌なのだ。

「東京からなら、そう遠くないから、うちにも遊びにいらしてください、旦那様と一緒に。麻衣は一人っ子だから、お義姉さんができて喜んでいます」

そう言われても、苦笑いを浮かべるしかできなかった。


食事が終わり、皆はこれからお茶を飲んで一服すると言っていたが、笑子は「用事があるので」と、丁寧に頭を下げてロビーで別れた。

兄とはお互い目も合わさなかったが、麻衣が小さな紙袋を「これ、たいしたものじゃないけど、お土産です」と渡してくれた。どうやら、地元の食材をつかった洋菓子の詰め合わせらしい。甘いものはそう好きじゃないけど、若くて可愛らしい女の気遣いに、ふと笑顔になった。

けれど、どうして――なんでこんな男と結婚するの？　しかもセックスするなんて。あなたみたいな子なら、もっとまともな相手がいるでしょうに――そう思わずにはいられない。

「笑子」

ホテルの回転式のドアを通り抜けて外に出た瞬間、呼び止められた。

振り向くと、着物姿の母がいた。

「ちょっと待ってよ、話がしたいんや」

「みんなでお茶するんじゃないの？」

「着物はしんどいからひと足先に失礼するって出てきたんよ。笑子と……こんなときじゃないと話せへんから」

母と話す気分じゃなかったけれど、振りほどいて逃げるわけにもいかない。

「隣の喫茶店に行かへん？　少しだけ、十分だけでいいから」

母に言われるがままに、笑子はホテルの隣のビルの一階にある、チェーンの珈琲ショップに向かう。着物姿の母はここでは目立つまいかと思ったが、構わない。東京には、いろんな人がいるのだから。

母とふたりきりになるなんて、何年ぶりだろう。

思い出せない。

ずっとお互い、避けてきたのだ。

珈琲を注文して、一番奥のテーブル席に腰掛け、向かい合った。

「最近、膝が痛むのよ。もう年やね。だって還暦過ぎたから、しょうがないやんね」

「私だって、もうすぐ四十歳だもん」

「そうやね、びっくり」

母は珈琲カップを手にして、口に運んだ。

こうして近い位置で向き合うと、さきほどよりも母の老いが目につく。皺やシミもだが、髪の毛はどんなに染めても艶が失われて、地肌が見えている。

どうしたって、年齢には抗えない。自分だってそうだ。

私はさきほどの二十六歳の麻衣の白い子どものような肌を思い出した。

「樹君のお母さんとはね、何度か仕事終わってから、お茶したりしてたんよ」

母は笑子のほうを見ずに、喋りだす。

「何度も『子どもがまだできない。ふたりのどちらかが、何か身体に欠陥があるんちゃうか』って相談された。でも、なんとなく、やけど、笑子のほうが子どもを欲しがってへんのちゃうかなと思ってた。それは、私のせいなんやないかな、とも」

母は大きく息を吐きだした。

「笑子の大事な時期に、お母さん、家におらへんかったから……本当に、笑子にも、新太にも、申し訳ないとは思ってんのよ。ずっと苦しい……お父さんは私を責めへんけど、それでも、やっぱりすまないって……」

何を今さらと私は鼻白みそうになったが、黙っていた。

「笑子が、東日本大震災の日に、あの男にもとにいたって聞いたときはね……もう、苦しくて、苦しくて、息ができなくて……お父さんに病院に連れていってもらったんよ。パニック障害だって診断されて、それからずっと薬飲んでる。私のせいやって、本当に、苦しくなって。今だって、こうして考えるだけでも、息がしにくくなる――」

そう言って、母は水をゴクゴクと飲んだ。

「そういうわけじゃ」

「でも、全く関係ないわけやないのは間違いないんやもん。そやから、笑子には、お母さんと同じ過ちはせんといてほしい、それだけは、どうしても言いたいねん」

母は冷めていく珈琲はそっちのけに、ひたすら水の入ったコップを手にしていた。感情を抑えているのか、表情がひきつっている。

「……お母さん、あの頃、四十歳過ぎて、身体に老いを感じてね。仕事もあるし、家族もおるし、何の不満もない生活のつもりやったのに……魔が差したんや」

魔が差した――なんて都合のいい言葉なんだろうと、笑子は思った。

「あの子、可哀想な子やろ？　親戚の集まりでも、いつも浮いてて寂しそうで……誰とも血がつながってへんし、母親はあんな死に方しとるし、気にはなってたんや。この子は、居場所がないんやろうなって。久々に会って、今どうしとるん？　元気なん？　ご飯でもおごろうかって声をかけて……そこから先は、ほんま、今思うと、お母さん、おかしかったんやとしか思えへんねん。ずるずると、同情から、流されてもうて。それまで順調な人生送ってたのに、踏み外してもうたのは、あの子が可哀想になって――」

「それで、家を出たん？」

「……そやな。狂ってたんよ。笑子もやけど、私も、当たり前に親がおって、家族がおるやん。けど、この子には、何もないんや、寂しい子なんや、私が傍にいたらなあかんなんて、思ってしまったんや」

嘘だと、笑子は叫びたい衝動にかられた。

女として、性的に惹かれて、セックスに嵌ったのだと、なぜ言わないのか。

さきほどから母は、肝心なことを避けている。親戚の男に、同情しただけで、自分の家族を捨てるほどのめり込まない。六年間も、その男に執着していたくせに、何をきれいごとにすり替えているのか。

兵吾とセックスしたかったから、家を出たくせに。

夫より、家族より、兵吾とのセックスを選んだくせに。

「お母さん、お父さんとしか、つきあったことなかってん。高校生のときに出会って、好きになったから。男の人に免疫がなかったし、もしかしたら、人生の終わりを意識するようになってから――」

母はそこで一旦、言葉を止めて、バッグから薬を取り出し、水と一緒に呑みほした。パニック障害の薬か何かだろうか、精神安定剤かもしれない。私は空になった母のグラスを持って立ち上がり、給水して席に戻る。母が小さく「ありがとう」と言った。

「笑子――あの男と一緒にはなれへんし、なっても、あんたは不幸になるだけやっていうのは、間違いないんやで。あの男は、女を幸福にできる人やない。愛してもくれへん――それは、不幸や。私は家に戻ったときに、お父さんに迎え入れられて、心底それを感じたんよ」

母の目はどこを見ているのだろう。その視線の先がわからない。泳いでいるようにも、死んでいるようにも見える。

「お母さんは、流されてしまったことを後悔してる。それだけは、笑子に伝えなあかんと思って……笑子は、今、三十八歳やろ。あのときの私よりも若いんやから、いくらでもやり直しができるし、子どもかて、産める」

「でも、樹とは」

「樹君やなくても、誰かちゃんと笑子を愛して守って家庭を作れる人と出会って子どもを作ればいい。もちろん、樹君にあんたが頭を下げてやり直すのが一番いいんやけど――あの男だけは、あかん。あの男とのことは、私の人生最大の過ちや。後悔してるんや」

母はバッグからハンカチを取り出し、口を押え、くぐもった声で言葉を続ける。

「笑子、私はこんなんでも母親だから、いつまでも笑子の幸福を願い続けるしか、できひんから……家族を作り、幸せになって、人として、誰かを傷つけたりせんと、ちゃんと生きて――お母さんみたいになったら、あかん」

私はそこまで聞くと、耐え切れなくなり、立ち上がった。

「用事あるから、帰るわ」

母の言葉を待たずに、私は外に出る。

怒りで身体が震えていた。

何が「後悔している」だ。やり直せ、頭を下げろ、子どもを作れ――。

それは全てあなたが自分の罪悪感を払拭するための願いに過ぎないではないかと言いたかった。

兵吾に夢中になっていたくせに、繰り返し「後悔してる」と綴り、決して名前を言わず「あの男」と発する母への怒りと、同情とか寂しさとかいう言葉の陳腐さに、自分の母はやはり愚かな女だと思わずにはいられなかった。

神戸に戻り、母は女として何かを失ったかのように老け込んでいった。それは兵吾との関係が、人生の中で大事な輝くものだったからではないのか。それを「過ち」などと言いきる母の欺瞞さに反吐が出そうだった。

自分を迎え入れてくれた父——母は気づいていないのだろうか。父がそうして母を待ち、母が男に捨てられ帰ったことにより、女としての母の人生が終わってしまったのだというのを。それを幸せなどという言葉を使うのはひどくしらじらしい。あれは愛なんかじゃない。

父は、「あの親子のもたらす不幸」などと言ったけれど、とんでもない、逆じゃないか。

今の母のほうが、明らかに不幸だ。欺瞞的な幸せに押し込められ、人生を終わらせようとしている母のほうが。

お母さん、やっぱり私、あなたみたいにはなりたくない——。

私はそう心の中で唱えながら、駅までの道のりを走るように急ぐ。

私はあなたのように、兵吾には自分が必要だなんて、思っていない。

ただ、私には兵吾が必要なだけだって、わかっているから。

私は私の人生を、自分で選択する。

「お母さん。あなたこそ可哀想な人」

そう口にすると、自分の目から涙が流れているのに気がついた。

6

樹の部屋探しなどバタバタしているうちに、感傷にふける暇もなく離婚届を出すと決めた日が訪れた。

樹はもう退職し、荷物を神戸の新居に送っていた。私はまだしばらくはこの家に住むつもりだった。家賃の負担が痛いので、早めに新居を探さないといけないのだが、どうも億劫だった。

ふたりで決めた日に、新婚時代によく行った喫茶店でモーニングを食べてから区役所に行った。樹が、東京で最後にそこのモーニングを食べたいと言ったからだ。自家製パンのトーストと、シャキシャキ感のあるじゃがいもだけのポテトサラダにレタスにトマト。それにマッシュルームのオムレツ。私も久々に食べたかった。たまたまふたりで入った店だったけれど、思いのほか美味しかった。

松島さんと金森さんが訪ねてきてくれたときに待ち合わせしたのも、この店だ。もう二度と、あのふたりと一緒に食事することもないだろう。松島さんは会社を辞めてから携帯電話の番号も変えて、全くどこで何をしているのかわからない。悲しいのは、金森さんが奥さんと子どもを東京に呼び寄せ、松島さんとの数年間など、なかったかのように、それなりに楽しそうに暮らしていることだった。

区役所ではあらかじめ準備しておいた届を出して、晴れて私たちは夫婦ではなくなった。こんなにあっさりしたものだったのか。今までおそれていた「離婚」という名の別れは。

「じゃあ、俺、東京駅行くから、ここで別れよう」

区役所を出てすぐに、樹が言った。

「わかった……元気で」

ありきたりだと思ったが、こんなときにどういう言葉が相応しいか、思いつかない。

「笑子も元気でな。ひとり暮らしだからって、だらしない生活するなよ」

「樹も……身体に気をつけて」

実感がなかった。夫婦でなくなるなんて。別々の場所に帰るなんて。

既に終わっているのに、他の男と寝ていたくせに、今になって寂しさが込み上げてくる。

「笑子――」

「ん？」

「新太のことだけど」

「何？」

私は不安になった。兄が樹に何かしたのだろうか。もしかして、金の無心をしたのではないかという疑惑が頭をよぎった。

「口止めされてたけど――」

「何なの？　樹、話して」

「俺、新太が結婚することは笑子に聞く前から知ってたんだ。取材してる最中に偶然福島で会った」

私は息を呑んだ。

「木林と一緒だった。取材先の農家にいたんだ」

「農家？」

思いがけぬ言葉が返ってきて私は戸惑った。

「働き手の若い人たちがいなくて困っている農家はたくさんある。どういう経路か知らないし、おそらく木林の伝手なんだろうけど、数人で家を借りて住んで農業を手伝ってた。休日にはボランティアで、親を失った子どもたちと遊ぶ活動もしていた。原発で人が離れていく土地で、よそから来た若者たちが農業とボランティアに勤しんでるって話を聞いて、取材しに行ったんだよ。そしたら、そこに木林も新太もいた」

「そうなんや……」

「笑子には言わないでくれって口止めされた。記事も新太と木林は匿名で載せた。新太はともかく、木林は表に出たらまずいから。でも好意的な記事だよ。それに地元の人たちも喜んでた。子どもたちとも仲良くやってて……楽しそうだった」

「兄貴の消息知らなかったのは、私だけなの？」

私がそう問うと樹は頷いた。

「なんで？　なんで私だけ知らなかったの？　樹も話してくれなかったの？」

樹が優しげな、でも、憐れみを込めた目で私を見る。

「だって笑子は、新太が何をしても、絶対に悪く言うだろ、俺が見た様子では、あいつは真剣に土地の人のために何かしようとしてるんだよ」

「あいつはいつもそうよ。世のため、人のためって大義名分で、自分が偉い人間になった気になりたいだけ。そうしてすぐに飽きて、世の中で流行っている運動に流れていく。あいつのやりたいことは自分探しに過ぎないから」

「ほら、そういう言い方しかしないだろ。自分探しだっていいじゃないか」

「だって、もういい大人で、まともに働いたこともないし、ずっと親におんぶにだっこで――」

「だからさ、新太は今、頑張ってるんだよ。ちゃんとやってるから結婚相手も見つかったわけだろ。あいつは前に進んでるんだ、確実に」

「でも——」

私はどうしても受け入れられなかった。

兄が、ちゃんと生きようとしていることを、認められない。

だってそれは、私の知らない兄だ。

「笑子と会うと、傷つくからって。傷つきたくないから、言うなって、新太が。だからお義父さんたちも笑子には新太のことを伏せてたんだ」

傷つく——確かに私は今までひどい言葉を投げつけてきたし、兄を見下してきた。苛立ちを全て兄にぶつけてきた。

けれど心のどこかで、この男なら傷つけてもいいのだと思っていた。兄だから、家族だから、人に迷惑をかけて生きているダメな男だから。

「なぁ、笑子。もう二度と新太に会わなくていいから——自分の不満や怒りを、新太にぶつけるのはやめろよ。そんなことしてたら、いつまで経っても、お前が苦しいだけだから。人の弱さを受け止められない限りは、自分も弱いままだよ」

私はもう返す言葉を失っていた。

樹の言葉が、胸に刺さる。反論などできるわけがない。

知らないほうがよかったとは、思わない。ただ、傷ついていた。

「いい話だよ。自分の兄貴が、やっとひとりで、自分の足で歩み出そうとしてるんだから。結婚して、新しい土地で子どもを作って生きていこうとしてるんだ。笑子が落ち込むことはないよ。親だって、安心してるはずだし」

確かに樹の言うとおりだ。落ち込む話では、ないはずだ。

「そうだ、ね」

私は無理やり、自分を納得させようと、そう言った。

「うん。だからもう、新太のことなんて考えなくていい、気にしなくていいんだよ。笑子は自分のことだけ考えていれば――これから、ひとりになるんだから」

ひとりになるんだから――その言葉が、こんなにも重いなんて。

わかっていたはずなのに。

私は樹に、また会いたかった。諍《いさか》いをせずに穏やかに別れることができたのだから、これから時間がかかってもいいから友人になれるかもしれない。

樹は別れても、私の大切な人だ。

それだけは、間違いない。

嫌いになって別れるのでは、ないのだから。

「東京に仕事で来る機会があったら、連絡して。お茶でも飲みに行こうよ」

だから私は、そう言わずにはいられなかった。

「しないよ」

「え」

樹の表情は変わらない。優しげな顔だ。

「連絡しない。一生会わない。二度と顔も見たくないから」

樹は私にそう告げると、容赦なく背を向けて、歩き出した。

私はただ立ちすくんで、その後ろ姿を目で追うことしかできずにいた。

7

離婚を切り出されてから、兵吾に会わなかったのは、私なりの義理立てのようなものなのか、自分でもわからない。

「離婚する」とだけはメールしたけれど、返事はなかった。それはいつものことだ。兵吾は私に関心があるのかないのか。会ってセックスしているときは、思い切り愛してくれていると思えるのだけれども、そのときだけなのだ。

けれど冷たいわけでも、鬱陶しがられているわけでもない。ただ当たり前のように、そこにいる。会いたいと言えば会ってくれる。ときおり、思い出したように兵吾のほうから連絡してくる。ずっとそうだった。

愛でもなく、恋でもなく、友情でもなく——ただ肌を合わせることで私は救われてきた。

恋人でも愛人でも友人でもなく——でも、情を交わした、大切な男。

優しい言葉や、お金や、友人や、仕事や——いろんなものの恩恵を私は受けて生きてきたけれど、兵吾と身体を重ねる時間は、何物にも代えがたいものだ。

身体の関係——これ以上に、強いものがあるだろうか。けれどそれが儚《はかな》いものであることにも、気づいている。

夫とふたりで暮らした部屋で、離婚して初めて迎えた初めての日曜日、電車に乗り兵吾の部屋に向かった。メールに返事がないのも電話に出ないのもいつものことだ。気が向いたときに兵吾のほうから連絡が来ることはあったけれども。

そう、いつものことだ、返事がないのは。

日曜の朝、揺れで目が覚めた。ほぼ同時に、枕元のスマートフォンの緊急地震速報が自分しかいない寝室に鳴り響く。

震源地は千葉で、東京の震度は3だったが、もっと揺れたような気がした。東日本大震災から四年以上経っているのに、まだまだこうして地震が来る度に、胸の鼓動が速くなり不安に襲われる。

余震に注意と、スマートフォンに表示されていた。

私は衝動にかられ、ベッドから抜け出て洗面所に向かう。

本当にひとりになるまで、兵吾とは会ってはいけないと決めていた。父の言葉が重くのしかかっていた。私がこうして兵吾を想うことが、母を苦しめ続けるのも承知だけれども、兵吾に会いたかった。

ましてや揺れで目が覚めて、無性に兵吾に会いたくなった。会っておかなくてはいけない気がした。

また、いつ、大きな地震が来るかもしれない、自分はひとりで死ぬのかもしれないと思うと、兵吾に会いたくてたまらなくなった。ひとりでいるのが怖くて耐えられなかった。

あの神戸の震災の日から二十年、燃える神戸の街を見て、世界の終わりの光景が脳裏に焼きつけられ、ずっと私は怖かったのだ。

死ぬのも、生きるのも、怖い。

それでも、生まれてきて、家族がいて、友人がいて、ひとりではないから、生きていかないといけない。

一瞬にして崩壊した生まれ育った街をみて、ずっと私はこの世の終わりを恐れながら生きてきた。

家族がいるから生きてきて――兵吾はどうだったのだろうか。

本当の親を失い、あちこちをふらふらと彷徨《さまよ》って生きてきた無縁の男は。

俺は何もできない、セックスしかできない――そう言っていたあの男は。

これからどうなるか、どうしたいのか、私自身にもわからない。

ただ、兵吾に会って、それから考えよう。

「兵吾」

私は兵吾の家のインターフォンを鳴らした。

事前に訪れるのを連絡しなかったのは、したら逃げられるような予感があったからだ。

そう、予感はしていた。だから、そんなに驚かない――。

鍵のかかっていない扉はたやすく開いて中に入ったが、玄関には靴も傘もない。人の気配が消えている。

私は何度も抱き合った部屋に、靴を脱いで上がり込んだ。

——あいつは無責任に、その場その場だけで生きている。女を幸せになんてできない——

父の言葉が、何もない部屋で鳴り響いている。

積み上げられていた本も、隅のほうにだらしなく山になっていた衣服も全て消えている。埃ひとつ見当たらない部屋には、かつて裸でからみあった敷きっぱなしの布団もない。

悪い予感はあたった。

また、どこかに行ってしまった。

あの、どこにも居場所のない無縁の男は。

女を抱くことしかできない、あの男は。

私から、逃げたのだろうか。いや、私からだけではなくて、誰からもあの男は逃げる。

誰かが、自分のものにしようとすれば、その腕をすり抜ける。

そうして母からも逃げたんだもの。

私はそのまま、畳の上にしゃがみ込んだ。

誰もが私のもとから離れてしまった。夫も、兵吾も。

私はもう帰るところがない。家族のもとにも戻れない。

私こそが無縁だ。

無縁になってしまった。

「兵吾――」

私は、ゆっくりと立ち上がる。誰もいない部屋で、男の名前を呼びながら。

そのとき、地面がまたぐらりと揺れたのは、地震なのか眩暈《めまい》なのか、わからない。

どちらにせよ、どうせ世界はいつか終わる。それまで生きていかねばならない――。

「兵吾――」

世界が終わる――そう思ったあの日に、抱き合っていた男――離れたくないとすがりついた男――。

情人――私が、誰よりも激しく求めた男。

何度も肌を重ねてつながった男。

私を救う男が去った部屋で、私は男の名を呼び続ける。

ひとりになったと、失ってしまったのだと、確かめるために。

そして、それでも生きていかねばならないと、思い知るために。

解　説

吉田大助

序章冒頭の一文から、揺り動かされる何かがあった。心と体の、単純ではない関係を突きつけられたと感じたからだ。〈私は泣いていた。／悲しいわけでもないのに、この男に抱かれると、たまにこうして涙がこぼれてとまらない。大人になった私が泣くのは、この男とセックスしているときだけだった〉。

その後は女が男と、激しい情事を交わしている姿が、彼女の内面込みで緻密に描写されていく。空気が変わるのは、次の一文だ。〈言葉を交わすと身体が悦《よろこ》ぶのを知ったのは、この男と寝てからだ〉。語り手の五感とシンクロし、読み手もまた「言葉」への感度が一気に高まっていく。そして――。

〈この男は、私の何なのだろうか。恋人ではない。愛人という言葉も違うような気がする、友人などでは絶対にない。夫でも恋人でもないけれど、それはとても強くて私を離さない。／世間でいう愛や恋などよりも、断ち切れない身体のつながりが、今確かにある〉

今まさに幕を開けたばかりの物語が、言葉にできないはずの関係や感情をなんとか言葉にしようとする試みである、という確信が芽生える。

本書は二〇一六年秋に発表された、花房観音の長編小説だ。著者は二〇一〇年、官能小説を対象とする公募新人文学賞・団鬼六賞において「花祀り」で第一回大賞を受賞し、デビューを遂げた（選考委員は団鬼六、重松清、高橋源一郎、睦月影郎）。著作のプロフィール欄では、女の「性と生」を描く……と紹介されていることが多く、特に官能の要素に注目が集まっている。が、私見では花房観音の小説を読んでいるといつも、官能とは感応である、というシンプルな真実に思い至る。

身体的距離がゼロになる、セックスという行為から受け取った相手の情報に、心が鋭く感応し、目の前の相手に抱いていたイメージが作り替えられる。その一歩手前には、この人とセックスがしたい、してもいいと判断する瞬間が訪れている。相手をより深く知りたい、近付きたい、という思いは、性的な官能であると同時に、まぎれもなく心理的な感応だ。花房観音はこの官能＝感応を駆使して、遠く離れた人と人とを結びつけ、その出会いの軌跡を物語に仕立て上げてきた。

しかし、こうした官能＝感応は、おもに出会いの場面で機能する。出会いの後を記述し、物語として大きなうねりを作り出すためには、新たな稼働装置を導入する必要があった。花房観音は『情人』において、そのトライアルを初めて全面展開させた。一九九五年に起きた阪神・淡路大震災と、二〇一一年に起きた東日本大震災——日本列島の西と東それぞれの住民に「この世の終わり」を体感させた、二つの震災を含む二〇年間のクロニクル形式の採用だ。

主人公の名は、笑子。「第一章　一九九五年　神戸」において彼女は、神戸の高級住宅街の一角で家族と暮らす、自他共に認める「普通」の高校三年生として姿を現す。

第一章冒頭で描かれるのは、兵庫県生まれである著者の体感も如実に盛り込まれているであろう、阪神・淡路大震災発生当時の衝撃だ。〈一瞬で、こんなにも世界が変わってしまうなんて、ありえない。／自分が生まれ育った街が、消えてしまうなんて、嘘だ〉。その一方で、それまでの日常生活では覆い隠されていたリアル（＝身も蓋もない生々しい現実）が、地殻変動とともに露出したという感覚も記録されている。〈人間は生きるか死ぬかという状況になったときに本性が出るのだと痛感したことは、このときが初めてだった〉。〈これが現実だと思い知らされた。街も、人の命も一瞬にして消え去り、そこで人の力は無力であると、何も抵抗ができないのだと〉。賢《さか》しらな常識や取り繕った世間体など通用しない、人間として「裸」の状態になったところから、この物語は幕を開けるのだ。

さらにもうひとつ、笑子はリアルを突きつけられる。母は震災発生時、京都の祖母の家にいるはずだったが、いなかった。男と一緒にいた。隠し通せるはずだった母の不倫が、地震によって白日のもとに晒されることとなったのだ。負傷した母をおぶって家まで送り届けた相手は、笑子の叔父の、再婚相手の連れ子である絵島兵吾。遠い親戚ではあるけれども、一家の誰とも血が繋がっていない男だ。

〈男の背から離れようとしなかった。包帯をしていないほうの手の指を男のセーターに食い込ませ、男の肩に頰をつけ、さきほどから目を閉じたり開いたりを繰り返したりしている。／ああ、そうか――母はこの男と離れたくないのだ、身体をくっつけていたいのだ。この男の背に、ずっと張りついていたいのだ〉

母にそんな行動を取らせてしまう、この男はいったいなんなんだ？　笑子の中で「女の性と生」に対する探究心のスイッチが入るとともに、兵吾に対する「官能＝感応」が始まった瞬間は、ここだ。

「第二章　一九九六年——二〇〇一年　京都」では、笑子は京都にいる。震災が起き母の不倫が発覚しても、会社員の父と家で引きこもり生活を続ける兄は、以前と何も変わらない家族生活を続けようとした。しかし、母とは同性であり、なおかつ「いい子」として育てられてきた笑子は、反発を覚えてしまう。大学進学をきっかけに京都へ出て、神戸の家から距離を取る。ところが、家族の関係をこんなふうにした兵吾との距離は、少しずつ縮まっていく。笑子にとって一回り年上の兵吾は、生殖以外のセックスの意義を言葉にして教えくれる、メンター（師）なのだ。

きっかけは、震災の日以来、笑子が久しぶりに兵吾と再会し、母との不倫を糾弾したことだった。〈いつもそうなんだけど、俺の『好き』と、女の『好き』とは違う〉。そう言う兵吾に対し、笑子は心に言葉を募らせる。〈兵吾の言っていることのほとんどが理解できなかった。好きなら、一緒にいたい、結婚したいのではないかとしか、思えない。好きだから、会いたい、一緒にいたい、結婚したい——単純な話のはずなのに〉。

ここが、笑子のゼロ地点だ。興味本位で一度きりのセックスは体験していたものの、彼女の中にはまだ経験の蓄積も、知識も、世間の当たり前を疑う思考もなかった。兵吾から放たれた言葉が、笑子の人生に滑り込み、彼女を変えたのだ。例えば——〈寝ないとわからないことってたくさんある。一度寝て、合わなかったらそれまでで、よかったら続く。セックスは気持ちがいいもんだし、人間が気持ちのいいことを求めるのは当たり前だ。美味しいものが食べたいってのと、一緒。笑子も、美味しいもの食べたら、また同じもの食べたくなるだろ〉〈向こうが求めてきて、こちらが嫌じゃなければ応える。俺はセックスが好きで楽しいから、断る理由がなければ、するよ〉

恋愛とセックスは別物であり、心の欲望と体の欲望は別々に蠢《うごめ》いている。世間は両者が合致するのが当然というが、それは社会をなめらかに動かすための方便であり、真実は当然ではなく、偶然なのだ。兵吾が笑子に語る言葉の数々は、〝当然だと思われているものは、偶然〟という思想に貫かれているということができるかもしれない。だからこそ、笑子は兵吾と会うたびに、それまで信じてきた価値観がぐらぐらと揺れるのだ。

言葉によって繋がった笑子と兵吾の〈師弟〉関係の中に、いつ、いかなる形で身体が入り込んでくるのか。〈男によって、この精液の匂いが違うというのは、ふたりの男と並行してセックスをしたからわかったことだ〉。京都の編集プロダクションで働き始めた笑子の「性欲的生活」(ヰタ・セクスアリス)を追いかけ、笑子と兵吾の関係が大きく動き出す瞬間を待ち望みながら、読者はページをめくり続ける。

断言してしまおう。本作の魅力は、エンターテインメントのフックに満ちた物語を乗りこなすことや、現実ではなかなか体験できない背徳的な関係性を仮想体験することなどではなく、笑子の言葉と触れ合うことにある。花房観音の過去作品に充満していた直接的な性描写に替わり、笑子の内面には「そもそも性（セックス）とは何か？　なんのために存在するのか？」といった問いが、モヤモヤぐるぐると渦を巻いているのだ。性にまつわる問いは、唯一絶対の正解などない。個人的で個別的な、それぞれにとっての仮説しか存在しない。だからこそ、他人の仮説を知ることが重要なのだ。他人とはどこが違ってどこが同じなのか、そのケーススタディを積み重ねることで、自分の仮説のほころびを検証することができる。

本稿の冒頭で、この物語は、言葉にできないはずの関係や感情をなんとか言葉にしようとする試みである、と記した。その象徴が、小説の題名にもなっている「情人」だ。「情人」とは何なのか……は、あまりにもネタバレに過ぎるから筆を止めよう。だが、一点だけどうしても指摘しておきたいことがある。

物語の最終盤で、笑子は信頼を寄せる同性の友人・松島から、あなたが今大切にしている異性との関係や感情は、本当に名前がつかないものなのかと問われる場面がある。それは「愛」と呼んでいいものなのではないのか、と。その瞬間、笑子の内面に広がったのはこんな言葉だ。

〈松島さんの言葉が刺さるが、私は反論も肯定もできない。／口にすると本当になってしまいそうで、言えない〉

ここには笑子らしい雄弁さが、かけらも見当たらない。だが、だからこそ思うのだ。笑子は自分と相手との関係に対し、「言葉にできない」という言葉によって煙幕を張り巡らせることで、深奥にある本当の気持ちを覆い隠していたのではないか？

神戸の震災の日に見た母の姿をきっかけに、二〇年もの長きにわたって性について、心と体の関係性について愚直なほど考え続けてきた笑子が犯した最大の失敗は、「愛」を恐れたことなのかもしれない。あるいは、「愛」を侮ったことなのかもしれない。分からない。考えるしかない。もう一度本を開き、冒頭からページをめくる。

その過程で、きっとあなたは見つけることになる。あなたなりの、あなただけの、「愛とは何か？」についての仮説を。

——ライター・書評家

この作品は二〇一六年十月小社より刊行されたものです。

情人《じょうにん》

花房観音《はなぶさかんのん》

令和2年2月10日　初版発行

発行人――石原正康
編集人――高部真人
発行所――株式会社幻冬舎
〒151-0051東京都渋谷区千駄ヶ谷4-9-7
電話　03(5411)6222(営業)
　　　03(5411)6211(編集)
振替00120-8-767643

印刷・製本―株式会社　光邦
装丁者――高橋雅之

幻冬舎文庫

ISBN978-4-344-42950-5　C0193　は-22-5